KB207719

서/울/엄/마/들

SEOUL MOTHERS

서/울/엄/마/들

SEOUL MOTHERS

조지은 장편소설

Contents

PART 1

금묘아파트 이야기

대한민국 교육 성지,
금묘아파트입니다

1

"우리 손녀는 수능 두 개 틀려서 서울대 갔어요. 나 지금 이렇게 힘없고 별 볼 일 없어 보여두요. 서울대 다니는 손녀 둔 할머니예요."

"대단하세요, 김 여사. 우리 손자 녀석은 영어는 만점 받았는데, 수학이 좀 약해서 연대 갔어요."

"우리 손주는요, 한국에서 공부하는 걸 너무 힘들어해서 그냥 유학 보냈어요."

"어디로요?"

"헝가리요."

"아, 의대 보내셨구나."

"너무 좋으시겠네요."

삼삼오오 둘러앉은 할머니들이 손주 자랑으로 이야기꽃을 피우는 여기는 대한민국 엘리트 교육의 최전선, 강남구 대지동 한가운데에 있는 금묘아파트다. 금묘아파트는 2022년도 국제학업성취도평가 PISA에서 세계 1등을 차지한 것으로 유명하다. 이때 한국은 수학에서 527점을, 과학에서 528점을 기록하며 OECD 국가 가운데 2등을 차지했다. 그러나 이는 한국 전체를 평가 대상으로 올렸을 때의 이야기다. 강남구의 평균 점수는 한국 평균 점수보다 20점이 높았고, 금묘아파트 평균은 강남구보다 20점이 더 높았다. 당연히 수능 만점자는 너무 많이 나와서 일일이 열거하기 어려울 지경이다.

　　금묘아파트 입구에는 크고 번쩍이는 황금 고양이상이 있다. 이름은 금묘, 즉 금 고양이다. 금묘아파트 사람들은 이 금묘가 아파트를 수호하는 영험한 힘을 가지고 있다고 믿는다. 실제로 고양이는 예로부터 영물이었다. 이집트 신화에서는 바스테트(Bastet)라는 여신이 고양이의 형태로 표현되었는데 그는 가정과 출산, 보호의 여신이다. 그러니까 금묘는 금묘아파트 사람들의 정신적 지주로서 입주민들에게 행운을 가져다주는 존재다.

　　금묘는 조선 왕조 제19대 왕이었던 숙종의 반려묘 이름이기도 하다. 숙종은 누구보다 고양이를 사랑하는 왕이었다. 그는 정사를 돌볼 때 금묘를 옆에 두고 일했으며 음식을 나눠 먹기도 했다. 사랑했던 두 여인을 한꺼번에 잃고, 믿었던 사람에게도 배신을 당했던 숙종은 그 쓸쓸함을 금묘로 달랬다. 늘 자신의 옆에 있어 주고, 묵묵히 말을 들어주고, 누구에게도 그 말을 전하지 않는 금묘. 정말이지 의리가 하늘을 찌르는 고양이었다. 숙종이 승하하자 금묘는 밥도 안 먹고 꺼이꺼이 사흘을 울었다고 한다. 금묘는 죽은 뒤 비단옷을 입고 숙종 옆에 묻혔다.

그로부터 300년이 넘게 지난 지금, 숙종의 금묘의 이야기를 기억하는 사람은 많지 않다. 하지만 금묘는 죽지 않았다. 오히려 대지동 한가운데에 다시 태어나 모든 이의 우러름을 받고 있다. 그것도 무려 4미터 크기에 달하는 아주 웅장한 크기로 말이다. 게다가 온몸을 금으로 감싸고 있다. 물론 진짜 금은 아니다. 겉에 금박을 입힌 것이지만, 햇빛을 받으면 눈부시게 빛나며 아파트 전체에 금빛을 뿌린다. 어떤 이의 말에 의하면 잠실에 있는 L 타워에서도 그 번쩍번쩍하는 빛에 눈이 부셔 이쪽은 쳐다보기도 힘들다고 한다.

사람들은 금묘를 오며 가며 만진다. 학교 갈 때 한 번, 출근할 때 한 번, 돌아오는 길에 한 번, 수시로 만진다. 금묘가 입시에 행운을 가져다준다는 믿음이 있기 때문이다. 교회에 다니는 사람도, 성당에 다니는 사람도, 절에 다니는 사람도, 종교가 없는 사람도 모두 금묘를 만진다. 부작용도 있다. 금묘의 다리와 꼬리는 사람들이 너무 많이 만져서 완전 미끈하다. 반대로 배와 등에는 수많은 사람이 새겨놓은 이름으로 성한 곳이 없다.

서울대 의대 합격! 아자 아자 아자! 박수진 파이팅!

수진아, 제발 연세 의대 합격! 반드시! 죽어도!!

이미나 여기서 금묘 만지고 고대 의대 간다!

헝가리 데브레첸 의대 합격 소식을 바라며! 영은아, 엄마가 간절히 기도한다…

어떤 학교에서는 금묘를 보기 위해 전교생을 버스에 태우고 오기도 한다. 하지만 그들은 절대로 금묘를 만질 수 없다. 금묘를 만질 수 있는 권한은 금묘아파트 사람들에게만 있기 때문이다. 금묘에는 초묘권도 있다. 눈으로 볼 수는 있어도 사진을 찍을 순 없다. 물론 금묘아파트 사람들은 괜찮다. 휴대전화에 금묘의 묘기를 담을 수 있는 건 오직 금묘아파트 사람들뿐이다. 다만 다른 사람들이 볼 수 있게 SNS에 올리는 건 입주민에게도 금지되어 있다. 최근엔 금묘아파트에 사는 변호사들이 입주민 대표회의에 금묘의 초묘권을 강화하는 조례 개정안을 제출하면서 입주민들도 사진을 찍는 데 눈치를 보고 있다.

어떤 이들은 고양이 한 마리 가지고 참 유난을 떤다 말하기도 한다. 그러나 이는 몰라서 하는 소리다. 사람들 사이에 금수저, 흙수저 계급이 있는 것처럼 고양이 사이에도 계급이 있다. 캐릭터로 유명한 헬로키티나 애니메이션으로 사랑받은 도라에몽은 흙수저다. 그저 소소한 즐거움이나 줄 뿐이다. 반면 금묘는 금수저다. 사람의 인생을 바꾸는 신비한 기운을 가진 묘기의 동물. 한마디로 차원이 다르다.

그래서 금묘아파트는 최근 이름도 차원이 다른 'The Golden Cat 팰리스 아파트'로 바꾸었다. Golden Cat이 골든벨과 비슷해서 느낌이 좋다는 게 입주민들의 공통된 의견이다. 그들은 자녀가 골든벨을 울리고 서울대, 아이비리그, 의대에 합격했으면 하고 바란다. 그런데 바꾼 이름이 너무 길다 보니 아직까지는 모두 금묘라고 부른다.

당연히 금묘아파트는 학군도 대한민국 최고다. 아파트 단지 주변에 우리나라에서 제일 잘나가는 학원이 다수 포진해 있고, 입주민 자녀들의 명문대 진학 비율도 넘사벽이다. 그만큼 입주 조건을 맞추기도 보통 어려운 게 아니다. 금묘아파트에 입주하려면 재정증명서를 입주민 대표회의에 먼저 제출해서 동의를 받아야 한다. 돈만 많다고 되는 게 아니다. 부모의 대학 성적표도 제출해야 한다. 물론 여기서 중요한 건 학점이 아니다. 그 성적표를 발급한 학교가 어디냐가 진짜 포인트다.

2

금묘아파트는 육아 인프라가 훌륭하다. 금묘조리원과 금묘영유(영어유치원), 금묘인스티튜트까지 아파트 상가 건물에 한데 모여 있다.

진정한 금묘 생활의 시작은 금묘조리원에서부터 시작된다. 금묘조리원의 철학은 '엄마 뱃속에서도 교육이 필요하다'이다. 대한민국은 다른 나라와 달리 태어나면서부터 한 살이 된다. 그 말 인즉슨 뱃속에 있는 태아도 이미 나이를 먹고 있기 때문에 들을 수 있고, 생각을 할 수 있다는 것이다. 그래서 금묘조리원에서는 엄마 뱃속에 있는 시기도 교육의 연장선이라고 판단한다. 금묘조리원에 들어간 엄마들은 가장 먼저 금묘조리원 원장을 만나 다음과 같은 얘기를 듣는다.

"맹모님들, 안녕하세요? 금묘조리원에 오신 것을 환영합니다. 저는 박소현 박사입니다. 서울대 아동가족학과를 졸업하고 예일에서 아동학으로 박사를 했습니다. 여러분 모두 맹모가 되신 것을 환영합니다. 맹모가 뭐냐고요? 모두 맹자 어머니 얘기 아시죠? 맹자의 집이 처음에는 묘지 근처에 있어서 맹자가 곡하는 시늉을 했잖아요. 그래서 맹자 엄마가 시장으로 이사를 했더니 상인 흉내를 냈고요. 그래서 다시 공자를 모시는 문묘 근처로 이사를 갔더니 드디어 맹자가 공부에 관심을 갖게 되었고요. 그 맹자 엄마의 마음이 바로 우리들의 마음 아니겠어요? 그죠? 맹모님들?"

순식간에 맹자의 어머니가 된 예비 엄마들은 사명감을 느끼며 고개를 끄덕일 수밖에 없다.

"금묘조리원은 맹모로서의 첫걸음을 떼는 곳입니다. 우선 축하 말씀을 드립니다. 시작이 반이에요. 최근 미국 SCI 논문으로 넘버원인 「Modern Language Journal」에 따르면 아기들은 자궁 내에서부터 언어를 배우기 시작합니다. 임신 30주 정도에 청각을 위한 감각 및 뇌 메커니즘이 발달하고 임신 마지막 10주 동안에는 태아가 엄마 말을 들을 수 있게 되지요. 그러니까 영어도 엄마 뱃속에서부터 노출시켜야 합니다. 최근 Padua 대학에서는 신생아의 뇌 활동이 자궁 내에서 들은 언어에 의해 영향을 받는다는 사실도 발견했습니다. 이렇게 초기 언어 노출의 중요성은 아무리 강조해도 지나치지 않습니다. 자궁 내에서 영어에 노출된 아기들은 영어를 들을 때 신경 반응을 보이며, 이는 아이가 태어난 후 영어를 배우고 처리하는 능력을 키우는 데 큰 도움이 됩니다."

이때 맹모들은 모두 약속이라도 했다는 듯 자기 배를 어루만지며 영어 교육에 대한 강한 사명감을 느끼게 된다.

"여기 오신 분 중에 금묘앤티네이털 영어 클래스 아직 안 들으신 분들은 가슴이 철렁하시지요? 저도 알아요. 앤티네이털 영어 클래스 지금 대기만 6개월이라는 것을요. 그렇지만 아직 늦지 않았습니다. 솔직히 조금 늦었지만, 지금이라도 금묘조리원 오셨잖아요. 금묘조리원에 계신 2주 동안 여러분은 앞으로 아이들의 교육, 특히 영어 교육을 어떻게 하면 좋을지에 대한 상담을 받게 되실 겁니다. 이러한 교육 상담이 다른 조리원과 저희 조리원의 가장 큰 차이라고 할 수 있습니다. 아시다시피 저희 조리원은 금묘영유와 자매 인스티튜트입니다. 그런데 죄송하게도 요즘은 금묘조리원 맹모님들이라고 해서 모두 금묘영유를 보낼 수 있는 건 아니라고 해요. 워낙 영유 보내려는 분들이 많잖아요. 그래도 다행인 건 금묘영유 실버와 브론즈는 다 찼지만, 골드랑 프리미엄 골드는 아직 몇 자리 남았다네요. 참고하세요."

놀란 가슴을 쓸어내리는 몇몇 맹모들이 보인다.

"조리원에 계신 동안에는 태아의 두뇌 발달에 가장 좋은 음식들로만 식단을 짜 드릴 거예요. 식단 예시 브로셔 하나 QR로 찍어보시구요. 늘 말씀드리지만 맹모님들, 여기에서 들은 얘기 절대로 금묘 바깥으로 흘리셔선 안 됩니다. 모두 비밀유지계약서 사인한 거 기억하시죠? 호호, 금묘 맹모 홧팅입니다. 감사합니다."

여기저기서 휴대전화를 꺼내 QR코드 찍는 소리가 들린다.

우리 아이 두뇌 발달을 위한
금묘조리원 식단 예시

♥ Mon ♥ 구운 연어와 고구마 당근 수프

- 구운 연어: 오메가-3가 풍부한 연어를 레몬딜 소스와 함께 구워 아이들의 뇌 발달에 도움을 줍니다.
- 고구마 당근 수프: 베타카로틴이 풍부한 고구마와 당근을 사용해 아이들의 면역력을 강화합니다.

♥ TUE ♥ 아보카도 살사를 곁들인 구운 닭가슴살과 렌틸 야채 수프

- 구운 닭가슴살: 단백질이 풍부한 닭가슴살을 구운 다음 아보카도 살사를 곁들인 음식으로 아이들의 뇌 기능을 향상시킵니다.
- 렌틸 야채 수프: 철분과 식이섬유가 풍부한 렌틸콩과 야채로 소화 능력을 강화합니다.

♥ WED ♥ 구운 대구 요리와 버터넛 스쿼시 수프

- 구운 대구: 항염 효과가 있는 강황과 생강을 넣어 구운 대구 요리로 아이들의 뇌 건강에 좋습니다.
- 버터넛 스쿼시 수프: 비타민A와 비타민C가 풍부한 면역력 강화 요리입니다.

♥ THU ♥ 삼계탕과 호두 비트 블루베리 샐러드

- 삼계탕: 단백질과 비타민B가 풍부한 닭과 인삼, 대추로 만든 삼계탕은 산모 및 아이들의 기력 회복에 좋습니다.
- 호두 비트 블루베리 샐러드: 항산화제와 오메가-3 지방산이 풍부해 아이들의 뇌 건강에 좋습니다.

♥ FRI ♥ 굴밥과 청국장 찌개

- 굴밥: 오메가-3와 철분이 풍부한 굴을 넣은 영양식으로 피를 맑게 해줍니다.
- 청국장 찌개: 단백질과 프로바이오틱스가 풍부한 청국장 찌개로 소화 능력 향상에 도움이 됩니다.

3

금묘조리원 바로 옆에는 금묘영유가 있다. 금묘영유는 모든 선생님이 아이비리그 원어민 출신이다. 그들은 한결같이 입을 모아 말한다.

"생각 있는 부모님들이라면요, 영어는 초등 입학 전에 떼줘야지요. 그래야 나머지 공부 선행을 하기가 쉬워요."

금묘영유에서는 한국어를 절대 쓰면 안 된다. 금묘영유에 발을 들이는 그 순간부터 아이들은 한국어와 이별해야 한다. 아이들을 데려다주는 부모도 한국말을 하면 안 된다. 부모가 한국말을 하는 것만으로도 아이들은 벌점을 받는다. 101동 303호 사는 세 살짜리 나영이도, 나영이의 엄마도 영유로 가기 위해 현관문을 나서는 순간부터는 무조건 영어를 쓴다.

"씨유 레이터, 레이."

"엄마, 나 집에 갈래⋯⋯."

"돈 워리. 유 윌 비 화인."

나영이의 영어 이름은 '레이'다. 나영이의 엄마는 영어유치원에 등록하는 순간부터 한국어 이름 대신 영어 이름을 부르기 시작했다. 그래서 나영이는 자신의 이름이 나영이인지 레이인지 헷갈린다. 할머니가 전화기 너머로 나영이를 불러도 나영이가 선뜻 대답하지 못 하는 이유다.

"나영아, 할미다. 밥 먹었어? 유치원은 다녀왔고?"

"⋯⋯."

"나영아? 오늘 기분이 안 좋아? 왜 이렇게 시무룩해?"

"⋯⋯."

보다 못한 나영이 엄마가 나선다.

"어머님, 지금부터 나영이 이름은 레이예요. 레이, 유 슈드 비 컨피던트 인 스피킹 잉글리시."

"뭐? 레, 레이? 우리 나영이는 어디 가고?"

나영이 눈에 눈물이 글썽 차오르는 걸 엄마는 애써 못 본 체한다.

그렇게 독하게 시킨 영어 교육 덕분일까. 얼마 전 영유를 수석으로 졸업한 102동 703호 아이는 자기네 집은 강아지 훈련도 영어로 시킨다고 자랑하고 다녔다.

"우리 집 강아지는 영어를 알아들어요. 영어로 훈련을 시켰거든요. 바이링궐이죠. 사람만 바이링궐이 된다고 생각하세요? 우리 집 강아지 보여드려요?"

아이가 강아지를 질질 끌고 사람들 앞에 선다.

"베어, 겟업. 워크."

강아지가 일어나서 걷는다.

"베어, 일어서. 걸어."

강아지가 똑같이 일어서서 걷는다.

"보셨죠?"

여기저기서 사람들이 박수를 친다. 뒤에서 지켜보던 어느 할머니가 고개를 끄덕이며 말한다.

"뉘집 자식인지 개교육 하나는 기가 막히는구먼. 나중에 크게 되겠어."

금묘영유의 가격은 알려진 바가 없다. 몇 명이 누구한테 어떤 수업을 받는지도 모른다. 금묘영유에 들어가면서 모든 부모가 비밀유지계약서를 쓰기 때문이다. 영어를 트게 하는 핵심 노하우가 외부에 흘러나가는 걸 방지하기 위함이란다. 단지 여름방학 때마다 일주일씩 하버드로 가는 어학연수비를 구하지 못해 쩔쩔매는 엄마들이 있다는 정도만 알려져 있다.

그래도 효과는 확실히 있다는 게 정설이다. 금묘영유에 다니는 아이들은 하나같이 한국어 발음이 이상하기 때문이다. 하지만 학부모들은 불만이 없다. 영어가 편해질수록 오히려 한국어가 불편해지는 건 당연한 일이니까. 그런 애들은 얼마 전 지하철역 부근에 생긴 '세종 유아 한국어 발음 학원'에 보내면 된다. 금묘영유 아이들 덕분에 한국어 발음 학원의 매출이 껑충 뛰었다는 얘기도 있다.

4

금묘영유 옆에는 무려 10층짜리 금묘인스티튜트가 있다. 명실공히 대한민국 사교육을 대표하는 곳이자 심장부인 이곳은 보통의 국영수 학원이 아니다. 금묘인스티튜트는 가수 아바의 〈Winner Takes it All〉을 자신들의 CM송으로 개사해서 온종일 틀어 놓는다.

외로워도 슬퍼도 견뎌야 해.
이 길 끝에는 의대가 있으니까.
이 길 끝에는 서울대가 있으니까.
승자가 모든 것을 가져가.
아무도 2등은 기억하지 않지.
너는 네 친구에게 지고 싶니?
지기 싫으면 오늘 이를 악물어.
내일은 밝은 태양이 떠오를 거야.

대한민국 입시 성지 금묘인스티튜트의 모든 강사는 소위 일타 강사다. 연봉은 최소 10억이고 가장 잘 버는 이는 100억을 넘는

결로 알려져 있다. 강사 한 명당 스태프가 평균 10명 정도 붙으며, 매일 자체 시험 문제를 개발하고 책으로 만들어낸다. 최근 금묘인스티튜트는 세계 최초로 인공지능입시연구소를 부설하기도 했다. 인공지능입시연구소의 목표는 인공지능을 활용해 어떤 입시 문제도 빠져나갈 수 없는 문제 은행을 만드는 것이다.

인공지능입시연구소 박 소장은 카이스트에서 인공지능으로 박사 학위를 받고 「Nature」에 논문을 낸 세계가 주목하는 과학자인데, 최근 금묘인스티튜트로 스카우트됐다. 그는 원래 교수가 되려는 꿈을 안고 있었는데, 자녀가 미국으로 조기 유학을 가면서 큰돈이 필요해 금묘인스티튜트의 제안을 수락한 것으로 알려졌다. 금묘인스티튜트의 최대 강점이 무엇이냐는 질문에 박 소장은 체계적인 페어런트 컨설턴트 제도를 꼽았는데, 사실 금묘인스티튜트에서 가장 인기 많은 프로그램은 초등의대반이다.

5

금묘인스티튜트 옆에는 제법 큰 놀이터가 있다. 그네도 있고, 미끄럼틀도 있고, 시소와 정글짐까지 아이들이 좋아할 만한 놀이기구가 가득하다. 그런데 아이들이 없다. 놀이터를 이용하는 사람은 반려견을 데리고 산책 나온 어른들 뿐이다.

놀이터 바로 옆에는 금묘독서실 겸 고시원이 있다. 최근에는 관리형 스카(스터디카페)로 리모델링했다. 그래서 이름도 금묘스터디카페 바꾸었지만 실상은 고시원에 가깝다. 금묘스터디카페의 책상과 침대는 모두 이태리에서 수입한 것들이다. 각 층에는 4명만 거주할 수 있으며, 층마다 언제라도 먹을 수 있는 간식들이 빼곡히 채워진 스낵바가 있고, 갓 볶은 원두의 향이 고소한 커피도 내려 마실 수 있게 준비되어 있다. 청소는 하루에 한 번씩 도우미 아주머니가 해주신다. 이 건물의 맨 꼭대기에는 금묘필라테스가 있다. 금묘스터디카페 요금에는 금묘필라테스 이용 요금도 포함되어 있어서 공부하다 지치면 필라테스로 몸을 풀고 와서 공부하면 된다. 금묘스터디카페는 철저히 예약제로 운영되며, 금묘아파트 입주민이 아닌 경우에는 사용이 불가능하다.

조리원에서 스터디카페까지 다 돌고 나면 금묘아파트 상가가 나온다. 금묘아파트 상가에도 여느 아파트 단지처럼 병원, 세탁소, 아이스크림 가게, 편의점 등이 있다. 그런데 특이하게도 금묘아파트 상가 건물 꼭대기에는 서울대 마크가 붙어 있다. 상가에 입점한 소아과, 정형외과, 안과, 치과, 신경정신과 가릴 것 없이 의사들이 모두 서울대 출신이기 때문이다. 하다 못해 간호사들도 전부 서울대 출신이라는 소문도 있다.

금묘아파트 상가에서 가장 인기가 많은 곳은 금묘반찬이다. 애들 뒷바라지하느라 바쁜 맞벌이 부부의 발길이 끊이지 않는다. 금묘반찬은 인테리어가 웬만한 카페 뺨칠 정도로 고급스러워서 입주민들의 만족도가 높은데, 주인 이모가 해외 유수 대학에서 미술치료를 전공했다는 얘기가 있다. 특히 한쪽 구석에 입주민들이 잠깐 앉아서 책을 읽을 수 있는 멋진 공간을 마련해두었는데,

책장에는 피아제의 『발달 심리학』, 버지니아 사티어의 『아이는 무엇으로 자라는가』 등이 꽂혀 있다.

금묘반찬에서 제일 잘 팔리는 반찬은 뭐니 뭐니 해도 두뇌 발달에 좋다고 알려진 고등어조림, 견과류 멸치볶음, 블루베리 샐러드 등이다. 최근에는 초등의대반을 위해 만든 울트라 프리미엄 세트와 울트라 프리미엄 다이아몬드 세트가 잘 나간다. 미리 예약하면 금묘인스티튜트에서 바로 먹을 수 있게 배달까지 해주기 때문에 엄마들에게 인기가 많다. 참고로 예약은 금묘반찬 어플을 통해서만 진행할 수 있다. 어플을 깔고 실행시키면 다음과 같은 안내가 나온다.

금묘반찬에서 소중한 가족 건강을 챙기세요!!

엄마의 마음을 가득 담아 만든 영양 만점 도시락을 배달해드립니다.
(첫 예약 주문 시 10% 할인)

★ 베스트 상품 ★

① 초등의대반 학생들을 위한 실속 도시락 세트 - 울트라 프리미엄(33,000원)

잡곡밥, 고등어구이, 블루베리 샐러드, 한우 불고기, 유기농 수제 동그랑땡, 유기농 나물 3종

② 초등의대반 학생들을 위한 고급 도시락 세트 - 울트라 프리미엄 다이아몬드 (44,000원)

잡곡현미밥, 제주산 전복죽, 횡성한우 갈비탕, 횡성한우 불고기, 연어구이, 유기농 시금치 무침, 굴전, 수제그릭요거트

6

최근 금묘아파트 상가에서 가장 핫한 가게는 닥터 진이 최근 오픈한 개인 클리닉 금묘테라피다. 상가에서 유일하게 서울대 출신 의사가 아닌 닥터 진은 버클리 의대 정신과에서 음식을 통한 정신 치료를 연구하고 귀국하자마자 금묘테라피를 차렸다. 금묘테라피를 방문한 입주민들은 원장실에 붙어 있는 그의 졸업증명서와 여러 자격증을 보고 금묘아파트의 수준이 한층 높아졌다고 입을 모았다.

닥터 진은 우리나라에 몇 안 되는 푸드테라피 카운슬러이자 찐 금묘인이다. 금묘영유, 금묘초등학교, 금묘중학교, 금묘고등학교까지 졸업한 그는 모두가 가고 싶어 하는 서울대 의대를 거부하고 홀연히 해외로 떠났다. 남들처럼 뻔한 인생은 살기 싫었다는 게 그의 설명이다. 그는 지금 금묘아파트 101동 903호에 부모님과 함께 살고 있는데, 미국으로 돌아가기 전까지만 머물 예정이다. 적당한 때가 되면 미국으로 돌아가 더 큰 푸드테라피 카운슬링센터를 차리는 게 그의 계획이다.

닥터 진의 푸드테라피 카운슬링은 대화를 주고받는 보통의 카운슬링과 다르다. 카운슬링은 보통 한 시간 동안 진행되는데, 클라이언트는 닥터 진이 준비한 영혼을 살찌워주는 음식과 잘 페어링된 술을 한 잔 곁들이며 30분 동안 하고 싶은 이야기를 한다. 그사이에 닥터 진은 딱 두 마디만 한다.

"안녕하세요. 그동안 잘 지내셨죠?"

나머지는 오롯이 클라이언트가 말하는 시간이다. 이때 닥터 진은 클라이언트의 말에 절대 끼어들지 않는다. 물론 클라이언트의 말을 어디로 옮기지도 않는다. 비밀유지계약을 맺었기 때문이다. 이렇게 클라이언트 혼자 말하는 카운슬링이 끝나면 닥터 진은 클라이언트의 이메일로 상담 서머리와 클라이언트가 맛본 음식의 레시피를 보내준다. 카운슬링 시간이 지나면 클라이언트는 옆 방으로 가서 아로마 풋마사지를 받고 귀가한다. 참고로 닥터 진의 한 시간 상담 가격은 따로 정해져 있지 않다. 상담 비용은 첫 번째 면담을 한 뒤 이메일로 통보해준다고 한다.

경기도 양평에는 대지 10만 평 규모의 금묘추모공원도 있다. 이 추모공원에는 금묘의 동생뻘 되는 고양이상이 하나 있다. 금묘 동생이라고 이름표를 달아놓은 것도 아닌데 사람들은 그 고양이가 당연히 금묘의 동생이라고 생각한다.

금묘추모공원은 명당으로 유명하다. 금묘아파트 사람들은 대대손손 자손이 잘되길 바라는 마음에 노부모의 묫자리를 미리미리 받아둔다. 그래서 금묘아파트의 노인들은 따로 묫자리를 보러 다니지 않는다. 어떤 사람들은 아직 태어나지도 않은 자녀의 묫자리까지도 예약을 해두었다. 물론 금묘아파트 사람이 아니면 금묘추모공원에 묫자리를 받을 수 없다.

새벽 5시, 금묘아파트에 고요가 흐른다. 그 고요를 깨뜨리고 미화원 아주머니가 출근한다. 아주머니는 출근하자마자 깨끗한

수건을 들고 금묘로 가 지난밤의 때를 깨끗이 닦아낸다. 미화원 아주머니의 손길이 지나간 곳마다 금묘의 털, 아니 표면이 반짝반짝 빛을 발한다. 매일 하는 케어 외에도 금묘는 한 달에 한 번 정기적으로 전문청소업체의 도움을 받아 깨끗하게 물로 목욕을 한다.

해가 떠오르면 등교하는 학생들로 금묘 앞이 북적인다. 잠이 부족한 아이들이 시뻘건 눈으로 금묘를 응시하며 지나간다. 어떤 아이들의 눈에는 불안과 초조가 가득하다. 개중에는 엿과 초콜릿을 금묘 다리 아래 놓아두는 아이들도 있다. 엿에는 '만점 기원', '대박 합격' 등의 글씨가 부적처럼 쓰여 있다. 수능 시험이 일주일도 채 안 남은 것이다.

요즘 가장 신난 사람은 미화원 아주머니다. 퇴근길에 수거해 간 초콜릿과 엿으로 손주들을 기쁘게 해줄 수 있기 때문이다. 어떤 초콜릿은 수십만 원씩 하기도 한다. 내 평생 언제 몇십만 원짜리 초콜릿을 먹어보겠어. 미화원 아주머니는 금묘에게 늘 감사한 마음이다.

PART **2**

금묘아파트 이야기

수염이 사라졌다

1

밤이 늦도록 금묘아파트의 불은 꺼지지 않는다. 안방 불은 꺼져도 작은방 불은 늘 켜져 있다. 새벽 4시는 되어야 모든 세대의 불이 꺼진다. 그 와중에도 꺼지지 않는 불은 있다. 바로 금묘의 눈이 뿜어내는 묘상한 빛. 입주민 자녀들의 시험운을 돌봐주는 금묘의 눈빛.

작년에 금묘는 전국적으로 유명세를 탔다. 유명 유튜버의 인터뷰 영상이 화제가 되면서 노인부터 아이까지 금묘를 모르는 이가 없게 되었다.

"어머님, 크게 축하드립니다. 따님이 이번 수능에서 유일하게 만점의 영광을 얻었습니다. 혹시 수능 만점 공부 비결이 있을까요?"

유튜버가 묻는다. 영상을 보는 부모들이 꿀꺽 침을 삼킨다.

"비결 같은 게 어디 있겠어요. 있으면 다들 만점을 받았겠지요."

영상 속 엄마가 히죽거리며 손을 내젓는다. 여기저기서 허탈한 한숨 소리가 들려온다.

"에이, 그러지 말고 좀 알려주세요. 저희 구독자분들이 너무너무 궁금해하세요."

"음, 저희 아이는 어릴 때 책을 진짜 많이 봤어요. 집을 거의 책으로 도배했답니다."

"네. 역시 책이군요. 그런데 좀… 약한데요. 그런 일반적인 것 말고 진짜 꿀팁 하나만 알려주세요."

"음, 실은요. 솔직히……."

"앗, 잠깐만요! 말씀하시기 전에 제가 진짜 진짜 효과 좋은 주사 하나만 홍보하고 갈게요. 이 주사가 뭔지 아시나요? 바로 총명주사입니다. 이거 맞고 성적 올린 아이들이 한두 명이 아니에요. 지금 아래 자막 나가고 있죠? 보세요. 어마어마합니다. 그리고 이건 총명비타민! 면역력 높여주고, 집중력 높여주고, 성적도 높여주는 이게 진짜 효과 만점 비타민입니다. 댓글에 링크 걸어 두었으니 한번 살펴보시고, 우리 아이 위해서 당장 구매하세요."

"……."

"죄송합니다, 어머님. 그래서 진짜 비결은 무엇인가요?"

"네. 솔직히 저희 아이가 여기 금묘 학군지로 이사 온 게 신의한 수였던 것 같아요. 일타강사 선생님들이야 어딘들 안 계세요. 분당에 수학 최쌤, 상계에 영어 박쌤, 목동에 국어 심쌤. 근데 아무리 강사가 좋아도 아이가 받아들이지 못하면 소용없죠. 내 말은 학습 분위기가 진짜 중요하단 거예요."

유튜버가 심각한 표정으로 고개를 끄덕인다. 수능 만점자 엄마의 목소리가 점점 커진다.

"학습 분위기는 어디도 금묘아파트를 따라올 수가 없는 것 같아요. 그냥 이 아파트 전체에 흐르는 공부 분위기가 아이들을 차분하게 만드는 것 같아요. 좀 신비해요. 그 기운이 애들을 공부에 빠져들게 만든달까."

"아, 바로 그거군요!"

유튜버의 눈이 반짝인다.

"네, 신비한 기운! 마치… 저 금묘의 눈에서 그 기운이 나오는 것 같아요!"

만점자의 엄마가 손을 번쩍 들어 금묘를 가리킨다. 손끝을 따라 시선을 돌린 유튜버가 화들짝 놀라며 뒤로 넘어가는 시늉을 한다.

"오오! 금묘가 달리 금묘가 아니군요."

"물론 그렇다고 금묘아파트 아이들이 다 서울대 의대를 가는 건 또 아니지만요."

금묘의 얼굴이 화면에 크게 클로즈업된다. 그 아래로 총명주사와 총명비타민 광고가 지나간다.

"솔직히 금묘의 기운을 받는다고 다 되는 건 아니에요. 서울대 의대는 그중에서 선택받은 아이들, 뭐 우리 애 정도는 되어야 가는 곳이죠. 호호호호호."

만점자 엄마의 웃음소리가 그치질 않는다.

이 인터뷰는 유튜브 조회수가 떡상하면서 최단 시간 조회수 기록을 갈아치우기도 했다. 인기가 얼마나 좋았는지 총명주사와 총명비타민 업체도 일주일 만에 1년치 매출을 기록했다고 한다.

2

"안녕하십니까? 오늘의 뉴스입니다."

앵커의 목소리가 시험을 앞둔 수험생처럼 떨린다.

"여러분, 드디어 수능의 날이 왔습니다. 오늘 하루는 그동안 열심히 공부해 온 우리의 자랑스러운 입시생들을 위해 우리가 많은 배려를 해야 합니다. 먼저 기업들부터 그 모범을 보여주고 있는데요. 많은 기업이 학생들이 시험장에 가는 데 방해가 되지 않도록 출근 시간을 늦추었다고 합니다. 주식·외환 시장 거래 시작도 오전 10시로 한 시간 늦춰졌고요. 경찰이 곳곳에 배치되어 늦은 학생들을 운송하고 있습니다.

영어 듣기 평가 방송이 나오는 시간에는 항공기 이착륙이 전면 중지될 예정입니다. 국토교통부에 따르면 총 92편의 항공기 일정이 조정됐다고 합니다. 이에 맞춰 시험장 주변을 이동하는 기차와 차량도 경적 사용을 자제하고 천천히 운행해주시길 부탁드립니다. 참고로 오늘은 군사 훈련도 전면 중단될 예정입니다.

수험생 여러분, 우리는 모두 여러분을 응원합니다.”

금묘아파트에도 하나둘 불이 켜지기 시작한다. 어느 집이든 가장 먼저 불이 켜진 곳은 주방이다. 수능 날 금묘아파트에서 가장 인기 있는 아침 메뉴는 전날 금묘반찬에서 미리 포장해온 특전복죽이다. 특전복죽은 위장에 부담을 전혀 주지 않으면서도 집중력을 최대한으로 끌어올리는 수능 맞춤형 음식으로 소문이 나 있다. 특히 모든 반찬이 현지에서 바로 조달된 유기농 식품으로 만들어져 신선도와 영양가가 매우 높다. 금묘반찬에서는 수능 일주일 전부터 특전복죽 예약을 받는다. 올해는 거의 150인분의 주문이 몰렸는데, 이를 만드느라 이틀 동안 아예 문을 열지 못했다.

아이들은 엄마가 마음을 가득 담아 사 온 특전복죽을 먹으며 12년의 각오를 되새긴다. 아니, 정확히 말하면 18년이다. 금묘아파트 아이들의 공부는 뱃속에서부터 시작되니까. 아이들보다 더 가슴을 졸이는 건 부모들이다. 오직 이날을 기다리며 그동안 얼마나 마음고생을 했던가. 행여 공부에 방해될까 텔레비전도 마음대로 못 보고, 화장실에 갈 때도 발꿈치를 들고 다녔다. 오늘만 지나면 마음껏 텔레비전도 보고 문도 쾅쾅 열고 닫을 것이다. 아이가 다시 시험을 준비하는 일 없도록 제발 성적이 잘 나왔으면 좋겠다.

그런데 그때 금묘아파트의 적막을 깨는 한 줄기 비명이 들려온다.

“아!!!! 안 돼!!!!”

목소리의 주인공은 금묘아파트 경비원 아저씨다. 사람들이 하나둘 창문을 열어본다. 싸늘한 아침 공기가 각각의 집으로 스며든다. 곧이어 여기저기서 섬뜩한 비명이 이어진다.

금묘아파트에서 일어난 일은 수능이 시작되기 전 CNN 방송을 통해 전 세계에 전해졌다. 현장에 급파된 파란 눈의 기자가 유창한 영어로 상황을 설명했다. 흥분한 그의 입에서 하얀 입김이 연신 쏟아졌다.

"서울 강남의 금묘아파트에서 유명한 황금 고양이 조각상 금묘의 수염이 사라지는 사건이 발생했습니다. 소셜 미디어에서는 #WheresTheWhisker 해시태그가 화제를 모으고 있으며, 전 세계 사람들이 수염의 행방에 대해 궁금해하고 있습니다."

금묘의 왼쪽 얼굴에 있던 수염 세 개가 감쪽같이 사라졌다. 목격자는 없었다. 금묘 얼굴까지 높이가 낮은 것도 아니고, 허술하게 붙어 있던 것도 아닌데 정말이지 순식간에 사라졌다. 웅성거리는 사람들 틈으로 시험을 앞둔 수험생들이 바쁘게 발걸음을 옮겼다. 아이들은 차마 고개를 들지 못했다. 사라진 수염을 보는 순간 자신들의 성적도 도난당할 것 같은 기분이었다.

하필이면 수능 날 아침에, 도대체 누가, 무슨 목적으로 이런 짓을 저지른 걸까. 금묘아파트 입주민들은 차마 입을 다물지 못했다.

"어서 CCTV를 돌려보면 되지 않을까요?"

누군가 망연자실한 표정으로 서 있는 경비원 아저씨를 향해 말했다.

"그게… 아파트 조례에 의해 금묘 주변에는 CCTV를 설치하지 않았습니다. 묘기를 보호한다나 뭐라나…….."

"네? 그게 무슨 말 같지 않은 소리인가요? 도대체 누가 그런 조례를 만든 겁니까?"

"여… 여러분들이…….."

"우리는 그런 조례에 동의한 적이 없어요! 이런 일이 발생할 줄 알았다면 당연히 CCTV를 설치했겠지요. 이건 관리를 제대로 못한 관리사무소의 책임이 큽니다. 입주민회의에서 가만있지 않을 겁니다!"

금묘 입주민들에게 둘러쌓인 경비원 아저씨는 고개를 들지 못한 채 한숨만 푹푹 쉬어댔다. 그때 또 누군가 나서서 말했다.

"책임은 나중에 묻고 일단은 벌어진 일을 빨리 수습하는 게 우선입니다. 제가 알기론 서양 사람들은 고양이 수염을 행운의 상징으로 여긴다는군요. 자동차 사고를 막으려고 차에 일부러 두기도 한답니다. 생각해보세요. 지금 그 행운이 가장 필요한 사람이 누구일까요? 그렇죠. 고3 수험생입니다."

사람들이 웅성거린다.

"802호네 고3 있지 않아?"

"무슨 소리야! 우리 앤 아직 고2야!"

"고2도 간절할 수 있지, 뭐."

"아니, 이 사람이! 우리 애는 금묘 수염 없어도 충분히 서울대 갈 성적이야! 이번에 고등학교 들어가는 당신 딸 걱정이나 해!"

하루 종일 금묘아파트가 시끄러웠다. 아니, 온 나라가 시끄러웠다. 인스타에는 수능보다 금묘에 대한 이야기가 더 많이 언급되었다. 해외 인플루언서들도 금묘 소식을 앞다투어 올렸다. #WheresTheWhisker 태그를 가진 게시물이 기하급수적으로 늘었다. 키우는 고양이를 금색으로 색칠하고 자랑하는 사람들도 있었다. 이를 지켜보는 금묘아파트 입주민들은 심기가 불안하고 불편했다. 금묘의 묘기가 세상에 다 흩어지는 느낌이었다.

3

경건해야 할 수능 날이었지만, 오후에 형사들이 다녀가고 난리도 아니었다. 금묘아파트 비상대책위원회가 저녁에 소집되었다. 위원 대다수가 금묘 바로 앞에 있는 101동 803호, 101동 1003호, 101동 1203호를 압수수색해야 한다고 했다. 101동 3호 라인에서 고3 자녀를 둔 집들이었다. 하지만 세 집은 이 소식을 듣고 길길이 날뛰었다. 수능 날 컨디션 관리한다고 일찍 잠에 들었고, 정확히 아침 6시에 온 가족이 같이 일어나 아침 식사를 했다는 것이다. 무엇보다도 세 집의 수험생들은 가채점 결과 모두 평소보다 성적이 좋지 않았다. 울먹이는 학생들을 보며 위원들은 세 집을 즉각 용의자 명단에서 삭제했다.

사건이 쉽게 해결되지 않을 것을 짐작한 위원회는 결국 최후의 수단을 꺼내 들었다. 하버드 출신 교포 디텍티브 칼을 급히 스카우트한 것이다. 미국에서 사립탐정으로 일하는 칼은 때마침 한국에 다른 일로 출장을 온 상태였다.

"안녕하십니까? 입주민 여러분. 저는 디텍티브 칼입니다. 하버드에서 범죄 심리학을 전공하고, 비밀유지 의무 때문에 말씀드릴 순 없지만 이름만 들어도 다 아는 수사기관에서 오랫동안 근무했습니다."

디텍티브 칼이 입술에 검지를 가져다 대고 조용히 자기소개를 했다. 위원회 사람들은 비장한 표정을 지으며 고개를 끄덕였다.

"그럼 정확히 무슨 일이 일어난 건지 누가 자세히 말씀을 좀 해주시겠습니까?"

온종일 금묘아파트 입주민들과 기자들, 형사들에게 시달린 경비 아저씨가 힘없는 목소리로 입을 열었다.

"아침에… 여느 때처럼 똑같이…… 아파트를 돌고 있었습니다. 제 하루는 금묘를 닦아주는 것으로 시작됩니다. 미화원 아주머니도 닦아주시지만, 경비 근무자들도 업무 시작 전에 한 번 닦아주는 게 조례에 적혀 있어서요. 그래서 오늘 아침에도 금묘를 닦아주려고 고개를 들었는데 금묘의 왼쪽 수염이 없어진 게 아니겠어요. 처음엔 제 눈을 의심했습니다. 하지만 아무리 눈을 비비고 봐도 사실이었죠. 금묘 수염은 날카로운 톱으로 잘려나간 것처럼 보였습니다. 쇠줄 같은 걸로 자른 것도 같았어요. 제가 비명을 지르자 사람들이 모여들었고… 그게 답니다."

경비 아저씨는 그새 몇 킬로그램은 빠진 것처럼 홀쭉해져 있었다.

"외부 사람의 소행일까요?"

디텍티브 칼의 질문에 위원 중 한 사람이 먼저 입을 열었다.

"전 내부 소행이라고 봐요. 지금이라도 빨리 고3 집들을 압수수색해야 해요. 시간이 흐르면 흐를수록 증거를 찾기 어려워진다니까요."

"음, 그건 어렵습니다. 국제법상 대한민국은 영장 없이 함부로 다른 사람의 홈을 수색하지 못하게 되어 있습니다."

그러자 다른 위원이 쭈뼛쭈뼛 손을 들고 입을 열었다.

"혹시… 은묘아파트 사람 짓은 아닐까요? 왜 은묘아파트 사람들 툭하면 아닌 척하면서 금묘 보러 오고 그러잖아요."

"맞아요! 은묘아파트 사람들 참 이상해. 자기네 은묘나 잘 관리할 것이지. 왜 남의 금묘에 눈독을 들이고 그럴까."

"아니면 최근에 고양이 위스커 상자를 구매한 집이 있는지 알아보면 어떨까요? 배달 물품은 무조건 경비실 검사를 거쳐서 들어오잖아요."

좋은 생각이라며 의원들이 박수를 쳤다. 경비 아저씨가 풀이 죽은 목소리로 간신히 답했다.

"그게… 차 문을 열고 검사는 하지만 그 목록을 일일이 적어두진 않습니다. 그랬다간 택배기사님들이 제시간에 배달을 마치지 못 해서… 그분들도 얼른 배달하고 퇴근을 해야……."

"아니, 그게 우리들이랑 무슨 상관입니까! 그럼 더 일찍 와서 배달을 시작해야지!"

경비 아저씨는 고개를 들지 못했다. 디텍티브 칼이 두 손을 들었다 내리며 사람들을 진정시켰다. 잔뜩 흥분했던 위원들이 입을 다물었다.

"혹시 금묘 수염이 진짜 골드로 만들어졌나요?"

"그건 아닐 거예요. 우리 남편이 종로에서 금은방을 하는데 딱 봐도 진짜 금은 아니라고 하더라고요."

"그럼 왜 그랬을까요? 혹시 금묘 수염을 가지면 뭔가 좋은 일이 생긴다, 그런 얘기가 있나요? 서양에서도 고양이 수염을 행운의 상징으로 여기긴 하거든요."

역시 하버드 출신이라 그런지 디텍티브 칼은 다른 사람들보다 많은 정보를 알고 있었다. 위원들의 눈에서 디텍티브 칼을 향한 신뢰가 쏟아졌다.

"먼저 현상금을 거는 게 좋겠습니다. 모든 범죄에는 목격자가 있습니다. 그리고 대부분 목격자는 현상금에 약합니다. 자신이 아는 정보가 돈이 된다는 걸 알면 분명 반응할 수밖에 없어요."

"얼마면 될까요?"

위원장의 질문에 디텍티브 칼이 손가락 두 개를 펴 보였다.

"2억이요? 음, 뭐, 수염을 찾을 수만 있다면……."

암묵적 동의를 뜻하는 침묵이 위원들 사이에 흘렀다. 사실 위원들은 그렇게 해서라도 얼른 집으로 돌아가고 싶었다. 하루 종일 진행된 회의와 감정 소모에 더 이상은 한 마디도 하기 싫었기 때문이다. 하버드 출신 디텍티브가 맡았으니 곧 해결할 수 있을 거라고 비상대책위원회 위원장이 결론을 내자 다들 젖 먹던 힘까지 짜내어 박수를 쳤다.

긴 하루가 그렇게 끝났다. 어느덧 시곗바늘은 자정을 넘어가고 있었다. 그런데 수능 날 사라진 것은 금묘 수염만이 아니었다.

4

금묘아파트 105동 403호 외동딸 박민서의 책상 위에는 보란 듯 일기장이 펼쳐져 있었다. 누구든 얼른 와서 읽어보라고 말하는 것 같았다.

나는 금묘 키즈다. 외로운 금묘 키즈. 이 세상에 나는 혼자인 것 같다. 엄마도 바쁘고, 아빠도 바쁘다. 늘 그랬다. 사람들은 돈 잘 버는 유명한 변호사인 우리 엄마를 원트라 슈퍼맘이라고 부른다. 그리고 친구들은 이런 엄마를 가진 나를 부러워한다. 할머니는 엄마랑 아빠가 바쁜 게 다 나를 위한 거라고 말했다. 정말일까? 나한테는 엄마보다 할머니가 더 엄마처럼 느껴지는데……

엄마는 내 생일도 기억을 못한다. 그러면서 내 영어 점수나 수학 점수는 다 기억한다. 엄마는 나보다 내 코디 선생님하고 더 많은 카톡을 주고받는다. 내가 프로필 업데이트를 하든 말든 관심도 없다. 내가 엄마의 인정을 받는 유일한 방법은 1등이 되는 것이다. 내가 1등을 하면 엄마는 '역시 엄마 딸이야' 하고 기뻐한다. 그런데 이번에 나는 아랫집 203호 하은주에게 1등을 빼앗겼다. 엄마가 나한테 말한다. 나를 이해할 수 없다고. 하은주가 죽도록 밉다. 엄마도 밉다.

내가 무슨 1등 하는 기계냐. 공부하는 기계냐고. 엄마는 나한테 물어보지도 않고 코디쌤을 바꿨다. 이번 코디쌤은 정말 좋았는데… 새로운 코디쌤은 악명이 높다. 더 열받는 건 내가 아무리 화가 나도 엄마가 집에 없다는 것이다. 엄마한테 열받는다고 톡을 보내도 답이 없다. 지구가 멸망했으면 좋겠다. 빙하기가 와서 모두 다 얼어버렸으면 좋겠다. 내일 아침 아무도 깨어나지 않는 세상이 오면 좋겠다.

민서는 드디어 벼르고 벼르던 가출을 했다. 초등의대반을 처음 간 날부터 생각했던 가출이었다. 그런데 가족으로부터 연락이 없다. 전화는커녕 카톡도 오지 않는다. 가출한 당일에도, 그다음 날에도 전화기가 조용하다. 민서 아빠의 입에서 민서에 대한 얘기가 나온 건 다음 날 저녁 시간도 한참 지난 다음이었다.

"근데 민서는 뭐해?"

회사에서 들고 온 자료를 살피던 민서 엄마가 심드렁한 표정으로 답한다.

"내가 어떻게 알아?"

"민서한테 톡을 보냈는데도 답이 없어. 전화도 안 받고. 당신이 민서 친구한테 전화 좀 해봐."

"민서 친구? 누구?"

"당신이 모르면 내가 어떻게 알아?"

그제야 민서 엄마가 자리에서 일어선다. 그러고는 거실 소파에 앉아 있는 민서 할머니에게 가서 묻는다.

"어머님, 민서 친구 누구 있는지 아세요?"

민서 할머니가 기가 찬다는 표정으로 민서 엄마에게 대꾸한다.

"내가 민서 엄마냐?"

엄마, 아빠, 할머니 세 사람이 모여 머리를 맞대도 민서의 친구가 누구인지 도저히 모르겠다. 경찰서에 전화해야 하나. 민서 할머니가 조바심을 낸다.

"조금만 더 기다려보죠. 민서는 겁이 많아서 나쁜 짓 절대 못할 거예요."

"아래 203호랑 303호 애들이 민서랑 같은 학교 아닌가? 내가 걔네한테 가서 물어볼까?"

민서 아빠가 걱정스러운 표정으로 말한다.

"걱정하지 말라니까. 왜 호들갑을 떨어!"

민서 엄마가 미간을 잔뜩 찌푸리며 단호하게 말한다.

"야, 너 민서 엄마 맞아?"

민서 아빠와 시어머니가 동시에 소리를 지른다.

"기다려보세요, 어머님. 며칠 있으면 돌아옵니다."

민서 엄마 목소리에는 걱정이 조금도 묻어 있지 않다. 어안이 벙벙한 두 사람을 뒤로 하고 민서 엄마는 학교 선생님에게 전화를 건다.

"선생님, 네, 민서 엄마예요. 민서가 이번 주에 유럽 연수 가는 남편 따라 해외 체험학습을 갔는데 미리 말씀 못 드렸어요. 가서 유럽의 법제를 공부하고 온다고 하네요. 네, 그럼 수고하세요."

사실 민서 엄마는 민서가 대구에 간 사실을 이미 알고 있다. 민서가 유일하게 말이 통한다고 생각하는 진희 이모가 대구에서 꽃집을 하기 때문이다. 물론 진희 이모는 민서가 오지 않았다고 박박 우겼지만, 민서 엄마는 민서가 대구에 있다고 확신했다. 민서가 엄마 카드를 쓰기 때문이다. 처음에는 약간 걱정을 했지만, 얼마 지나지 않아 대구 이모네 근처에 있는 편의점에서 카드 사용 알림이 왔다. 띠딩, 대구 왕가네 도시락 10,000원. 또 띠딩, 바나나우유 1,800원. 카드 사용 알림을 보면서 민서 엄마는 생각했다.

'잘 먹고 잘 돌아다니는구나.'

은행에서는 요즘 부모에게도 카드 사용 알림 서비스를 한다. 아마 민서도 알고 있지 않을까 싶다. 하지만 민서 엄마는 카드 울림 사실을 남편이나 시어머니에게 이야기하고 싶지 않다. 최근 들어 더 꼴 보기 싫은 두 사람이 마음고생을 했으면 좋겠다. 민서를 데려오는 건 그 뒤에 해도 늦지 않다.

다음 날 밤 10시, 금묘아파트 회의실에서 위원회가 열렸다. 위원장이 물었다.

"디텍티브 칼, 뭐 업데이트된 소식 없나요?"

"오늘까지는 현장 조사를 했습니다. 내일부터 개별 인터뷰를 시작하려고 합니다.”

"참, 민서 엄마. 혹시 민서 집에 들어왔나요?”

민서 엄마도 위원회 소속이다. 바쁜 와중에도 법적 조력자가 필요하다는 설득에 어쩔 수 없이 시간을 내기로 했다.

"네?”

"그 집 할머니가 민서 집에 안 들어왔다고 해서요.”

"어머나, 민서가 집을 나갔어요?”

옆에서 다른 위원들이 호들갑을 떤다.

"민서가 언제부터 안 들어온 거예요? 혹시⋯ 민서가 금묘 수염 가지고 도망간 건 아니겠지요?”

"아니, 무슨 그런 말도 안 되는 말을 하세요!”

민서 엄마가 발끈한다.

"민서가 없어진 날 금묘 수염 도난 사건이 있었잖아요⋯⋯. 그 뒤로 민서가 안 보이는 것도⋯⋯.”

"그러네요! 알리바이가 딱 맞네.”

다른 위원들의 표정이 심각해진다.

"민서는⋯ 대구 이모네 집에 놀러갔어요. 갔다 와서는 유럽으로 체험학습 갈 거구요. 민서 할머니가 뭘 잘 모르시고 하신 말씀입니다. 민서 할머니가 요즘 깜빡깜빡해요.”

민서 엄마가 차가운 목소리로 말했다. 그 냉기에 웅성거리던 사람들이 입을 다물었다.

"다행이네요. 근데 그걸 왜 지금 말해주세요? 우리가 얼마나 걱정했는데…….”

“민서 할머니가 착각을 하셨군요. 그래도 민서 돌아오면 우리가 조사를 좀 해봐야 될 것 같은데…….”

“그건 절대 안 되죠. 미성년자를 물증 없이 그렇게 조사하면 불법인 것 몰라요?”

민서 엄마가 눈꼬리를 세운다. 사람들은 순식간에 꿀 먹은 벙어리가 된다.

“진정들 하세요. 민서가 뭐가 아쉽다고 금묘 수염을 가져가겠어요. 민서 어머님도 화 푸시고요. 다들 예민해져서 그런 거니까요.”

민서 엄마는 대한민국 최고의 로펌에 다닌다. 잘못 건드리면 안 된다는 것을 사람들은 이미 알고 있다. 잠시 침묵이 흐른 뒤, 다른 위원이 불평을 늘어놓는다.

“제 생각에는 그 인터뷰를 하지 말았어야 해요. 유튜브 통해 금묘에 대한 소문이 외부로 퍼지면서 사람들이 금묘에 눈독을 들이게 된 거잖아요.”

사람들의 시선이 103동 501호 수현이 엄마에게 쏠린다. 수현이 엄마는 일전에 수능 만점자 엄마로 유튜브에 나왔던 그 사람이다. 사람들이 웅성거린다. 수현이 엄마가 길게 한숨을 내뱉는다.

“이젠 저한테 뭐라 하시는 거예요? 제가 지금까지 금묘아파트를 위해 희생한 게 얼만데… 휴우. 짜증 나.”

수현이 엄마는 금묘아파트의 울트라 슈퍼갑이다. 수현이는 수능 만점을 맞고 서울대 의대로 진학했다. 그 뒤로 수현이 엄마는 금묘인스티튜트에서 학부모 실장을 하고 있다. 위원장이 서둘러 수현이 엄마를 달랜다.

"에이, 그게 무슨 말씀인가요. 수현이 어머님 덕분에 우리 아파트가 세계적으로 주목받는 교육 성지가 되었는데. 수현이 어머님, 신경 쓰지 마세요. 네? 이해하세요. 네?"

수현이 엄마가 크게 콧방귀를 끼며 눈을 감는다. 어느 정도 분위기가 진정되자 위원장이 화제를 돌린다.

"그보다 오늘 얘기해야 할 안건이 하나 있어요. 105동 1503호 안현우 학생 다들 아시죠? 이 친구를 어떻게 해야 할까요?"

현우는 학교에서 인디 밴드를 하다가 최근에 드라마 조연으로 길거리 캐스팅이 되었다고 한다. 〈연인〉이란 청춘드라마에서 남자 주인공의 친구 역을 했는데 인기가 꽤 많았다. 현우의 팬들이 금묘아파트 입구에서 자리를 깔고 앉아 있다 입주민 신고로 경찰이 출동한 적도 있었다.

"현우 학생 같은 사람이 우리 아파트에 있는 게 다른 아이들의 교육에 과연 도움이 될지 모르겠습니다. 이게 아무래도 영향을 끼치잖아요."

위원장의 말을 부위원장이 거든다.

"물론 현우 학생 부모님이신 안 교수님 내외가 금묘아파트에 얼마나 중요하신 분인지는 저희도 잘 알아요. 두 분 덕분에 우리 애들이 공동으로 논문도 쓰고 연구실 조교도 했잖아요. 그것만으로도 대학 입학에는 큰 점수가 되니까요. 그런데 현우 학생 때문에 다른 아이들이 피해를 보는 것도 사실입니다. 이는 별개의 문제예요."

현우네 스펙은 누구보다 화려하다. 아빠는 서울대 의대 정신과 교수고, 엄마는 고대 법대 교수다. 문과와 이과를 아우르는 부모 밑에서 금묘고등학교 전교 회장 안현우가 나왔다. 안 교수네 부부도 처음에는 현우가 음악을 하는 것에 관대했다. 적극적인 동아리 활동도 스펙을 쌓는 데 도움이 되니까. 그런데 길거리 캐스팅이 될 줄은 꿈에도 몰랐다. 물론 지금도 이렇게 현우에 대한 얘기가 위원회에서 나오는 줄은 꿈에도 모를 것이다.

현우네를 금묘아파트에 둘 것인지 퇴출시킬 것인지, 이것이 오늘 밤 금묘아파트 비상대책위원회 최고의 화두가 되었다. 현우네에 대한 열띤 토론 덕분에 금묘 수염 도난 사건은 조금 조용해졌다. 회의에 참석한 디텍티브 칼은 연신 하품을 했다. 그렇게 금묘의 밤이 흐르고 있었다.

PART 3

303호 봉선아 이야기

착하고 똑똑한 밥순이 아줌마, 봉선아입니다

1

"야, 이수지. 학원 안 가!!!"

수지는 논술 학원과 영어 학원을 다닌다. 제일 비싼 수학 학원을 가지 않기 때문에 다른 금묘 아이들에 비해 학원비가 안 들어가는 편이다. 수지 수학은 수지 아빠 담당이다. 남편은 퇴근하면 넥타이만 풀고 수지 방으로 들어간다. 보험회사 팀장에서 수학 선생으로 재출근을 하는 것이다. 수지 방에는 수학 선생을 위한 큰 화이트보드도 마련해뒀다. 오늘도 남편은 수지 방으로 향하며 내게 말한다.

"영어는 당신이 가르치면 안 돼? 어떻게 서울대 영어교육과 출신이 영어를 못 가르치냐?"

자기는 학원비를 아끼기 위해 아무리 피곤해도 직접 애를 가르치는데 엄마인 나는 뭐 하냐는 것이다. 물론 나도 그러고 싶다. 그런데 애가 아빠 말은 들어도 엄마 말은 듣지 않는 걸 어쩌라는 것이냐.

"야! 이거 어제 아빠가 가르쳐 줬잖아. 이게 지금 몇 번째야? 싸인 함수와 코싸인 함수의 미분이 지금도 헷갈리면 어떻게 하니, 어?"

"아빠, 이건 원래 우리가 배우는 게 아니잖아. 고등학교에서……."

아니나 다를까 오늘도 부녀 사이가 심상치 않다.

"야, 이수지! 정신 나갔지? 너 선행 안 하고 학교에서 애들 어떻게 따라가려고 그래? 고등학교 들어가면 하루에 3시간도 못 자고 공부해야 돼. 알아?"

남편의 목소리가 점점 커진다. 화산 폭발이 점점 가까워지는 게 느껴진다. 수지가 기어코 울음을 터뜨린다. 나는 들어갈까 말까 고민을 거듭하다 결국 문을 열고 만다.

"왜 애를 잡아? 공부 가르쳐주라고 했지, 애 잡으라고 했어?"

나는 우는 수지를 감싼다.

"당신, 여기선 내가 아빠가 아니라 선생님인 거 잊었어?"

남편의 목소리가 온 집안에 쩌렁쩌렁 울린다.

"당신이 이렇게 애를 싸고돌아서 의지력이 약하잖아. 당신이 수지 미래 책임질 거야? 아니면 간섭하지 말고 나가."

늘 나오는 레퍼토리다. 이 상황에서는 싸워도 내가 얻는 게 없다. 조용히 꼬리를 내리고 방문을 닫는다. 그래도 그사이에 마음을 다잡은 수지가 다시 펜을 잡고 문제를 풀기 시작한다. 다행히 오늘 수학 수업은 짧게 끝났다.

중이 자기 머리 못 깎는다고 왜 똑똑한 교수님들이 자기 애들을 직접 가르치지 않고 학원으로 보내는지 알겠다. 나는 돈 없는 부모 아래 태어나 학원에 못 가는 수지가 측은하다. 불쌍한 우리 딸……. 아까 사둔 꽈배기에 따끈따끈한 우유를 들고 수지 방으로 들어간다.

"엄마! 아, 쫌! 노크 좀 하라고!!"

하마터면 깜짝 놀라 우유를 쏟을 뻔했다. 강남 가서 뺨 맞고 종로 와서 화풀이한다더니, 아빠한테 열받은 걸 엄마한테 풀어내는 이 녀석의 심보가 괘씸하기 짝이 없다. 엄마 딴에는 우울해 있을 딸을 위로해주려고 간식도 준비했는데, 이제 보니 거울 앞에 얼굴을 들이밀고 열심히 화장이나 하고 앉아 있다. 아, 저걸 어쩌지. 갑자기 화가 부글부글 끓어오른다.

"야, 너 지금 화장할 시간이 있어? 그리고 너 아빠한테 수학 배울 수 있는 애들이 대한민국에 몇이나 되겠어? 아빠한테 고마운 줄 알아!"

"엄마! 나 화장하는 거 아니거든. 여드름 패치 붙이는 거거든!!"

수지는 반성하는 기미가 전혀 없다. 멘탈이 강하다고 해야 할지, 정신이 없다고 해야 할지.

"암튼 너 수학1 한 바퀴 이번 달까지 끝내야 되는 건 알지?"

"몰라!!"

간식을 책상에 내려놓기 무섭게 나를 바깥으로 밀더니 문을 쾅 닫는다. 전쟁터처럼 치열했던 하루가 또 이렇게 끝나는구나 싶다. 그놈의 미적분. 분명히 고3 때 수학 선생님은 말했다. 배우기 어려워도 인생을 살면서 반드시 알아두어야 할 수학이 미적분이라고. 그러면서 미적분 시간에 조는 애들은 더욱 아프게 등짝을 때리곤 했다.

"이것들아. 미적분도 못 하면서 나중에 연양여고 나왔다고 할려고 그래!"

그런데 지금까지 살아오면서 내 인생에 미적분이 필요한 순간이 있었던가. 앞으로의 인생에는 필요하려나? 우리 수지도 지금 미적분 때문에 머리에서 김이 나는 것 같은데, 이놈의 빌어먹을 미적분은 도대체 누가 만들어 놓은 것인지…….

2

내 이름은 봉선아. 사람들은 내 이름을 듣고 〈울 밑에 선 봉선화〉 노래를 떠올린다. 울 밑에 선 봉선화야, 네 모양이 처량하다. 길고 긴 날 여름철에, 아름답게 꽃필 적에……. 나는 내 인생이 뭔가 이 노래처럼 처량해지지 않길 바라는 마음으로 살아왔다. 그래서 어릴 적 가장 좋아했던 시인도 자신의 길에 떳떳했던 윤동

주였다. 나는 윤동주 시인의 「서시」를 매일같이 외우고 다녔다.

　　죽는 날까지 하늘을 우러러
　　한 점 부끄럼이 없기를,
　　잎새에 이는 바람에도
　　나는 괴로워했다.
　　별을 노래하는 마음으로
　　모든 죽어 가는 것을 사랑해야지.
　　그리고 나한테 주어진 길을
　　걸어가야겠다.

　　오늘 밤에도 별이 바람에 스치운다.

　　영화 〈편지〉의 주인공들처럼 순수한 사랑에 모든 걸 바치는 사람이 되기도 바랐다. 영화 속에서 남자 주인공 환유가 여자 주인공 정인에게 읽어 주던 황동규 시인의 「즐거운 편지」도 내 18번지였다.

　　내 그대를 생각함은 항상 그대가 앉아 있는 배경에서 해가 지고 바람이 부는 일처럼 사소한 일일 것이나 언젠가 그대가 한없이 괴로움 속을 헤매일 때에 오랫동안 전해 오던 그 사소함으로 그대를 불러보리라.

피천득 선생님의 수필 「연인」에 나오는 아사코나 백석 시인의 시에 나오는 나타샤가 되고 싶은 꿈도 있었다. 그 꿈을 이루고자 쉬지 않고 달려왔는데… 지금의 나는, 나는 그대도 아니고, 연인도 아닌 대한민국의 가장 평범한 아줌마가 되었다. 아니 딸에게 치이고, 남편에게 외면받는 비참한 아줌마가 되었다.

"엄마! 화장실에 휴지가 없어!"

"어. 깜빡했네."

"뭐야, 정말!"

"미, 미안해. 여기 티슈로……."

"아이, 짜증 나!"

"……."

이럴 때 남편이라도 내 편이 되어주면 얼마나 얼마나 좋을까.

"여보, 쓰레기 버리고 분리수거 좀 해줄래?"

"음, 안 돼. 바빠."

"뭐가 바빠? 지금 소파에 누워서 핸드폰 보면서."

"당신 수능 과탐 만점 받았다고 하지 않았어? 그걸 보면 나보단 당신이 분리수거하는 데 더 소질이 있는 거야. 난 두 문제나 틀렸다고."

"뭐? 그게 무슨 말이야? 어휴, 저게 남편이야 웬수야."

대한민국 남자들은 차라리 입을 다무는 게 와이프를 도와주는 일이다. 말이라도 안 하면 중간이라도 가지. 그 와중에 딸내미가 또 속을 긁는다.

"엄마, 나 이제 나가야 되는데 밥은 언제 줘?"

"야! 내가 밥이야? 내 얼굴이 밥으로 보여?"

"어허, 여보. 엄마 들으셔. 말 조심해."

세상에 아무도 내 편이 없다. 학창시절엔 공부든 뭐든 똑소리 나게 잘한다고 해서 별명이 '똑순이 봉선아'였는데, 지금의 나는 그냥 '밥순이 봉선아'다. 하루 종일 밥하고 치우고 또 밥하고 치우는 삼시 세끼, 아니 사시 네끼, 오시 다섯끼 밥순이다. 정말이지 지긋지긋해서 살 수가 없다.

3

얼마 전 잡지를 보았는데, 대한민국 엄마에는 세 가지 종류가 있다고 한다.

첫 번째 카테고리는 울트라 슈퍼맘.

두 번째 카테고리는 슈퍼맘.

세 번째 카테고리는 돼지맘.

울트라 슈퍼맘은 대한민국 상위 0.5%의 엄마들을 가리킨다. 이 사람들은 사실 맘이 아니고 신이다. 연봉은 최소 1억 5천 정도고, 보통 시댁 어른들이 집에서 살림하고 애도 키워 주며 받든다. 그들의 직업은 큰 로펌 변호사, 의사, 또는 그냥 다이아몬드수저로 태어난 백수다. 흔히 말하는 재벌가 따님들이다. 울트라 슈퍼맘은 재력이 되는 만큼 가정의 모든 결정권을 갖는다. 다만 육아는 방향만 잡아주고 실제로 참여하지는 않는다.

울트라 슈퍼맘은 백화점 명품관에서만 쇼핑을 한다. 반면 슈퍼맘은 주로 백화점 1층이나 지하의 영플라자를 간다. 돼지맘은 급에 따라 다르다. 금묘아파트 돼지맘 같은 울트라 돼지맘은 명품관을 가지만, 일반 돼지맘은 영플라자를 간다.

슈퍼맘들은 곳곳에 쌔고 쌨다. 이름만 슈퍼맘이지 쉽게 말해 일과 육아를 병행하는 워킹맘이다. 워킹맘들 듣기 좋으라고 슈퍼맘이라고 불러주는 것 뿐이다. 세계적으로 인정받는 옥스퍼드 영어사전은 슈퍼맘을 다음과 같이 정의한다.

'모범적이거나 이상적인 어머니, 가정을 성공적으로 관리하고 자녀를 양육하며 풀타임으로 경력을 쌓은 사람.'

지금 나의 삶은 이리 뛰고 저리 뛰는 '자칭' 슈퍼맘이다. 이름에 슈퍼가 들어가긴 했지만, 당연히 슈퍼우먼하고는 거리가 멀다. 오히려 요즘엔 조금만 무리해도 코피가 쏟아진다. 코피 얘기를 하니 딸년 때문에 또 화가 난다. 수지는 코피 쏟는 엄마를 걱정하기는커녕 자기 옷에 묻히지 말라며 질색팔색한다. 자식 공들여 키워봤자 소용없다.

사실 나는 울트라 슈퍼맘을 꿈꿨다. 하지만 지금은 그저 슈퍼맘의 허울을 쓴 아줌마일 뿐이다. 여기저기서 깨지고, 찌그러지고, 부서지며, 무시당하는 아줌마. 슈퍼맘이 되려다 가랑이 찢어진 서울 아줌마.

대한민국에서 변호사나 의사, 교수나 선생님을 제외한 대부분의 여자는 아줌마로 불린다. 그런데 누구도 아줌마라고 불리는 것을 좋아하지는 않는다. 물론 예외는 있다. 우리 엄마는 오늘 마트 직원이 자기를 할머니라 부르지 않고 아줌마라 불렀다고 엄청 좋아했다. 그래, 아줌마가 할머니보다는 낫지.

이렇게 여러모로 별 볼 일 없는 인생이지만, 그나마 다행인 것은 금묘아파트 입주민이라는 사실이다. 우리 집은 금묘아파트 105동 303호다. 금묘아파트는 대학 다닐 때부터 내 로망이었다. 금묘아파트 사람들은 뭘 먹고, 뭘 입고, 뭘 보면서 사는지 궁금했다. 우리는 여기에 전세로 들어왔는데, 나중에 알고 보니 나와 남편 둘 다 서울대 출신이라는 점이 금묘아파트 입주위원회에서 입주 허가를 받는 데 큰 영향을 미쳤다고 한다. 그렇게 금묘아파트 입주민이 된 이후 나는 다른 사람들의 질문에 이렇게 대답할 수 있게 되었다.

"어디 사세요?"

"금묘요."

"어머! 금묘시구나!"

금묘에서 살게 된 건 얼마 되지 않았지만, 첫 인연은 벌써 21년 전으로 거슬러 올라간다. 서울대 다니면서 나는 적어도 과외 알바 두 탕은 해야 했다. 그중 한 곳이 여기 금묘아파트였다. 학교 수업이 끝나면 나는 289번 버스를 타고 강남으로 왔다. 내가 가르치는 아이의 이름은 미소. 국제학교에 다니는 아홉 살짜리 여자아이였다. 미소는 미국에서 태어나 한국말이 서툴렀다. 그런데 내가 미소에게 가르치는 건 한국말이 아니라 수학, 정확히 말하면 산수였다. 아이 자신도, 아이 부모도 한국어를 배울 필요성은 별로 느끼지 못하는 것 같았다.

미소의 영어 이름은 에밀리였다. 에밀리의 엄마는 참 세련돼 보였다. 집 안에서도 항상 화장을 하고 고급스러운 외출복을 입고 있었다. 그녀는 늘 내게 오렌지주스를 가져다주었다. 설탕으로 맛을 낸 게 아닌 진짜로 짠 오렌지주스였다. 그러면서 교양 있는 서울말로 에밀리가 공부를 잘 따라오는지 물었다.

"우리 에밀리 어때요?"

그때마다 나는 입에 침도 안 바르고 에밀리 칭찬을 해주었다.

"에밀리는 하나를 가르치면 열을 아는 아이예요. 어쩜 이렇게 똘망똘망한 따님을 두셨어요?"

"호호호, 다 선생님 덕이에요. 역시 서울대 선생님은 수준이 다르시네요. 고마워요, 선생님."

그런데 이렇게 교양 있는 엄마가 자기 자식 덧셈 뺄셈도 못 가르치는 건 의외였다. 돈이 썩어나나……. 사실 에밀리는 공부로 먹고살 아이는 아닌 듯했다. 다른 아이들은 곱셈 나누기를 하고 분수도 배우는데… 2시간 동안 덧셈 뺄셈만 반복해서 가르치는 것도 보통 일은 아니었다.

그래도 나는 에밀리를 가르치는 게 좋았다. 더운 여름에는 감기에 걸릴 정도로 에어컨이 빵빵하게 나왔고, 추운 겨울에는 발바닥에 화상을 입을 정도로 보일러를 뜨겁게 틀었으니까. 에밀리

책상 위에 있는 수입 과자를 배부르게 먹을 수 있으니까. 무엇보다도 에밀리 엄마는 과외비로 다른 집보다 10만 원을 더 주었다. 게다가 선불이었다. 솔직히 나는 평생 에밀리가 덧셈 뺄셈의 늪에서 빠져나오지 못 했으면 하고 바라기도 했다. 그러나 이 짧은 행복은 에밀리 아빠가 프랑스 주재원으로 발령이 나면서 끝나고 말았다.

4

나는 1981년 닭의 해에 태어났다. 그런데 누구보다도 닭과 친해야 할 나는 닭에 대한 깊은 트라우마가 있다. 내가 미스터 치킨을 처음 만난 건 돌이 막 지났을 때였다. 우리 부모님은 방 한 칸짜리 월세를 살았다. 그리고 주인아주머니네 집에는 나보다 두 배는 더 큰 닭이 살고 있었다. 원래 그는 나의 유일한 친구였다. 우리는 같은 지붕 아래 살고 있었고, 서로가 서로에게 호기심을 가진 존재였다. 그날이 사건이 벌어지기 전까지는.

퇴근한 엄마는 부랴부랴 밥을 안치고 국을 끓였다. 나는 마당에서 노을에 물든 봉숭아꽃을 바라보고 있었다. 그때 미스터 치킨이 고개를 까딱이며 내 쪽으로 다가왔다. 나는 반가운 마음에 손을 내밀었다. 그런데 믿을 수 없는 일이 발생했다. 미스터 치킨이 나를 공격한 것이다. 예상컨대 그는 어느 순간부터 나를 경쟁자라고 생각했던 것 같다. 주인아주머니가 나를 자기보다 예뻐했으니까. 배신당한 그는 인간에 대한 참을 수 없는 분노를 나에게 표출했다. 내 엉덩이를 죽을힘을 다해 쪼았다.

나는 표현할 수 없는 고통을 느꼈다. 그보다 더한 배신감이 느껴졌다. 우리는 분명 친구였는데……. 울음이 터졌다. 그러고는 곧 정신을 잃었다. 엉덩이에서 흘러내린 피가 하얀 요를 붉게 물들였다.

그날 저녁, 주인아주머니는 삼계탕을 들고 우리 집으로 찾아왔다. 미스터 치킨이었다. 그는 주인아주머니가 평생 자신을 사랑해줄 거라 생각했던 걸까. 주인아주머니가 복날만 기다리고 있다는 사실은 새까맣게 몰랐던 모양이다.

"선아 엄마 놀랬재? 그놈의 닭이 잡아먹을 때가 되어서 요망이 났나 부네. 복날 먹으려고 기다리고 있었는데 그냥 오늘 잡았어요. 이거 한 그릇 먹고 화 풀어요. 선아야, 놀랬지?"

엄마는 잠든 나를 깨워서 닭국물에 밥을 말아 주었다. 진한 국물이 깃든 밥을 먹으며 나는 놀란 마음과 화난 마음을 진정시켰다. 그 뒤로 나는 미스터 치킨과 두 번 다시 친구가 될 수 없었다. 물론 이건 엄마의 증언을 바탕으로 한 내 상상이다. 나는 그냥 닭이 싫었다. 외할머니가 마당에 풀어놓은 닭이 싫어서 외할머니네 가는 것도 별도 안 좋아할 정도였다.

닭에 관련된 안 좋은 기억은 이뿐만이 아니다. 대학을 졸업하고 처음이자 마지막으로 일한 회사가 광고회사였다. 나는 그곳에서 카피 만드는 일을 했는데 하필이면 처음 맡은 광고가 치킨 광고였다. 내키지 않았지만 처음 맡은 광고였기 때문에 밤을 새워 카피를 만들었다. 그리고 다음 날 본부장실에서 나는 닭대가리 취급을 받았다.

"야!"

"네."

"대답 크게 안 해? 야!"

"네."

젖먹던 힘까지 끌어내서 조금 목소리를 높였다.

"너 서울대 나온 거 맞아?"

"네……."

"야, 너 서울대 어디 나왔어? 이게 서울대가 쓴 카피 맞아? 너 서울대 턱걸이로 갔지?"

"네?"

"야!"

"……."

"네 카피 보면 치킨 먹고 싶은 마음이 있다가도 사라진다. 넌 기본이 안 돼 있어."

"……."

"너 치킨 먹은 지 얼마나 됐어?"

"한 반년 된 것 같은데요."

"야, 이 닭대가리야! 너 진짜 이럴래?"

"치킨 광고 만들려면 치킨을 날마다 먹어도 부족한데 반년?

지금 당장 양계장 다녀와. 닭의 모든 것에 대해서 먼저 배우고 와. 알았어?"

"네⋯⋯."

내 이름은 '야'가 아닌데, 봉선아라는 부모님이 지어주신 이름이 있는데, 속상한 마음에 눈물이 쏟아졌다. 화장실에 들어가서 꺼이꺼이 울고 나왔다. 회사를 때려치울까 생각도 했지만, 부모님을 실망시키고 싶지 않았다. 지난달 첫 월급 타서 엄마 아버지 할머니까지 내복, 와이셔츠, 화장품 사다 드렸을 때 얼마나 기뻐하셨는지 눈에 선했다. 그런데 고작 한 달 다녀놓고 그만두었다고 하면 실망이 너무 크실 것 같았다. 나는 근처 양계장을 찾아가기 위해 버스를 탔다.

"어서 들어와. 멀리서 왔는데⋯⋯."

양계장 아주머니가 닭장 안에서 손짓을 했다. 젊은 사람이 닭 공부를 하러 직접 양계장까지 왔다니 정말 기특하다며 손수 닭 강의를 해주시겠다는 것이다. 하지만 나는 선뜻 들어가지 못하고 멀리서 고개만 절레절레 흔들었다. 닭들이 무섭기도 하고, 불쌍하기도 하고, 그냥 싫기도 했다. 결국 나는 닭장 밖에서 두 시간 동안 멀뚱히 쳐다보기만 하다 발걸음을 돌렸다. 그사이에 멋진 광고 카피가 떠오르길 바랐지만 그냥 닭똥 냄새 때문에 머리만 아팠다.

버스를 타고 서울 시내로 돌아오는데 옷에 밴 닭똥 냄새가 고약했다. 나는 금방이라도 토할 것 같았지만 이를 악물고 서점으로 갔다. 그래도 책으로 하는 공부만큼은 어디서 꿇리지 않던 똑순이 봉선아가 아니던가. 나는 서점 한편에 닭에 대한 책을 산더미처럼 쌓아놓고 영업이 끝날 때까지 화장실 한 번 가지 않았다.

다음 날, 출근하자마자 본부장실로 불려갔다.

"닭 공부는 많이 했어?"

"네……. 요즘엔 가슴 쪽에 살을 찌우는 품종을 많이 사육한다고 해요. 그런데 그러다 보니 관절에는 무리가 가서 닭들이 걷지를 못 한대요."

"그래서 어쩌라고? 야, 너 여기 치킨 광고 만드는 회사야. 환경 운동하는 데 아니고. 얘 진짜 정신 못 차리네."

"저… 본부장님, 아이디어 있습니다!"

"뭔데?"

"후라이드 치킨만 먹으면 좀 식상하니까요. 거기에 케첩과 마요네즈 그리고 설탕을 적절히 섞어서 케요네즈 치킨을 만들면 어떨까요? 케요네즈 치킨이라고 이름 붙이면 신선하기도 하고, 핫도그도 그렇게 먹으니까 맛있더라구요. 로고송도 재밌게 만들면 대박……."

젖 먹던 힘까지 짜내어 내 아이디어를 어필했다. 하지만 그럴수록 본부장의 얼굴은 보기 흉할 정도로 일그러졌다.

"대박? 웃기고 자빠졌네."

"네?"

"뭐? 케첩이랑 마요네즈를 섞는다고? 너 집에서 밥 안 하지?

너 손에 물 안 묻히고 살지? 누가 그런 맛을 좋아하겠냐? 너 생각해봐. 누가 치킨을 케첩 찍어 먹어? 치킨이 감자튀김이야? 치킨하고 마요네즈? 너 진짜 정신 못 차렸구나. 이 닭대가리야!"

그날도 나는 멘탈이 산산이 부서졌다. 어떤 책에서는 이런 경험을 자주 하면 오히려 멘탈이 강해진다고 했다. 그런데 살다 보니 그건 새빨간 거짓말이다. 이렇게 계속 깨지다 보면 유리 멘탈은 아예 쿠크다스 멘탈이 돼 버린다.

본부장의 말 한 마디 한 마디가 내 심장에 비수가 되어 꽂혔다. 나는 한마디도 대답을 못하고 바보처럼 가만 서서 눈물을 참다가 화장실로 달려갔다. 그러고는 하루 종일 사무실 의자에 넋을 놓은 채 앉아 있었다. 금방이라도 죽을 사람처럼 낯빛이 어두워진 내 옆에는 아무도 다가오지 않았다.

퇴근 시간이 되자 나는 도망치듯 회사를 나와 버스를 타고 서울 시내를 돌고 돌았다. 나 하나 사라져도 이 큰 도시 서울은 돌아가는 데 아무 문제가 없겠지. 아, 오늘따라 이 도시는 왜 이렇게 휘황찬란한 건지……. 한 시간을 그렇게 버스 안에 앉아 있는데 전화벨이 울렸다. 남편이었다.

"어디야?"

"버스."

"어느 버스?"

"몰라."

"…… 거기로 와."

이래서 결혼을 하나 보다. 말하지 않아도, 따로 설명하지 않아도 아는 마음. 아는 거리와 아는 장소. 우리는 어느새 낙성대 길목에 있는 떡볶이집에 마주 앉아 뜨거운 오뎅 국물을 호호 불고 있었다. 떡볶이의 달달함이 입을 가득 채웠다. 반면 매운맛은 오래 남아 심장까지 이어졌다. 딱 이거였다. 매운 떡볶이에 뜨거운 오뎅 국물을 먹으니 살 것 같았다. 언제 그랬냐는 듯 내 입가엔 미소가 떠올랐다. 엄마는 밥심으로 사는 거라 말하고, 삼촌은 술심으로 사는 거라 말했다. 그러나 나 봉선아는 맵심으로 산다. 고춧가루는 나의 구세주다. 그날 밤 나는 본부장이 맨홀에 빠지는 상상을 하며 기분 좋게 잠을 청할 수 있었다.

만약 타임머신을 사용할 수 있는 단 한 번의 기회가 있다면 나는 주저 없이 그날을 선택할 것이다. 떡볶이를 먹으며 죽기 살기로 직장에서 버텨보자 결심한 날. 남편과 평생 헤어지지 않고 살겠다고 다짐한 날. 그날을 내 기억 속에서, 모든 사람의 기억 속에서 지워버릴 것이다.

5

한국은 북한과 휴전을 한 지 70년이 넘었다. 그럼에도 우리나라 사람들은 아직 전투적인 자세로 살아간다. 전쟁을 싫어하고 평화를 사랑하는 민족이라고 말은 하지만 입만 열면 어디서나 파이팅, 아자 아자 파이팅! 도대체 뭘 그렇게 맨날 싸우자는 것인지 이해가 안 된다. 그 영향인지 엄마들도 육아 전쟁, 교육 전쟁을 벌이고, 애들은 성적 전쟁을 벌인다.

결혼 5년 만에 간신히 딸 하나를 낳았다. 그사이 유산을 두 번이나 했다. 수지를 갖고는 입덧을 너무 심하게 했다. 영국 왕세자비 케이트 미들턴처럼 병원에 입원해야 할 정도로 심했다. 날마다 토하고 물도 마시지 못했다. 시어머니는 유난 떤다고 했다. 물도 못 마셔서 탈수에 시달리다 실신을 하고 병원에 몇 번 실려 갔다. 그래도 남편은 일이 바쁘다는 핑계로 코빼기도 들이밀지 않았다.

만고의 고생 끝에 드디어 눈에 넣어도 아프지 않을 수지가 태어났다. 첫딸은 살림 밑천이라고 시아버지는 좋아하셨다. 반면에 시어머니는 아들 아니라고 시큰둥해하셨다. 시대가 어느 시대인데 아들 타령이라니……. 조리는 친정에서 했으면 했지만 엄마가 거절했다. 늙을 대로 늙어서 더는 못 본단다. 이때 아버지가 구원자로 나섰다. 엄마의 반대를 무릅쓰고 퇴직금을 털어 일주일에 300만 원짜리 금묘조리원을 끊어주었다.

나중에 듣자니, 아버지는 자기랑 평생의 라이벌이던 성호 아저씨 딸이 금묘조리원에서 산후 조리했다는 이야기를 듣고 내 금묘조리원 등록을 결심했단다. 성호 아저씨 딸은 서울 변두리에 있는 대학을 졸업하고 회사를 다니고 있었다. 아버지는 변두리 대학 나온 성호 아저씨 딸이 금묘를 갔는데 서울대 간 내가 금묘조리원에 안 가는 것은 말이 안 된다고 생각했다. 그게 무슨 상관인지 모르겠으나 아무튼 나는 성호 아저씨 딸 덕분에 금묘조리원에서 2주 동안 몸을 풀었다. 세상에 태어나서 가장 행복한 날들이었다. 우리나라에 이런 조리원이 있었다니 정말 놀라우면서도 감격스러웠다.

영국에서 아이를 출산한 친구 은정이말로는, 영국 사람들은 아기를 낳은 바로 당일에 찬물로 샤워를 한단다. 뼈마디가 두껍고 튼튼해서 가능한 일이란다. 나를 이야기를 듣는 것만으로도 온몸에 소름이 돋았다. 한국에 태어나서 천만다행이었다. 나는 하루 세 끼 호텔에서나 먹을 법한 밥을 먹었다. 생전 처음 필라테스도 해보았다. 무엇보다 간호사가 24시간 아이를 봐주어서 꿀잠을 잘 수 있었다.

금묘조리원에서의 시간은 금방 흘러갔다. 금천구 독산동에 있는 우리 집으로 돌아왔을 땐 이게 현실이구나 싶어 정신이 번쩍 들었다. 하지만 애 키우느라 바빠서 실망할 새도 없었다. 그러다 수지 돌잔치 때 시아버지가 갑자기 뇌경색으로 쓰러지고 말았다. 돌아가시는 데까지 딱 일주일 걸렸다. 어떻게 이런 일이… 왜 하필이면 수지 첫 번째 생일날……. 수지의 돌 사진이 할아버지와 찍은 마지막 사진이 될 줄은 상상도 못 한 일이었다. 하지만 엄마의 생각은 달랐다.

"너 진짜 복인 줄 알어. 니네 시아버지 그냥 가신 거."

"어? 엄마 그게 무슨 말이야?"

"다시 일어나셨어 봐. 그 수발을 누가 해? 백번 양보해서 요양 병원에 모셔도 그 돈은 누가 내고?"

엄마가 다른 사람처럼 느껴졌다. 시아버지와 엄마는 다섯 살밖에 차이가 안 나는데. 하지만 이건 엄마만의 생각이 아니었다. 나는 장례식장에서 엄마처럼 말하는 사람을 여럿 만났다. 개중에는 몇 년째 늙은 부모 병 수발을 하다 병을 얻은 사람도 있었다. 그제야 나는 엄마의 말이 조금 이해되기 시작했다.

장례는 시아버지의 죽음처럼 3박 4일 속전속결로 끝났다. 문제는 그 뒤였다. 시어머니의 입에서 더 이상 시아버지 없는 집에 살고 싶지 않다는 얘기가 나왔다. 혼자가 된 만큼 집의 규모를 줄여 이사하시겠단다. 그런데 그 과정에서 남편이 슬쩍 금묘아파트 이야기를 꺼냈다. 시어머니의 신림동 아파트와 우리가 사는 독산동 아파트를 팔면 금묘아파트에 전세로 들어갈 수 있다는 것이다. 시어머니는 기다렸다는 듯 남편의 제안을 받아들였다. 남은 건 며느리인 나의 결단이었다.

나도 딱히 반대할 이유는 없었다. 혼자가 된 시어머니가 불쌍하기도 했고, 할머니가 손녀를 좀 봐주면 회사에 빨리 복귀할 수도 있을 것 같았다. 여자 둘이 같이 사는 만큼 살림을 꾸려나가기도 좀 수월할 것이었다. 하지만 그땐 정말 몰랐다. 시어머니와 합치는 게 불행의 시작이었다는 것을. 아직까지도 내가 힘들어할 때마다 남편은 말한다.

"그때도 분명히 말했지만 나는 당신이 허락하지 않았으면 우리 엄마랑 같이 안 살았을 거야."

시어머니는 당당하다. 자신의 신림동 아파트를 팔지 않았으면 어떻게 금묘아파트에 전세라도 들어올 수 있었겠냐고. 남편도 마찬가지다. 엄마가 희생을 한 덕분에 우리가 대한민국에서 제일 교육열 높은 금묘아파트에 살 수 있는 거라고. 그러면서 친정에서는 금묘아파트 올 때 뭘 도와주었느냐고 빈정거린다. 그때마다 나는 피가 거꾸로 솟는 느낌이다. 체온이 한 1.5도는 상승하는 것 같다. 그래, 다 내 잘못이다. 그때 아무 생각 없이 시어머니를 받아들인 내가, 돈 없는 친정을 둔 내가 죄인이다.

서울의 많고 많은 아파트 중에 금묘아파트를 택한 이유는 100% 수지 교육 때문이었다. 더 간단하게 말하자면 금묘영유에 보내기 위해서였다. 남편의 입에서 영유 얘기가 나온 건 수지가 세상에 나온 지 6개월도 안 된 시점이었다. 직장 동료한테 영유 얘기를 듣고 오더니 영유가 아니면 수지의 인생이 금방이라도 망할 것처럼 떠들어댔다. 그리고 영유 중에서도 금묘영유가 최고이고, 그러려면 금묘아파트로 이사를 가야 한다고 주장했다. 영어 교육과를 나온 내 의견은 중요하지 않았다. 과연 한글도 모르는 애를 영유에 보내는 게 맞는 건가. 나는 부작용도 상당할 거라고 말했다. 하지만 남편은 절대 양보하지 않았다.

"집안의 행복을 위해서나 아이의 미래를 위해서나 무조건 영유가 답이야. 아니면 나중에 미국으로 유학이라도 보낼 거야? 그게 돈이 더 들어."

그러면서 영유 안 가서 인생 망친 케이스로 자기 삼촌 딸 소영이를 들었다. 삼촌네 내외가 둘 다 학교 선생이라 소영이가 공부를 꽤 잘했는데, 영어가 안 돼서 결국 의대를 못 가고 약대를 갔다는 것이다. 그리고 대학에 입학하던 날 소영이가 엄마 아빠를 붙들고 자기가 사교육을 제대로 받지 못해서 불이익을 받았다며 펑펑 울면서 대들었다고 했다. 소영이는 그 뒤로 1년 동안 집 밖으로 나가지 않다가 겨우 현실을 인정하고 약사가 되었다는 것이다. 남편은 우리 딸이 소영이처럼 되길 원하냐며 난리를 쳤다.

그때부터 내 마음은 흔들리기 시작했다. 다른 것은 몰라도 영어만큼은 투자 대비 눈에 보이는 아웃풋을 얻을 수 있다고 들은 바 있었다. 금묘조리원에서였다. 금묘조리원 원장님은 영어는 학교 가기 전에 다 떼어놓아야 나머지 과목 학습이 수월하다는 이야기를 입에 침이 마르도록 했다. 그렇게 결국 우리는 전세로 금묘아파트 105동 303호에 입성했다.

물론 금묘아파트 입주민이 된 걸 후회한 적도 있다. 원래 살던 금천구에 그대로 살았으면 지금 우리 집의 경제 사정은 훨씬 나았을 것이다. 우리가 전세를 전전하는 동안 금묘아파트의 가격은 세 배나 뛰었고, 금천구 아파트의 가격은 두 배나 뛰었다. 남편도 속이 쓰리는 듯했다. 그러나 지금 와서 후회한들 무슨 소용이 있으랴. 아파트 가격 이야기는 우리 집에서는 절대 금지다.

금묘아파트에는 골드, 실버, 브론즈 이렇게 영유가 3개나 있다. 다 금묘영유라고 부르지만 사실 급이 다르다. 커리큘럼 이런 건 물어봐도 안 가르쳐주니 모르겠지만 가격은 알 수 있다. 골드는 한 달에 250만 원. 실버는 200만 원. 브론즈는 150만 원이다. 물론 이것은 교재나 다른 활동 비용을 제외한 기본 등록 비용이다. 아, 프리미엄골드도 있는데 이건 가격을 알 수 없다. 돈이 있다고 입학할 수 있는 게 아니라는 얘기도 들었다.

수지의 유치원 입학을 앞두고 우리는 어느 클래스를 보내야 할지 열심히 따졌다. 마음은 골드였으나 계산기를 두드려본 결과 현실은 브론즈였다. 실버도 못 보낸다는 생각에 마음이 쓰렸다. 그래도 영유를 아예 못 가는 애들보다는 낫지 않겠나 생각하며 기운을 냈는데, 내 기대는 입학식에서 완전히 무너졌다.

"어머님들, 안녕하세요. 금묘영유 The Golden Cat English Kindergarten에 오신 것을 환영합니다. 여기 오신 어머님 중에 혹시 집에서 영어로 대화 안 하시는 분 계세요? 그죠? 당연히 없으시죠? 지금부터 시작하면 너무 늦어요. 저희도 최선을 다하겠지만 혹시나, 혹시나 아직 집에서 영어로 대화 안 하시는 어머님들 계시다면 음, 무슨 말씀인지 아시죠?"

영유 원장님의 입학식 인사에 한 대 얻어맞은 기분이었다. 다른 엄마들은 자신 있게 고개를 끄덕이는데 나만 어리둥절한 표정을 짓고 있었다. 나는 아직 영어에 영 자도 시작을 안 했는데……. 등에 식은땀이 흘렀다. 그날 선생님이 가정에서 쓰라며 추천해준 교재를 모조리 사서 집으로 왔다. 이제부터는 우리도 영어로 집에서 말해야지. 그러자면 나부터 영어 공부를 다시 시작해야겠는데……. 그래, 나도 못 할 것 없지. 교재 중에 『엄마표 영어 ABC』를 펼치고 형광펜으로 줄 치면서 공부를 하기 시작했다.

엄마표 영어 정복 7가지 꿀팁

1. 입에 붙는 쉬운 표현부터 집에서 아이들과 같이 사용해보세요.
2. 엄마 마음을 표현하는 영어가 진짜 영어입니다.
3. 엄마 입에 붙이면 좋을 칭찬 표현들을 계속 반복하세요.
4. 시기보다 중요한 것은 방법입니다. 영어가 재미있고 행복하게 해주세요.
5. 애니메이션 볼 때도 보여만 주지 말고 같이 이야기하세요.
7. 엄마만 말하려고 하지 마세요. 아이들의 영어 이야기를 들어주세요.

나도 한때는 영어 좀 했었다. 학창시절에는 〈연양황금사과 영어 홍보 말하기 대회〉 1등을 차지한 적도 있다. 그날 아버지는 기분이 좋아 짜장면에 탕수육을 사줬다. 다시 영어책을 펼치니 그때의 기억이 새록새록 솟아났다. 우리 딸은 내가 잘 가르쳐서 짜장면이 아니라 원어민 수준으로 만들어야지 싶었다. 해외 대학 보내는 게 꼭 꿈만은 아닐 수도 있겠다는 생각이 들었다.

물론 이런 기억은 아주 오래전의 일이다. 금묘영유는 말이 유치원이지 스파르타 학원이었다. 대학을 졸업한 게 맞나 싶은 어린 백인 선생님들이 수업을 진행했고, 당연히 애들에 대한 배려는 1도 없었다. 심지어 영어 안 쓰고 우리말을 쓰면 엄청 혼냈다. 결국 수지는 영유 가는 걸 죽기보다 싫어하는 지경에 이르렀다.

그래서 원장 선생님께 면담을 요청했더니 대답이 가관이었다.

"어머님, 그렇게 마음 약해서 어떻게 하시려고 그래요? 이렇게라도 해야 애들이 영어를 써요. 싫으면 당장 그만두셔도 상관없습니다. 대신 들어오고 싶어 하는 애들이 줄 서 있어요."

결국 난 아무 말도 못하고 고개를 조아리며 나올 수밖에 없었다. 가장 이해 안 되는 건 남편의 태도였다. 애를 달래고 방법을 찾기는커녕 오히려 큰소리를 쳤다. 영유 열심히 안 다니면 아빠가 기러기 생활해야 하니까 아빠랑 떨어져 살기 싫으면 무조건 선생님 말 들으라는 것이었다. 그러면서 당장 다음 달부터 아내와 애를 필리핀으로 보내는 회사 동료 김 과장의 얘기를 늘어놓았다.

"조금 무리를 하더라도 실버는 보내야 했어. 브론즈를 보낸 게 잘못이라고. 실버 정도는 돼야 애들을 더 성의 있게 가르치지."

남편은 우리가 실버 클래스를 보내지 않은 게 문제의 시작이라고 했다. 그러면서 나보고 이상하다고 했다. 다른 엄마들은 애들 교육에 열정이 넘치는데 당신은 왜 그렇게 미적지근하냐고. 아무튼, 그렇게 수지는 울며 겨자 먹기로 영유를 꾸역꾸역 다녔고, 급기야 심한 영어 울렁증에 걸렸다. 지금도 수지는 누가 영어로 말을 걸면 심장마비 걸릴 것 같다며 도망을 친다. 진짜 남편 말대로 실버 클래스를 보냈으면 나았으려나.

6

띵동. 저녁을 준비하는데 갑자기 초인종이 울렸다. 올 사람이 없는데… 또 시어머니 택배인가? 요즘 시어머니는 홈쇼핑 보는 맛에 산다. 택배 열에 아홉은 시어머니 주문이다.

"안녕하세요, 아줌마. 디텍티브 칼입니다. 혹시 이야기 좀 할 수 있을까요? 금묘 사건 관련해서요. 혹시 당신 집에 고양이 키우시는지요?"

'아줌마'와 '당신'이라는 말에 열이 확 받는다. 이런 빌어먹을 싸가지. 교포라서 한국어가 서툰 건 알겠는데 그래도 아줌마에 당신이라니. 방에서 텔레비전 보던 시어머니와 수지도 눈을 똥그랗게 뜨고 나왔다. 집으로 들어온 칼은 냅다 질문을 쏟아냈다.

"금묘 수염이 없어진 날, 당신의 고양이는 집에 있었나요?"

"네? 무슨 말을 하는 거죠? 우리 집 수능이는 집에만 있어요. 바깥에 안 나가요. 이 고양이 뼈대 있는 고양이예요. 바깥에서 사는 길고양이 아니라고요."

"네. 알겠습니다. 혹시 당신의 고양이를 잠깐 봐도 될까요?"

"저희 고양이를 의심하시는 거예요?"

나는 기가 막혀 따지고 드는데, 수지가 수능이를 안고 칼에게 갔다.

"얘가 수능이예요."

칼은 수능이를 이리저리 뜯어보면서 수지에게 질문을 던졌다.

"오우, 몇 살이에요?"

"열다섯이요."

"왓? 그렇게 늙은 고양이예요?"

"아, 고양이는 두 살이요."

"오우, 엄청 귀엽네요."

칼과 수지는 수능이를 사이에 두고 만담 같은 대화를 주고받았다.

"벽에 붙어 있는 이건 뭐지요?"

칼이 우리 집 벽에 붙은 카펫을 가리키며 물었다. 수지가 그것도 모르냐는 눈빛으로 칼을 쳐다보았다.

"몰라서 물어요?"

"네. 몰라요."

"우리 수능이 전국 벽타냥(고양이 벽타기) 대회 준비 중이에요. 그래서 여기저기에 이렇게 벽타냥 카펫 붙여놓았어요. 진짜 벽타냥 카펫 모르세요?"

"네……."

칼이 어리둥절한 표정을 지으며 답했다.

"미국엔 그런 거 없어요? 이 동네 고양이들 다 벽타냥 대회 준비 중인데."

"아, 음……."

칼이 휴대전화를 재빨리 꺼내 구글에 벽타냥을 검색했다.

"그거 구글엔 안 나올걸요. 네이버 몰라요? 작년에 수능이가 벽타냥 2급 땄는데, 올해는 1급 따려고 해요."

쓸데없는 소리가 길게도 이어진다. 나는 저녁 먹어야 하니까 칼에게 헛소리할 거면 어서 나가라고 면박을 주었다. 칼이 머리를 긁으며 주섬주섬 문을 닫고 나갔다. 문이 닫히자 수지가 의아한 눈빛으로 내게 묻는다.

"엄마, 칼한테 왜 그렇게 쌀쌀맞게 대해?"

"내가 뭐가 쌀쌀맞았다는 거니? 수지 너도 내가 아줌마 봉으로 보이냐? 응?"

"그래 엄마, 엄마 봉 맞잖아. 봉!"

그래, 나 봉이다. 어렸을 때 친구들은 나를 보고 뽕뽕 혹은 방귀 뿡이라고 놀렸다. 나는 왜 성도 이렇게 박복하게 타고난 걸까. 그래도 나는 '선아'라는 이름은 좋아했다. 서울 아이 이름 같았으니까. 그게 유일한 이유였다. 당시 우리 동네에서 가장 많은 이름은 영자, 명자, 순희, 덕선이 같은 촌스러운 이름이었다.

아버지는 내 이름을 짓고 엄청 자랑스러워했다. 선아. 善兒. 착한 아이. 엄마 아버지는 이름에 어울리게 사고 치지 말고 착한 아이로 자라 달라고 귀에 못이 박히게 말했다. 큰딸은 살림 밑천이니 네가 그 역할을 해야 한다고 했다. 지금 생각해보면 그닥 좋은 말이 아니지만, 그때는 내게 엄마 아버지의 기대가 쏟아지는 게 싫지만은 않았다.

아버지는 초등학교 선생님이었다. 엄마도 나를 낳기 전까지는 중학교 수학 선생님으로 일을 했다. 둘 다 쥐꼬리만 한 월급을 받는 사람들이었지만, 그래도 가족에게 남겨진 빚이 없었다면 쪼

들리게 생활하지는 않았을 것이다. 엄마랑 아버지는 오랫동안 할아버지 할머니가 남긴 빚을 갚느라 생고생을 했다. 할머니는 떡집을 운영했다. 손맛이 좋아서 장사가 잘됐다. 그런데 둘 다 사람을 너무 믿는 게 탈이었다. 할아버지는 귀가 얇아 여기저기 손을 대다 실패를 거듭하고, 보증을 잘못 서서 큰 빚마저 얻었다. 그걸 아버지와 엄마가 월급을 쪼개 다 갚았다. 그동안 우리 집에는 웃음이 사라졌다.

어느 저녁엔가 집에 빚쟁이들이 찾아와 행패부리는 걸 보았다. 아마 여섯 살 때였던 것으로 기억한다. 태어나서 가장 무서운 경험을 했다. 그 뒤로 나는 '빚지는 인생은 살지 말자'가 인생 모토가 되었다. 그런데 이게 트라우마가 너무 컸는지 우리 친정 식구들은 모두 안전빵의 인생을 산다. 예를 들어 기차역까지 30분 걸리면 차 막힐지 모른다고 한 시간 뒤의 표를 끊는다. 커트라인 가까이는 절대 가지 않는 식이다. 재테크도 마찬가지다. 투자의 '투' 근처에도 가지 않는다. 금리가 낮아도 모든 돈을 은행에 맡긴다. 집은 값이 떨어질지 몰라서 안 산다. 20년 전 이문에 밝은 아버지 친구가 퇴직을 앞둔 아버지에게 서울에 아파트 한 채는 무조건 사두라고 그렇게 설득을 했지만, 결국 안 샀다. 그때 샀으면 지금쯤 팔자가 달라졌을 텐데……. 후회하면 뭐 하나.

아무튼 착한 아이가 되라던 엄마와 아버지의 당부는 그 뒤로도 내 인생을 지배했다. 초등학교 때 선생님이 주신 크리스마스 카드에는 '선아야, 아름다운 것을 아름답게 볼 줄 아는 눈을 갖고 아름다운 마음으로 살아가렴'이라고 적혀 있고, 실제로 나는 그런 마음으로 살아가려고 노력하고 있다. 그래서 늘 요놈의 눈썹 ^^이 나를 따라다닌다. 내가 보낸 문자나 카톡에는 늘 ^^이 있다. 네~~, 감사합니다^^. 네~~ 알겠습니다^^.

나는 거절도 잘 못 한다. 지난번에 고모가 챙겨준 김치도 거절을 하지 못해 집까지 겨우 들고 왔다. 그리고 그 김치는 가족들의 입맛에 안 맞는다는 이유로 식탁에 제대로 올라가지도 못한 채 반년 뒤 음식물쓰레기 봉투에 버려졌다. 사실 알고 있었다. 입맛이 까다로운 시어머니와 남편, 딸은 간이 센 김치에 손도 안 댄다는 걸. 하지만 나는 거절하지 못해서 결국 다 들고 왔다. 중간에 깜빡한 척 지하철에 놓고 내릴까 고민만 하다가 그냥 다 집으로 들고 온 것이다.

이런 걸 착한아이 증후군, 또는 예스맨이라고 한다던가. 싫으면 싫다고 하고, 좋으면 좋다고 하고, 그게 왜 나한테 그렇게 어려운 것일까. 얼마 전 학교에서 지도 교수님이 밥을 사주신다며 나를 교수식당으로 데리고 갔다. 말이 지도교수지 두 살 차이밖에 안 나는 인생 선배님이다. 때마침 그날의 특식은 한우 갈비찜이었다. 짭쪼름하면서도 기름진 냄새가 코끝을 찔렀다. 그러나 나는 가장 싼 비빔밥을 골랐다. 비싼 한우찜을 먹으면 뒤에서 욕할까 봐 걱정되었다. 이런 나를 보며 교수님은 기왕 먹을 거면 비싼 돌솥비빔밥을 먹으라며 내 등을 떠밀었다. 비싸기는 돌솥보다 육회비빔밥이 더 비싼데… 나는 육회비빔밥이 더 맛있는데…….

나는 교수님한테 연신 감사하다고 고개를 숙이며 좋아하지도 않는 누룽지를 박박 긁었다.

　나도 이젠 선아(善兒)의 삶을 내려놓고 싶다. 누가 사모님 하고 받들어주는 선아(仙娥)의 삶을 살고 싶다. "물!" 하면 물을 가져다주고, "더워서 냉면이 땡기네!" 하면 시원한 냉면을 만들어 대접해주는 그런 사모님의 삶을 살아보고 싶다. 물론 꿈같은 소리다. 드라마에서나 있을 법한 말도 안 되는 일이다. 그런데 이렇게 살 거면 공부는 왜 이렇게 열심히 한 걸까. 비싼 등록금 내고 대학은 왜 간 걸까. 내게 대한민국 여자로 산다는 게 어떤 것인지 미리 말해주지 않은 엄마에게 배신감이 느껴질 정도다.

　뉴스를 보니 지난해 사교육에 27조 원의 돈을 썼다고 한다. 나로서는 감도 안 잡히는 큰돈이다. 세상에 돈 많은 사람이 진짜 많다. 나는 매달 얼마 적자를 보는지가 관건인데 누군가는 27조의 돈을 쓰는 것이다. 어떻게든 여유 자금을 만들어서 수지한테 수학 과외 하나만 더 붙였으면 좋겠는데……. 그러던 중 우연히 아파트 단지를 지나다 금묘인스티튜트 광고를 보았다. 돼지맘, 즉 페어런트 컨설턴트의 초봉이 내가 마지막으로 받았던 직장인 월급의 정확히 다섯 배였다. 갑자기 화가 부글부글 나고 배가 뒤틀리는 것처럼 아팠다.

　그런데 혹시 나도?

7

남편이 하도 건강식, 건강식 해서 우리 가족은 요즘 닭가슴살을 신물이 나게 먹는 중이다. 오늘은 닭가슴살로 카레를 만들려고 했는데 밥은 먹으면 안 된다나. 어쩔 수 없이 닭가슴살 시저 샐러드를 준비하기로 한다. 시저 샐러드의 드레싱도 칼로리 낮은 레시피를 하나 찾아두었다. 그런데 시어머니는 이런 음식은 딱 질색이라며 쳐다보지도 않는다.

"어머님, 다녀왔습니다."

거실에서 텔레비전 보는 시어머니를 향해 최대한 밝게 인사한다. 그러나 대답은 2음절이다.

"그래."

질문도 없고 응수도 없다. 이마저도 없을 때가 많다. 화장실만 들렀다가 부엌으로 쪼르르 향한다. 두 손을 걷어붙이고 요리를 시작한다. 레시피가 나온 휴대전화를 개수대 위에 잘 보이게 올려둔다.

닭가슴살 시저 샐러드 재료

- 무지방 그릭 요거트 1/2컵
- 갓 짜낸 레몬즙 2큰술
- 다진 마늘 1작은술
- 디종 머스타드 1작은술
- 우스터 소스 1작은술
- 멸치 페이스트 1작은술(선택 사항, 채식주의자 버전 선호 시 생략)
- 간 파마산 치즈 1/4컵(원하는 경우 저지방 파마산 치즈 사용 가능)
- 소금과 후추

마요네즈 넣으면 칼로리가 어쩌고저쩌고해서 무지방 요거트까지 사 왔다. 닭고기는 통조림에서 꺼내고 끓는 물에 데친 후 찢어 넣었다. 시어머니는 육개장이 땡기신단다. 금묘반찬에서 육개장 2인분 미리 포장해 놓은 것을 들고 왔다. 수지는 또 로제 떡볶이가 땡기신단다. 항상 이런 식이다. 시어머니, 남편, 딸 모두 입맛이 다르다. 로제 소스 만드는 법을 휴대전화로 빠르게 찾아보았다.

작은 냄비에 버터를 넣고 중간 불에서 녹입니다. 버터가 녹으면 다용도 밀가루를 냄비에 넣습니다. 거품기나 나무 숟가락으로 계속 저어 밀가루와 버터가 섞여 루가 만들어지도록 합니다. 루가 황금색이 되고 고소한 냄새가 날 때까지 1~2분간 조리합니다. 덩어리가 생기지 않도록 계속 저으면서 우유를 냄비에 서서히 붓습니다.

물론 이게 정석이지만, 나는 시간이 없기에 로제 소스를 몰래 사 왔다. 모든 요리를 10분 안에 끝내는 게 봉선아의 법칙이다. 대신 소스 봉지는 안 보이게 쓰레기봉투 깊숙이 버린다. 어떤 음식이든 조리 과정을 모르고 먹으면 맛있는 법이다.

사실 나는 반찬 하나도 필요 없다. 내 소원은 혼밥하는 거다. 딴 사람 밥 안 차려주고 내가 먹고 싶은 음식을 혼자 편하게 먹어보는 게 내 소원이다. 천천히 텔레비전도 보고 음악도 들으면서. 물론 나도 옛날에는 입맛이 좀 까다로운 여자였다. 우리 엄마 김치, 우리 엄마 반찬 아니면 손도 안 대었다. 그런데 지금의 나는 편하기만 하면 깍두기 국물에 밥 비벼 먹어도 맛있기만 하다. 밥, 김, 달걀프라이만 있으면 진수성찬이다. 누가 차려주면 더욱 좋고.

오늘도 열심히 각각 원하는 메뉴로 밥을 차렸는데 너무 많이 남았다. 잔반 처리 또한 내 몫이다.

"하나만 하지 뭘 이렇게 많이 해."

그냥 고맙다고, 잘 먹었다고 말하면 입이 삐뚤어지냐. 이런 왕재수 같은 인간을 남편이라고. 이 사회는 참 모순덩어리다. 한쪽에서는 소고기 10인분 먹는 먹방 선수가 나오고, 한쪽에서는 고지혈당 생기니 고기 섭취 줄이라는 방송이 나오고. 누구는 죽어라 밥 차리고, 누구는 잘 먹고 나서 음식 남았다고 불평을 쏟아내고. 도대체 뭘 어쩌라는 건지.

그런데 아침에 일어났더니, 개수대에 라면 끓여 먹은 흔적이 있다. 나 자는 사이에 혼자 만찬을 즐겼나 보다.

"이 인간이! 다이어트는 무슨 얼어 죽을 다이어트야. 밤에 라면 끓여 먹으면서!"

화장실에 있는 남편 들으라고 크게 소리 지른다.

"술 안 마신 걸 다행으로 알아!"

남편이 되레 큰소리를 친다. 다시 보니 술잔은 없다. 술 안 마신 걸 오히려 고마워해야 하나. 요즘은 사춘기 딸 수지도 내 상전이다.

"핸드폰 그만 좀 하시지?"

"알았어. 10분만"

"어, 10분 지났는데."

"5분만."

"어, 5분 다 지났는데."

"엄마 시끄러워!"

"야!! 너 죽고 싶어! 말을 드럽게 안 들어!"

"엄마 갱년기야?"

"그래 갱년기다! 넌 사춘기지? 갱년기가 이기나, 사춘기가 이기나 해볼래?"

사실 나는 아직 갱년기 올 나이가 아닌데 조기 폐경이 왔다. 슬프다. 가끔 수지 동생이 있으면 좋겠다는 생각을 하곤 했는데, 이제는 더 이상 아이를 낳고 싶어도 낳을 수가 없다. 내 슬픔에 공감해줄 사람이 아무도 없는 것도 슬프다.

8

이 동네는 돼지맘 천지다. 아랫집 203호 은주네만 봐도 그렇다. 그런데 나는 수지 교육에 그렇게 돼지맘들처럼 몰빵하지 않는다. 이유는 간단하다. 공부 유전자의 힘을 믿었고, 유전과 노력이 합치면 안 될 게 없다고 생각했으니까. 나와 우리 남편은 돈은 없어도 둘 다 서울대를 나온 서울대 진골 커플이니까. 그런데 최근에 이 유전자 만능설이 틀릴 수도 있음을 뼈에 사무치게 깨달았다.

수지는 윗집 403호 박민서와 라이벌이었다. 초등의대반에 들어간 순간부터 학교든 학원이든 둘은 서로의 친구가 될 수 없는 운명이었다. 그래도 작년까지는 1등을 주거니 받거니 했다. 그런데 이번 중간고사에서 수지가 5등 밖으로 밀려나면서 그 격차가 완전히 벌어졌다. 이게 대체 어찌 된 일인가? 어떻게 그리고 왜 우리 수지가 5등 밖으로 밀려나게 된 것일까? 더 놀라운 건 203호 돼지맘 딸 은주가 수지와 403호 민서를 누르고 반에서 1등을 했다는 사실이다. 우리가 늘 무시하던 애였는데… 우리 수지가 은주보다 못한 게 도대체 뭘까? 다른 건 다 참아도 이건 참을 수 없다. 갑자기 열이 뻗친다. 미칠 것 같다.

"학원을 다녔어야 해. 당신한테 맡기는 게 아니었어. 지금 수지네 반 애들 수학1을 한두 바퀴는 기본으로 돌았는데 지금 우리 수지만 한 바퀴도 못 돌았잖아. 한 바퀴가 뭐야. 이차함수도 헷갈려하던데."

나는 퇴근해 돌아온 남편을 쏘아붙였다.

"어허! 영교과 나온 당신이 영어 직접 가르쳤으면 그 돈으로 애 수학 학원을 보냈을 거 아냐?"

남편이 내 아픈 곳을 예고도 없이 푹 찔렀다.

"당신도 돈 아낀다고 직접 가르쳐본다고 한 거잖아. 자기가 수학과 나온 것도 아니면서. 처음부터 학원에 보냈어 봐."

나 역시 아픈 곳을 찌른다.

"그걸 누가 몰라! 비싸니까 그렇지. 돈이 없잖아!"

남편의 목소리가 커진다.

"당신이 일했어야 해. 너는 왜 서울대 나와서 노니? 서울대 나오면 뭐해?"

남편이 선을 세게 넘는다.

"야!!! 내가 놀고 싶어서 노냐? 수지 키우느라고 그렇지!"

우리 부부의 싸움은 여기까지 와야 클라이맥스다. 이쯤에서 나는 오페라 가수처럼 소리를 지르고 눈물을 흘린다. 남편은 에이씨! 하면서 문을 쾅 닫고 집을 나간다. 그리고 저녁 밥상이 차려졌을 때 쯤 마지못한 척 들어온다. 이 역할이 좀 바뀌었으면 좋겠다고 늘 생각했다. 남편이 밥하고 내가 바깥에 나가서 열 식히고 들어오는 그런 상황이었으면 얼마나 좋을까. 뭐, 좋다. 부부가 살다 보면 싸울 수도 있다. 문제는 남편과 내가 수지의 성적표를 들고 서로에게 불을 뿜어내는 동안 시어머니도, 수지도 방에 있다는 사실이다.

오늘은 갑자기 방에 있던 수지가 나왔다.

"그만해! 그만 좀 하라고!!"

오늘은 남편 대신 수지가 문을 쾅 닫고 나가버렸다. 수지를 붙잡으려는 나를 남편이 붙잡는다. 이 와중에도 시어머니는 나오지 않는다. 수지가 나간 뒤 나는 머리가 뽀개지게 아팠다. 이런 상황에서도 나는 밥상을 차려야 하는 것인가.

저녁 늦게 들어와서 한 마디도 안 하고, 아침밥도 안 먹고 학교 간 이수지. 수지의 책상을 정리하는데 일기장이 수학책 밑에

깔려 있다. 슬쩍 한 줄 읽어 본다.

중간고사 망했다. 전번에 박민서에게 진 것도 분했는데⋯ 이번에는 진짜 열심히 준비했는데⋯⋯ 나는 우리 엄마 아빠를 안 닮은 모양이다. 서울대 나온 우리 엄마 아빠. 반에서 2등은 해본 적도 없을 뿐 아니라 전교 2등도 해본 적이 없다던데. 나는 도대체 어디서 온 것일까?

사촌 언니는 내가 금묘아파트에 사는 게 얼마나 큰 축복인 줄 아느냐고 했지만, 나는 금묘 탈출이 인생 목표다. 지겨운 학교와 더 지겨운 학원을 다 접고 새로운 세상으로만 갈 수 있다면.

오늘 엄마 아빠가 나 때문에 싸우는 건 진짜 듣기 힘들었다. 어디 확 나가 버리고 싶었지만 갈 곳도 없다. 배도 고프고 해서 떡볶이나 먹으러 갔다. 나는 금묘아파트와 은묘아파트 사이에 있는 매운 할머니 떡볶이집에 갔다. 이 동네에서 최고 매운 떡볶이 집이다. 화가 나고 슬프면 나는 여기에 간다. 매운 할머니 떡볶이를 먹으면 확실히 슬프고 화나는 감정들이 매운맛에 다 KO되는 것 같다.

"떡볶이 1인분이랑 납작만두 1인분 주세요."

기다리면서 옆 사람들이 먹는 모습을 보는 것도 엄청 재미있다. 다들 매워서 죽으려고 한다. 얼굴이 다 시뻘겋다. 먹고 나서도 물 먹느라고 정신이 없다. 그래도 행복해 보인다. 나처럼 스트레스 받은 사람들이 많이 오는 것 같다.

5분 뒤, 할머니가 떡볶이랑 만두를 가져다주었다.

"와 진짜 빨갛다."

떡볶이 하나를 입에 넣는 순간, 별이 보이는 것 같았다. 떡볶이 하나 먹고 찬물 한 컵 마시고. 만두 하나 입에 넣으니까 좀 진정이 되는 것 같았다. 입속에 불이 이제야 꺼지는 것 같았다. 그런데 신기하게도 손은 떡볶이에 또 간다. 불이 날 것을 알면서. 그렇게 떡볶이를 정복하면서 내 마음을 꽉 채우던 답답한 마음도 한 꺼풀씩 떨어져 나가는 것을 느꼈다. 오뎅도 하나 먹어야겠다고 생각했다.

"야, 너 진짜 대단하다. 이 떡볶이 너처럼 빨리 먹는 애는 첨 본다. 나 여기 앉아도 되니?"

뭐지 싶어 옆을 돌아봤는데 세상에나… 심장마비가 오는 줄 알았다. 오뎅 국물 때문에 김 서린 안경 너머로도 빛이 나는 게 느껴졌다. 15층 사는 현우 오빠였다. 맞다. 밴드 하고 텔레비전도 나오는 그 안.현.우.

"어, 어……."

현우 오빠가 내 바로 앞에 앉아서 떡볶이와 오뎅을 먹었다.

"너 하나 더 먹을래? 오뎅."

"아, 네, 아."

"매우니까 천천히 먹어."

오빠가 내 접시에 오뎅을 하나 놓아주었다. 나는 그 오뎅을 입에 넣었다. 무슨 말을 해야 하는데, 하고 싶었는데, 했어야 했는데, 바보같이 오뎅만 먹었다. 오빠한테 만두 하나 먹으라고 했어야 하는데, 그냥 말이 안 나왔다. 머리가 굳어버린 것이다.

"맛있게 먹어. 나는 가봐야 해서. 너 우리 아파트 105동 살지? 이름이 뭐니?"

"네? 에, 이수지예요."

"그래, 수지야. 다음에 보자. 안녕."

"아, 안녕히 가세요."

영화 <반지의 제왕>에 나오는 레골라스처럼 잘생긴 현우 오빠. 오빠는 오늘에야 나를 알았지만 나는 오빠를 어릴 때부터 알았다. 이 아파트랑 은묘, 동묘까지 모든 아파트에서 현우 오빠 모르면 정말 간첩인데. 그 현우 오빠가 나랑 같이 밥을 먹다니! 야, 오늘 재수 더럽게 없는 줄 알았는데 반대다. 내 인생 최고의 날이다. 1등이고 뭐고 역시 떡볶이가 답이다. 내일도 가야겠다. 모레도 가야겠다.

수지의 일기를 덮으면서 모전녀전이라는 생각이 들었다. 나도 이런 시절이 있었는데… 우리 수지도 떡볶이파구먼. 일기장을 덮는데 마음이 씁쓸하고 미안하다. 내가 너무했다는 생각이 들었다. 그런데 신기한 것은 이런 생각이 학원 다녀온 수지를 보니까 갑자기 싹 사라졌다는 것이다. 마음먹었던 것과 다르게 그동안 쌓아온 레퍼토리가 자연스레 나왔다.

"수지야. 우리가 너 때문에 이 아파트로 이사 온 거 아는 거야, 모르는 거야?"

수지는 말이 없다. 나도 이쯤에서 멈춰야 하는데.

"야. 밥 해주고, 빨래 해주고, 학원 보내주는데 왜 1등을 못 하니? 엄마는 말야…….."

여전히 듣는 둥 마는 둥이다.

"네가 203호 하은주보다 못한 게 뭐야 도대체!"

다행이다. 마지막 말은 수지가 듣지도 않고 방으로 들어가 버렸다. 다른 애와 비교를 하다니. 절대 이러지는 말자고 다짐했는데. 문득 금묘영유 원장님이 했던 말이 떠올랐다.

"어머님, 자극을 쎄게 주세요. 마음에 멍이 들어야 아이들은 정신을 차립니다. 좋게 좋게 했다가 나중에 수습 못 할 상황 만들지 마시고, 쎄게 할 땐 쎄게 해주세요. 좀 상처받고 정신 차리는 게 나아요. 안 그러면 나중에 정신 못 차려요. 애들 인생 한번 엎질러지면 다시 못 담는 거 아시죠?"

반협박에 가까운 학부모 강의를 수십 번 듣고 나니 나도 이런 말을 거침없이 하는 엄마가 된 게 아닌가 싶다. 답답한 마음을 달래려고 침대에 누워 잠을 청하는데 학교 선생님으로부터 카톡이 왔다. 요즘은 매주 한 차례씩 아이들의 웰빙 체크라는 것을 위해 학교에서 카톡을 보내준다.

"어머님, 수지 담임선생님입니다. 수지 요즘에 별일 없지요? 이번 주 수업 시간 내내 집중을 못 하고 잠만 자네요."

갑자기 웃음이 나온다. 요즘 수업 시간에 잠 안 자는 애도 있나. 선생님이 무슨 이야기를 하시는 건지.

PART **4**

303호 봉선아 이야기

서울대 가면 인생이 바뀔 줄 알았지

1

오늘 간식으로는 수지가 좋아하는 떡볶이를 준비했다. 수지는 이게 웬 횡재냐며 정신없이 젓가락질을 한다. 그사이 나는 수지 옆에 앉아 준비한 이야기를 시작한다. 나름 공부란 무엇인가에 대한 강의이다.

"엄마는 예전에 공부할 때 머리도 안 감았어. 화장실 가는 시간도 아까워서 참고 참다가 급히 다녀오곤 했지. 알아?"

쩝쩝.

"이수지! 듣는 거야? 안 듣는 거야?"

"듣고 있어."

"금묘에서 배웠지? 공부 에너지 불변의 법칙 말야. 공부에 쏟은 노력과 시간은 절대로 사라지지 않는다. 그 에너지는 시험 점

수 혹은 더 나은 사고력으로 변환된다."

나는 공부는 엉덩이라고 믿었다. 성적은 엉덩이가 의자에 앉아 있는 시간에 비례한다고 굳게 믿었다. 그리고 그 믿음은 적어도 나와 남편을 배신하지 않았다.

"엄마 아빠가 너한테 스트레스를 주려고 하는 말이 아니라, 뭐, 공부에 유전도 중요하긴 하지만, 그보다도, 뭐, 에디슨이 말했다시피, 음, 천재는 1프로의 영감과 99프로의 노력이니까, 절대 시간이 절대적으로 좀 필요한……."

"엄마 그만 좀 하면 안 돼? 먹을 땐 제발 그냥 좀 두라고! 떡볶이 맛 다 떨어져!"

수지가 젓가락을 내팽개치며 짜증을 낸다. 그래, 뭐 먹을 땐 개도 안 건드린다고 했지.

"미안, 미안. 얼른 먹어. 얼른."

다시 젓가락을 집어든 수지가 냠냠쩝쩝 맛있게도 떡볶이를 먹는다. 뭐든 잘 먹는 건 좋다. 보기만 해도 배가 부르다. 그런데 그렇게 공부를 좀 하면 어떨까 싶다. 물론 수지도 노력하는 건 안다. 떡볶이 먹으면서 한쪽 눈으로는 영단어 암기장을 흘끗거리고 있으니. 하지만 진짜 중요한 건 집중력이다. 여러 마리 토끼를 잡으려다가 한 마리도 잡지 못하는 경우가 생길 수 있다. 먹을 때 먹고, 공부할 때 공부하는 게 낫지 않을까.

"그런데 수지야. 혹시 잔마왕이 뭐야?"

수지가 깜짝 놀라며 젓가락질을 멈춘다.

"뭐? 엄마 이제 남의 핸드폰도 훔쳐봐?"

"아니, 훔쳐보긴 그냥 우연히 본 거지. 근데 왜 네가 남이니? 섭섭하게."

"비밀번호 바꿔놓을 거야. 두 번 다시 내 폰 보지 마."

"엄마가 먹여주고 재워주고 키워줬는데 핸드폰 좀 볼 수 있는 거 아니니? 그 핸드폰도 엄마가 사준 거잖아."

"몰라!"

"어휴, 알았으니까 이제 다시 공부 시작해. 알지? 시간이 금이라는 말. 아니, 시간은 금으로도 살 수 없어!"

"휴, 그러니까 엄마가 잔마왕인 거야."

수지가 한숨을 푹 내쉬며 고개를 절레절레 흔든다.

"뭐? 진짜 잔마왕이 뭔데?"

"엄마 서울대 나온 거 맞아? 잔마왕! 잔소리 대마왕!"

어이가 없어 더 이상 말을 잇지 못했다. 초등학교 다닐 때는 분명 '사랑하는 울엄마'였는데 잔마왕이라니⋯⋯. 쫓겨나듯 바깥으로 나와 식탁에 앉아 있자니 소록소록 옛 생각이 난다. 잔소리 대마왕. 낯이 익은 단어다. 그래, 나도 어릴 때 우리 엄마를 잔소리 대마왕이라고 불렀지. 엄마는 공부하라는 잔소리는 안 했지만 다른 모든 일에 잔소리를 했다. 밥 먹는 것부터 옷 입는 것, 잘 때 이불 덮는 것까지⋯ 입만 열면 잔소리가 우르르 쏟아졌다.

나는 그냥 좋은 엄마가 되고 싶었다. 최소한 우리 엄마보다는 나은 엄마가 되고 싶었다. 잔소리 절대 안 하는 그런 엄마. 그런데 오늘 보니 잔소리도 유전인가 싶다.

2

결혼했으니 아이를 낳고 부모가 되는 것은 당연한 일이라고 생각했다. 그렇지만 두려웠다. 무서웠다. 아이를 갖고 나서도 계속 봉선아의 삶을 살 수 있을까? 원래 나는 직장 조금 다니다가 공부를 할 생각이었다. 대학원도 가고 박사도 하고 싶었다. 그래도 서울대 나왔는데 뭔가 평범한 아줌마의 삶을 살고 싶지는 않았다. 이런 내게 모두 걱정할 필요 없다고 했다. 걱정도 팔자라고 했다. 그렇지만 나는 무서웠다. 주변을 아무리 둘러봐도 아이를 낳은 뒤 자신의 인생을 사는 사람이 없었다.

그 와중에 나는 시어머니를 믿었다. 그래도 서울대 나온 며느리를 위해 아이 하나쯤은 봐주지 않을까. 살림도 거들어줄 거라 생각했다. 그런데 내 인생 최대의 오산이었다. 살림을 합치자마자 시어머니는 애나 보려고 같이 사는 게 아니라고 했다. 가사와 육아는 온전히 애 엄마의 몫이라고 선을 그었다.

"수지 아빠. 한 번만 좀 살펴봐 주면 안 돼?"

남편은 수지 수학 수업을 마치고 소파에 걸터앉아 넷플릭스 영화 목록을 훑어보는 중이었다. 이미 손에는 맥주캔이 들려 있었다.

"나 너무 피곤해."

"딱 5분만. 자기 아내를 위해 단 5분도 못 쓰니?"

내 간절한 부탁에 남편이 한숨을 쉬며 텔레비전을 껐다. 나는 자소서를 읽기 시작했다.

"안녕하세요. 저는 1981년 경상북도 연양에서 태어났습니다. 연양국민학교과 중학교, 고등학교를 수석으로 졸업하였습니다. 연양여고 졸업생 중에서는 처음으로 서울대학교에 진학했고요. 서울대 영어교육과에 1999년 입학하고 2003년 2월에 평점 4.0이 넘는 우수한 성적으로 졸업했습니다.

졸업 후에는 브릴리언트 광고회사에서 4년간 근무했습니다. 그 뒤 결혼과 육아를 거치며 잠시 휴식기를 가졌지만, 그사이에도 기간제 교사로 근무하거나 서울대어학연구소 프로젝트에 아주 잠시 참여하기도 했습니다. 그리고 2021년부터는 서울대학교에서 언어와 인지 석박 협동 과정을 시작하였습니다.

저는 지금 서울 강남구 대지동에 위치한 금묘아파트 105동에 살고 있습니다. 열다섯 살 된 중2 딸아이가 있습니다. 또 서울대 출신 보험회사에 다니는 남편이 있습니다."

남편은 눈을 감고 잠시 생각하는 듯했다.

"어때. 괜찮아?"

조바심이 생긴 나는 조심스럽게 물었다.

"서울대라는 말이 너무 많이 나오는 거 아냐? 그리고 좀 평범한 것 같아."

남편은 무심하게 말했다. 그리고 덧붙였다.

"2008년부터 2021년까지 너무 빈 거 아닌가?"

기분이 상했지만 틀린 말은 아니었다. 마흔 훌쩍 넘긴 봉선아 인생에 내세울 건 서울대밖에 없는 게 맞다. 정말 다니기 싫었던 브릴리언트 광고 회사 이후로는 특별히 내세울 만한 경력도 없고. 굳이 꼽자면 이수지의 엄마가 된 것 정도. 잠깐 기간제 교사도 해보았지만 이걸 딱히 경력이라고 할 수는 없었다. 그렇게 15년의 세월이 흘렀고 나는 경.단.녀.가 되고 말았다.

3

나는 서울대맘이다. 서울대를 보낸 엄마는 아니고, 서울대 다닌 엄마다. 이 사실은 매우 중요하다. 주변 사람들의 시선이 달라지니까. 그런데 우리 집 외동딸 이수지는 자신이 아닌 엄마가 서울대 출신인 게 자랑이 아니란다. 오히려 자기 인생 최고의 악재라고 말한다. 사실 나도 요즘 그런 것 같긴 하다.

최근 남편은 차를 바꾸었다. 돌아가신 아버님이 물려준 소나타를 폐차시키고 무려 BMW로 갈아탔다. 물론 중고다. 남편은 중고차 사이트를 낮밤을 가리지 않고 열심히 들어가 매물을 살펴봤다. 그리고 마침내 누가 봐도 새 차라 믿을 만한 중고 BMW를 1,600만 원이라는 저렴한 값에 구했다.

차를 사고 처음 한 일은 차 뒤에 SNU FAMILY라는 서울대 스티커를 붙이는 것이었다. 서울대에 발전기금을 내면 학교에서 서울대 로고와 SNU FAMILY라고 적힌 차량용 스티커를 보내준다. 우리는 서울대 발전기금으로 매년 10만 원을 낸다. 다른 의도는 없다. 그저 아파트 우체통에 서울대에서 오는 동창회보가 꽂혀 있는 게 있어 보여서다. 403호에는 에르메스에서 온 카탈로그가 꽂혀 있고, 우리 집에는 서울대에서 온 동창회보가 꽂혀 있다. 서울대 스티커를 붙이며 꾹꾹 눌러 붙이며 남편은 말했다.

"이건 돈 주고도 못 사는 거야. 포르쉐를 탄들 이걸 붙일 수 있는 건 아니니까."

나는 에르메스 카탈로그가 더 좋은데……. 이럴 땐 국민학교 다닐 때 보았던 드라마 〈행복은 성적순이 아니잖아요〉가 생각난다. 중학교, 고등학교 졸업하고 서울대 다닐 때까지만 유행어처럼 이 말을 입에 달고 살았다. 그런데 살아보니 진짜 틀린 말은 아니다. 아무리 성적이 좋아도 부자가 되는 건 아니었다. 행복은 성적순이 아니라 자산순이다. 서울대 나온 나는 오늘도 마트에서 무항생제 영양란을 살지, 동물복지 목초란을 살지, 영양만점 유정란을 살지 고민하다 가장 값싼 1판 30구 할인 상품을 담았다. 이 나이에 계란 하나도 원하는 걸 못 사다니…….

공부 잘하는 것과 돈 잘 버는 건 완전 별개의 문제다. 공부 못해도 돈 잘 벌 수 있다. 대표적인 사례가 남편의 고등학교 때 짝꿍 진호 씨다. 그는 학교 다닐 때 컴퓨터 게임만 죽어라고 했단다. 선생님들이 게임이 밥 먹여주냐며 그렇게 구박을 했단다. 열심히 공부하는 짝꿍 좀 보고 배우라며 매타작도 했단다. 그런데 진호 씨는 이제 동창회에서 남편만 만나면 이렇게 놀린다.

"게임이 밥 먹여주더라. 공부도 밥 잘 먹여주냐? 크크."

진호 씨는 지금 게임 회사 CEO가 되었다.

오히려 나와 남편은 서울대 나와서 빚 걱정을 하며 살고 있다. 원래 내 삶의 목표는 빚 없는 인생이었다. 그런데 금묘아파트로 이사 오면서 대출과 이자의 늪에서 허우적거리고 있다. 이래서 공부도 돈 되는 공부를 해야 한다. 아무리 서울대 나와도 돈 버는 공부를 못하면 우리처럼 카드 한도에 짓눌린 인생을 살 수밖에 없다.

4

서울대. 말하기 쑥스럽지만 그래도 가슴속에 늘 가지고 다니는 금배지 같은 나의 모교 서 울 대. 턱걸이를 해서 들어왔든, 삼수를 해서 들어왔든, 서울대가 성공의 보증 수표이던 시절이 있었다.

수험번호 3634733 봉선아, 합격입니다. 와아아아아! 세상에 이것이 꿈인지 생시인지. 나 좀 꼬집어줘, 엄마.

우리 집은 시골 중에 시골이라는 연양이다. 연양 토박이인 나는 연양여중과 연양여고를 나왔다. 그리고 연양여고가 생긴 이래 처음으로 서울대를 갔다. 이런 걸 보고 가문의 영광이라고 하나 보다. 서울대 합격 소식이 들려오고 난 뒤 찾아온 첫 구정에 나는 처음으로 남자 어른들만 먹는 상에서 밥을 먹었다. 할머니는 눈물을 흘리며 내가 우리 가문의 자존심을 세웠다고 말했다.

외할머니는 자기가 작년에 굿해서 내가 서울대 갔다고 했고, 고모할머니는 자기가 아침마다 새벽 기도 가서 된 거라고 했다. 나는 지금도 시험을 치르던 그날을 나는 생생히 기억한다. 내가 할 수 있는 모든 준비를 다 했다. 머리를 감으면 머릿속에 넣은 게 사라질 수 있다는 얘기를 듣고 일주일 동안 머리도 감지 않았다.

재수 없는 생물 선생이 코를 쥐어 감싸며 그래도 다른 사람에게 피해가 가니 머리는 감고 오라고 했을 때 나는 속으로 생각했다. 지방대 나온 주제에 네가 뭘 알아? 이렇게 해야 서울대를 가는 거라고. 엄마도 뒷바라지에 진심이었다. 일주일 전부터 몸에 좋은 고기며, 생선을 어떻게든 구해다 먹였다. 다른 가족은 손도 못 대게 했다. 그리고 생각보다 수능 점수가 안 나왔을 때 엄마는 자신을 오랫동안 탓했다.

"내가 그날 소고기 해장국을 끓여서 네가 소화를 못 한 거야. 뭇국을 참기름만 넣고 끓이든지, 부드러운 감잣국 아니면 시원한 콩나물국을 끓였어야 하는데⋯⋯."

할머니는 아침 일찍 절로 기도를 하러 떠났고, 아버지는 학교까지 데려다주기 위해 전날 세차를 했고, 막냇동생은 시내에서 비싼 초콜릿을 세 종류나 사 왔다. 엄마는 저녁시장에 가서 호박엿이 새로 나오기만을 기다렸다가 받아왔다. 생전 전화 한 번 안 하던 당숙 아저씨도 전화를 걸어왔다.

"선아야. 내가 어제 꿈을 꿨는데 니가 우리 집안에서 처음으로 서울대 가는 꿈을 꿨어!"

아, 그런 말은 입 밖으로 꺼내면 안 되는데… 재수 날아가는데……. 나는 울고 싶었다. 꿈은 현실과 반대라고 하지 않던가.

그렇지만, 그럼에도 불구하고, 나는 서울대에 합격했다. 믿을 수 없었다. 개천에서 용도 나는구나. 정말 하면 되는구나. 소문은 빠르게 퍼졌다. 시내 곳곳에 '연양여고, 봉선아. 서울대 합격' 플래카드가 붙고, 축하 행사 자리에서 군수님이 직접 장학금을 건네주기도 했다. 연양의 첫 번째 서울대 합격생이라는 이유로 문세 오빠가 진행하는 라디오 〈별이 빛나는 밤에〉에 출연해 인터뷰를 하기도 했다. 세상이 온통 무지개빛으로 반짝거리는 나날이었다. 그동안 고생했던 보상을 한 번에 받는 것 같았다.

우리 아버지는 연양국민학교 교사였다. 너무 가난해서, 아버지는 그렇게 원하던 서울대의 꿈을 접고 교대를 갔더랬다. 내 인생의 목표는 아버지의 공부 한을 풀어드리는 것이었다. 또 성공해서 빚지지 않고 사는 것이었다. 악착같이 공부를 했다. 죽어도 서울대에 가고 싶었다. 가난해서 하고 싶은 공부를 못한 우리 아버지의 소원을 풀어드려야 했다. 이를 악물었다. 잠을 웬수처럼 생각했다.

국민학교 6학년 때까지 내 별명은 올백이었다. 그러던 어느 날 국어 시험에서 점수를 95점 받았다. 너무 속상했다. 틀린 문제는 지은이의 의도에 관한 것이었다. 윤동주의 「서시」가 지문으로 나왔는데, 나는 너무 화가 나서 선생님께 따지고 싶었다. 선생님이 윤동주예요? 어떻게 죽은 사람의 의도를 알아요? 하지만 아버지 생각이 나서 말았다. 우리 아버지도 나 같은 애 만나면 얼마나 고생일까 싶었다. 대신 올백의 영광을 놓친 그날을 잊지 않기 위해 나는 날카로운 펜으로 오른쪽 손목을 쿡쿡 찔렀다. 그러면서 스스로에게 말했다.

"이 바보, 멍청이, 머저리야. 어떻게 그런 쉬운 문제를 틀리냐?"

돌이켜 생각해보면 우습다. 90점 맞은 애는 95점 맞은 애가 부럽고, 85점 맞은 애는 또 90점 맞은 애가 부러울 텐데. 인생은 그런 거다. 누구나 제 손톱 밑에 박힌 가시가 제일 아픈 거다. 우리 모두에게는 살리에리 콤플렉스가 있다. 모차르트가 될 수 없었던 자의 비애 같은 거 말이다. 젊었을 때는 누구나 모차르트 같은 천재적인 삶을 살고 싶어 한다. 그러나 이제 나이가 들고 보니 살리에리처럼 사는 것도 나쁘지 않다.

어릴 때 후한 인정을 받는 것은 좋기도 하고 나쁘기도 하다. 나의 경우엔 후자가 강했다. 나는 어릴 적에 인정을 너무 받아 내가 세상에서 제일 잘났다는 착각에 빠졌고, 이에 대한 대가를 훗날 왕따로 후하게 치렀다.

초등학교에서 독보적으로 잘나갔던 나는 중학교에 들어가서 손진서라는 친구를 만났다. 진서는 친구들한테 인기가 좋았고, 우리는 짝꿍이었다. 1학년 사회 시간이었다. 갑자기 진서가 내 이름을 불렀다.

"야, 봉선아."

"왜?"

"야, 봉선아. 이 봉숭아 같은 봉선아."

"왜?"

"야, 봉숭아야."

"왜 자꾸 불러?"

그때 선생님이 우리를 돌아보았다.

"너희들 수업 시간에 누가 떠들라고 했어?"

화가 난 선생님은 성큼성큼 우리쪽으로 다가와 두꺼운 『사회과 부도』로 나와 진서의 머리를 때렸다. 별이 보였다. 억울했다. 진서가 먼저 말을 걸어서 나는 대답만 했을 뿐인데. 하지만 진서의 생각은 달랐다. 진서는 내가 혼나는 게 즐거워 보였다. 자기가 맞는 건 상관없어 보였다. 그랬던 것 같다. 진서는 바로 옆자리에 앉은 나를 선생님들이 노골적으로 예뻐하는 게 싫었던 것이다.

그때부터였다. 나는 진서와 친한 친구들의 먹잇감이 되었다. 어떤 애는 청소시간에 내게 걸레를 던졌다. 엄마가 새로 사준 노란 원피스가 더러워졌지만 아무 말도 하지 못 했다. 어떤 애는 돈을 빌려달라고 했다. 줄까 말까 고민했지만 맞는 것보다는 나아서 주기로 했다. 어떤 날은 한 동네 살아서 친하게 지내던 주현이가 내 손을 잡고 떨리는 목소리로 말했다.

"선아야, 미안해. 나 너랑 더 이상 친구 못 해. 애들이 나도 따돌리고 괴롭히면 어떡해……."

하늘이 무너지는 것 같았다. 그렇지만 누구에게도 말하고 싶지 않았다. 대신 지긋지긋한 연양에서 영원히 탈출하고 싶었다. 그 찰나에 내 머릿속에 확 떠오르는 단어가 있었다. 아버지한테 귀가 따갑게 들었던 '서울대학교'였다. 서울대에 가면 연양을 벗어날 수 있을 거야! 동시에 나는 배우가 되는 꿈을 꾸기도 했다. 매일 박경리의 『토지』를 읽으며 옥상에서 서희 역을 연습했다.

"찢어 죽이고 말려 죽일 거야."

손진서를 소설 『토지』 속 조준구 같은 인간이라고 생각하며 연습했다. 만화 〈달려라 하니〉에서 나애리에 대한 분노로 달리기를 잘하게 된 하니의 사연도 이해가 갔다. 때론 누군가를 미워하고 증오하는 마음이 힘이 될 수 있음을 그때 알았다. 나를 괴롭히는 아이들에 대한 복수심으로 공부를 더 열심히 했다. 나를 따돌렸던 애들이 적어도 100명은 될 것이다. 그러니까 나는 최소한 100명의 나애리 덕분에 서울대를 간 것이다.

5

지독하게 공부하는 나를 보며 아버지는 밥을 안 먹어도 배가 부르다고 했다. 나는 사당오락(四當五落)을 믿은 마지막 세대다. 5시간 이상 자면 서울대 못 가는 줄 알았다. 독서실에서도 고3 언니들보다 더 늦게 짐을 챙겨 나왔다. 잠을 자면서도 서울대 생각을 멈추지 않았다. 한 번은 서울대 교정을 거니는 꿈을 꾸었는데 잠이 깬 뒤에도 너무 생생해서 울고 말았다. 이것이 교과서에만 보았던 호접지몽(胡蝶之夢)인가 싶었다. 어쩌면 이미 나는 서울대생이고 지금 봉선아의 삶은 내가 잠깐 꾸는 꿈일지도 몰라. 엉엉, 엄마 내가 죽으면 꼭 서울대에 묻어줘.

서울대에 가기 위한 노력은 다각도로 이어졌다. 내 손바닥은 깨알같이 적어 놓은 영단어 때문에 늘 새까만 상태였다. 나는 염소처럼 사전을 찢어서 먹기까지 했다. 주머니에 들어가는 작은 포켓 사전을 들고 다니며 완전히 외웠다고 생각될 때마다 한 장씩 뜯어 먹은 것이다. 그 결과 고3 때는 영어 선생님보다도 영단어를 더 많이 아는 수준이 되었다.

고2 여름방학 때는 맘먹고 서울로 올라가 289번을 타고 서울대에 갔다. 그리고 교정에서 흙을 한 바가지 퍼담아 왔다. 마음이 해이해질 때마다 서울대의 흙냄새를 맡기 위함이었다. 역시 서울대 흙냄새는 달라도 뭔가 달랐다. 뭐랄까, 고매하면서도 낭만적이랄까. 머리맡에도 서울대 흙봉지를 올려두었다. 이 정도 정성이면 서울대를 지키는 산신령도 감복해 나를 도와주지 않을까.

수학은 1학년 자습 시간에 수학 선생님이 지나가면서 흘린 말에서 힌트를 얻었다.

"봉선아, 너 서울대 가고 싶으면 수학 문제를 일 년에 만 개씩만 풀어. 그럼 내가 서울대 가는 거 보장한다."

나는 진짜로 1년에 1만 개씩 수학 문제를 풀었다. 일요일도 없고, 방학도 없었다. 당연히 명절도 없었다. 나중에는 밥 먹으러 집에도 가지 않고 독서실에서 라면을 끓여 먹었다. 독서실에는 조그만 부엌이 있었는데 거의 나만의 공간이나 마찬가지였다. 무슨 라면을 먹을지 선택하는 데 에너지를 쏟는 게 아까워 아예 날짜별 메뉴도 정해놓았다. 월요일은 신라면, 화요일은 진라면, 수요일은 짜파게티, 목요일은 너구리, 금요일은 안성탕면, 토요일은 삼양라면, 일요일은 특별히 그날 기분에 따라 먹고 싶은 걸로. 후식은 항상 진하게 탄 맥심 커피와 초콜렛이었다. 식곤증을 참는 데는 이만한 게 없었다. 그래도 졸릴 땐 허벅지를 피가 날 정도로 꼬집었다.

가장 큰 위기는 수학여행이었다. 수학여행은 아무도 빠질 수 없다는 게 학교의 방침이었다.

"선생님, 저는 수학여행 안 갈래요. 제 학습 일정에 나흘이나 빼는 것은 무리예요."

"선아야, 그래도 수학여행은 평생 기억나는 추억이 될 텐데……."

"선생님, 저 설대 못 가면 책임지실 거예요?"

선생님은 혀를 내두르더니 결국 아버지한테 전화를 걸었다. 나는 도살장에 끌려가는 소처럼 수학여행을 갔다. 사실 나는 수학여행 자체보다도 둘이 앉아서 가는 버스 여행이 너무 싫었다. 아무도 내 옆에 앉지 않을 거라는 두려움이 컸다. 왕따인 걸 선생님한테 들키는 건 너무 자존심 상하는 일이었다.

하지만 운명은 잔인한 것. 내 두려움은 현실이 되었다. 학생들을 태우기 위한 버스가 멀리 모습을 드러내자 아이들은 평생 오늘만 기다린 아이들처럼 크게 소리를 질렀다.

'저 날라리들…….'

나는 단어장과 문제집이 한가득 들어 있는 가방을 끌어안으며 속으로 읊조렸다. 그리고 선생님 입에서 번호순으로 타라는 지시가 떨어지기만을 기다렸다. 하지만 애들처럼 들뜬 선생님은 아무렇게나 앉게 내버려두었고, 내가 앉은 옆에는 아무도 앉지 않았다. 나는 신경 쓰지 않는 척 영단어장을 꺼내 외우는 척했다. 그때 누군가 다가와 내 옆자리에 가방을 올려놓았다. 세상에! 나는 설레는 마음으로 고개를 돌렸다. 선생님이었다.

"선아야, 여기 앉아도 되지?"

"네? 아, 네. 뭐, 그러세요."

선생님과 나는 경주로 가는 버스 안에서 한마디도 하지 않았다. 선생님은 눈을 감은 채 코를 골았고, 나는 영단어장만 뚫어지게 쳐다보았다. 애들은 뒤에서 노래하고 춤을 추며 자유로운 하루를 만끽했다. 선생님 말대로 평생 기억할 만한 추억이 생길 것 같았다.

시간은 흐르고 흘러 마침내 수능의 날이 다가왔다. 눈이 펑펑 내리는 날이었다. 그런데 불행하게도 나는 전날부터 열이 펄펄 끓고 몸살에 시름시름 앓았다. 하지만 아파도 아플 수 없었다. 엄마가 사다 준 코감기약을 반만 먹었다. 약 기운에 졸면 안 되니까. 입맛이 없었지만 엄마가 차려준 소고기 들어간 해장국도 한 그릇 뚝딱 해치웠다. 전쟁터 나가기 전 마지막 식사를 하는 군인의 심정이었다. 뜨겁고, 맵고, 뭔가 복잡하면서도 자극적인 것이 목구멍을 지나 아래로 내려갔다.

"그래, 먹어야지. 먹어야 산다. 오늘만을 기다려왔는데 이렇게 감기 따위에 질 수 없어."

그러나 어찌나 긴장을 했던지 시험을 마치고 난 뒤에는 정말 죽을 정도로 아파서 한 걸음도 걸을 수가 없었다. 결국 밖에서 기다리던 아버지가 안으로 들어와 나를 들쳐 업고 나서야 집으로 돌아갈 수 있었다. 아직도 가끔 그날의 꿈을 꾼다. 꿈속에서 나는 답을 밀려 쓴 탓에 감독관 바짓가랑이를 붙잡고 5분만 달라며 오열하고 있다. 제발, 제발 5분만!

어쨌든 나는 그렇게 서울대에 합격했다. 생일 따위는 비교할 수 없는 내 생에 최고의 날이었다. 다시 태어난 기분이었다. 죽기 전 단 하루만 다시 살 수 있는 그런 날이 주어진다면 나는 서울대 합격 소식을 들은 그날을 선택할 것이다. 그날이 내 인생 최고의 정점이었다.

그러나 그렇게 고대하던 서울대 합격의 기쁨은 채 한 달도 가지 않았다. 나는 서울대만 가면 내 인생에 꽃길이 펼쳐질 것이라 생각했다. 그런데 입학식을 치르고 보니 서울대생은 많아도 너무 많았다. 특히 세련된 외고 애들이 발에 챌 정도로 많았다. 내가 합격한 영어교육과에도 강남외고 출신이 10명도 넘었다. 연양에서는 내가 최초의 서울대 합격생인데…… 나는 끼리끼리 어울리는 다른 애들의 들러리가 된 기분이었다.

다 같은 서울대인 줄 알았는데 서울대도 계급이 있구나. 입학하고 한 달도 안 되어 깨달았다. 강남외고 애들은 3천 원짜리 자하연(당시 서울대 안에 있던 고급 학생식당) 밥을 먹고 커피를 마시러 갈 때, 나는 800원짜리 가장 저렴한 학식을 먹고 200원짜리 커피우유로 팩차기를 했다. 그래도 행복한 날은 있었다. 바로 삼계탕이 나오는 날. 800원에 삼계탕을 먹을 수 있다니! 그날은 줄이 바깥으로 이어질 만큼 길었지만 하나도 힘들지 않게 기다릴 수 있었다.

그때 같이 삼계탕 줄을 서주던 친구가 바로 지금의 남편 이문수다. 뭐 잘 생기거나, 가슴이 뛰게 매력 있거나, 로맨틱한 스타일도 아니었지만 나하고 비슷한 배경을 가졌다는 점에서 친근감이 느껴졌다. 무엇보다도 아이에게 좋은 아빠가 되어 줄 것 같은 생각이 들었다. 그래서 지금 그는 과연 좋은 아빠인가. 어릴 때 수지가 물었다.

"엄마, 결혼은 왜 하는 거야?"

나는 조금도 망설이지 않고 답했다.

"사랑하니까 하는 거지."

10년 뒤, 얼굴에 여드름을 덕지덕지 붙인 수지가 물었다.

"엄마, 결혼은 왜 하는 거야?"

나는 한참을 생각한 뒤에 말했다.

"음… 결혼을 하니까 너 같은 이쁜 딸도 있는 거지."

정말 결혼은 왜 하는 걸까? 그땐 너무도 당연했던 일들이 지금은 당연하지 않다. 그리고 얼마 전 라디오에서 그 답을 찾았다. 결혼은 아플 때 병원 같이 가줄 사람이 필요해서 하는 거라고. 농담입니다, 진행자가 웃으며 바로 덧붙였지만 나에게는 이미 다큐멘터리였다.

6

시리야. 30분만 있다 깨워줘. 내일은 수업 시간에 발표할 게 있다. 그런데 너무 피곤하다. 잠시만 눈을 붙이기로 한다. 그런데 눈을 떠 보니 한 시간도 더 지났다. 이제는 시리도 내 말을 안 듣는구나. 이 집에서는 사람이나 기계나 내 말을 다 안 듣는구나. 화가 나서 휴대전화를 침대 밖으로 던져버렸다. 내 나이가 몇인데 잠까지 줄여가면서 과제를 해야 하나 싶었다. 왠지 〈울 밑에 선 봉선화〉가 떠오르는 밤이다.

갑자기 엄마가 생각난다. 엄마는 이럴 때 '봉선아, 파이팅!' 하면서 쟁여둔 곶감에 식혜를 꺼내어 줄 텐데. 현실은 믹스커피다. 이거 먹고 밤새 잠을 설칠 수도 있다. 하지만 이 달달함과 카페인의 조합이 없으면 내일 발표 준비는 꽝이다. 엄마는 같이 사는 동안 내 손에 물 안 묻히게 해주었다. 나는 엄마는 나를 챙겨주는 게 당연하다고 생각했다. 왜냐고? 엄마니까. 엄마가 딸을 챙기는 건 당연한 일이니까. 엄마는 먹는 거, 입는 거, 나는 거 챙겨주는 사람이니까.

돌이켜 생각해보면 내가 서울대 갈 수 있었던 건 전적으로 엄마가 희생한 덕분이다. 그런 의미에서 진정한 서울대맘은 서울대를 보낸 엄마라고 생각한다. 엄마는 점심, 저녁 도시락 두 개를 매일 다른 반찬으로 싸주었고, 야자(야간 자율학습)를 마치고 돌아오면 또 한 상 거하게 차려주었다. 그렇게 나는 거의 저녁 10시가 다 되어 두 번째 저녁 식사를 하고 책을 펼쳤다.

그런데 그렇게 먹고 자리에 앉으면 잠이 올 수밖에 없다. 또 수없이 손등과 허벅지를 꼬집고 졸기를 반복해야 마무리 공부가 끝난다. 그러면 엄마는 그때까지 안 자고 기다렸다가 또 간식을 가져다주었다. 그 간식은 과일일 때도 있고, 한약일 때도 있었다. 먹어야 산다. 먹어야 공부도 하고, 먹어야 서울대 간다. 그런데 이미 서울대 갔다 왔는데도 엄마는 아직 먹을 걸 제일로 챙긴다. 통화를 해도 밥 얘기만 한다.

"밥은 먹었어?"

"아직. 엄마는?"

"아니, 밥도 못 먹고 도대체 뭐 하고 돌아다니는 거야?"

"먹을게."

"수지 애미야, 밥은 꼭 먹고 다녀라."

"에휴, 알았다니까!"

"먹고 죽은 귀신이 때깔도 좋아."

"엄마가 귀신을 봤어?"

그러면 김치 이야기로 주제를 돌린다.

"엊그제 시장 갔더니 열무가 한 단에 천 원이더라. 두 단 사다 김치 담갔는데 기똥차게 맛있어."

"힘든데 무슨 김치를 담고 그래? 그냥 사 먹어."

"사 먹기는. 너 오면 주려고 나박김치 담글까 하는데 언제쯤 올래?"

마지막으로 술 이야기가 나오면 우리 모녀는 이제 전화를 끊을 시간이 됐다는 걸 직감한다.

"엄마, 오늘은 술 안 먹었지?"

"술? 소맥 한 잔 했습니다."

"엄마! 엄마가 무슨 이팔청춘이야? 약 먹을 땐 술 마시면 안 되는 거 몰라!"

"내가 살면 얼마나 산다고 맘대로 술도 못 먹게 하냐. 자식 다 소용없어! 끊어. 밥 안쳐야 돼."

엄마는 밥이든 술이든 늘 진심이다. 내가 지금 수지 나이 정도, 그러니까 중2 때였던 것 같다. 시내에 있는 도서관에서 중간고사 준비를 하고 있었다. 그런데 갑작스런 방송이 도서관의 고요를 깨뜨렸다.

"아아, 연양여중 2학년 봉선아 양. 1층 데스크로 급히 와주시기 바랍니다."

정숙이 생명인 도서관에서 방송을 하다니 무슨 일이지? 내 이름이 쩌렁쩌렁 울려 퍼진 것도 엄청 쪽팔리는 일이지만, 그보다도 더한 걱정으로 다리가 후들거렸다. 혹시 집에 무슨 일이 생긴 거 아냐? 그때 방송에서 엄마의 목소리가 들렸다.

"선아야. 엄마가 중앙시장에서 너 좋아하는 호떡 사 왔어. 맛이 기똥차!"

도서관 전체가 낄낄거리는 소리로 가득 찼다. 나는 급히 옮기던 발걸음을 돌려 다시 위로 올라갔다. 그리고 부랴부랴 가방을 챙겨 들고 1층으로 내려갔다.

"엄마! 미쳤어? 나 쪽팔려 죽으라고 그러는 거지?"

"아니, 호떡 줄려고."

김상용 시인의 시가 머릿속을 스쳐 지나갔다. 왜 사냐건 웃지요. 나는 그 이후로 시내 도서관에서 호떡 소녀라 불렸다. 연양중 남자애들도 나를 호떡이라고 부르고 놀렸다. 엄마를 잘 만난 덕분이었다. 그 정도로 엄마는 항상 나에게 주는 사람이었다. 반면에 나는 그저 받는 사람이었다. 이런 게 엄마와 딸의 관계라고 나는 생각했다. 불쌍한 우리 엄마.

열 살 때였던 것 같다. 밤에 전화가 왔다.

"선아야, 엄마, 오늘 집에 못 들어가. 옆집 아줌마가 밥 주고 낼 머리도 빗겨줄 거야."

에이, 옆집 애들이랑 밥 같이 먹는 거 싫은데. 난 엄마 밥이 좋은데. 속으로 화가 났다. 나는 몰랐다. 그날 외할머니가 뇌진탕으로 쓰러진 것을. 엄마가 할머니의 마지막을 지키신 것을.

"선아야. 오늘 엄마 늦어."

"갑자기? 엄마, 오늘 물 안 나오는데 늦으면 어떻게 해!"

한참 뒤에 알았다. 엄마가 대구까지 가서 수술하고 오셨다는 것을. 내 동생이 될 뻔했던 아이를 잃어버리고 소파수술을 했다는 걸. 엄마는 뭐 대수로운 일이냐며 이야기할 거리도 안 된다고 했다.

우리 엄마는 어딜 가나 선아 엄마였다. 그리고 아버지는 엄마도 나도 그냥 선아라고 불렀다.

"선아야, 물 좀 가져와."

"나?"

"아니, 니 엄마. 넌 공부해야지."

내가 엄마의 이름을 퍼뜩 깨달은 건 최근 병원에 가서였다.

"소미자 님! 소미자 님? 혹시 소미자 님 보호자분 안 계세요?"

넋을 놓고 있다가 간호사가 부르는 소리에 대답도 못 할 뻔했다. 엄마의 이름은 소미자다. 내게 밥을 차려주고, 옷을 사주고, 이불을 덮어주던 사람의 이름은 소미자다. 그 소미자 씨가 요즘 아프다. 그래도 폐 끼치기 싫다며 악착같이 밥하고, 빨래하고, 병원도 웬만하면 혼자가려고 한다. 얘기하다 보니 나도 모르게 눈물이 난다.

이제는 내가 엄마의 엄마가 되어야 할 차례다.

PART 5

403호 김진아 이야기

그냥 너네 엄마랑 살아

1

"나는 정말 너를 이해할 수가 없어."

우리 집 박민서가 203호 하은주에게 졌다. 도대체 이해할 수가 없다. 민서는 지난달부터 금묘인스티튜트 일타강사에게 영어 과외까지 받는다. 그런데 영어 점수가 은주보다 5점이나 낮다. 민서는 금묘영유프리미엄골드 출신이고, 은주는 금묘영유골드 출신인데……. 나는 정말 이해가 안 된다. 내 배에서 나온 딸이지만 정말 이해할 수가 없다.

"엄마! 코디쌤 바꿨어? 나한테 상의도 안 하고! 나 쌤 너무 좋았단 말야!"

"다 너를 위한 거야. 이번 코디쌤이 작년 수능 만점 수현이 코디했대."

"다 나를 위해서라고? 거짓말 마! 엄마는 나한테 관심 1도 없잖아."

"박민서. 네 학원비 버느라고 뼈가 빠진다. 학원비랑 코디쌤 비용. 그 돈 다 누가 버는 줄 알아?"

"엄마는 고상한 척하면서 맨날 돈 얘기야? 엄마도 좀 평범하면 안 돼. 다른 애들 엄마처럼 떡볶이도 만들어주고 같이 영화도 보고 그런 엄마 있잖아. 그런 엄마면 안 되냐고?"

"야, 박민서. 너만 힘든 줄 알아? 돈 버느라고 엄마도 뼈 빠져. 나도 빨리 해방되고 싶어. 지긋지긋해!"

더 할 말이 남았는데 전화가 뚝 끊어졌다. 이 싸가지가! 화가 부글부글 끓어오른다. 열받아서 일도 손에 잡히지 않는다. 저번에 말도 없이 대구 다녀온 일도 한바탕하려다 참아줬더니 진짜! 할머니 손에 애들을 키우면 안 되는 이유가 여기 있다.

"코디님. 민서 영어 점수는 이해가 안 되네요."

내 말에 금묘인스티튜트 박 코디는 민서가 요즘 집중을 못한다는 둥, 아는 문제인데도 방심을 해서 그랬다는 둥 긴 변명을 늘어놓았다. 아니, 그런 걸 잡아달라고 돈 주고 사람 쓰는 거 아닌가. 왜 자기 잘못을 인정하지 않고 모든 걸 민서 탓으로 돌리지? 솔직히 인정만 했어도 코디를 바꿀 생각은 없었다. 곧바로 금묘인스티튜트 김 실장에게 전화를 걸었다.

"실장님, 저 박민서 엄마예요. 코디 선생님 바꾸고 싶어요. 비용요? 네, 문제없어요. 바꿔주세요."

민서는 이런 사정도 모르면서 맘대로 코디를 바꿨다고 엄마한테 화를 낸다. 지금 자기한테 들어가는 돈이 얼만데……. 게다가 서울대 엄빠 딸인 303호 이수지한테 진 것도 아니고 203호 하은주한테 지다니! 이를 악물고 휴대전화를 꺼내 들었다.

"민서 성적 알지?"

"ㅇㅇ"

카톡 답이 바로 왔다. 남편은 또 어디서 멍 때리다 내 카톡을 보았을 것이다.

"코디 바꿨어."

"ㅇㅇ"

답변 참 간결하다. 아무 생각도 없겠지. 우리는 카톡 부부다. 집에 있어도 서로 이야기하기보다는 카톡으로 말한다. 서로 출퇴근 시간이 달라 얼굴 마주할 시간이 없는 것도 이유지만, 용건만 간단히 카톡으로 나누는 것도 나쁘지 않다. 민서와의 대화도 주로 카톡으로 한다. 괜히 학원 수업 듣거나 과외받는데 전화하면 방해만 되니까. 민서도 카톡으로 대화하는 걸 더 편하게 여기는 것 같다.

엘리베이터 문이 열리더니 아줌마 둘이 탄다.

"토요일에 우리 아이 Ivy IQ Boost 맞히려고. 왜 이번에 새로 나온 총명주사 있잖아?"

"어머 Boost 언제 나왔어?"

"자기, 진짜 업데이트가 느리구나."

"요즘 좀 내가 바쁜 일이 있어서. 어디서 맞아? 좀 알려주라. 밥 한번 살게."

"자기니까 알려줄게. 상가 닥터 진 병원에서 저녁 6시 7시 사이에만 놓아준대. 딱 10명씩만. 근데 한 대에 100만 원이래. 괜찮겠어?"

"돈이 문젠가? 고마워. 진짜 밥 한번 근사하게 살게."

속삭이는 두 사람을 뒤로 하고 엘리베이터에서 내린다. 뭐야? 일부러 들으라고 큰 소리로 얘기하는 거야? 나는 속으로 콧방귀를 낀다. 고작 100만 원짜리 총명주사 가지고 자랑하나? 우리 민서는 병원 문 닫은 뒤 몰래 Ivy IQ Boost 울트라 프리미엄 버전 130만 원짜리를 맞고 있는데. 정보 수준 낮은 아줌마들 같으니라고. 띵동. 지친 몸을 소파에 누이려는데 벨이 울린다.

"안녕하세요? 저는 이번에 금묘 도난 사건을 맡은 디텍티브 칼이라고 합니다. 잠시 들어가서 뭘 좀 물어봐도 될까요?"

"아니요. 그냥 여기서 용건만 말하세요. 교포라고 들었는데 영어가 편하실까요?"

뭔가 포스가 다름을 느낀 칼이 머뭇거린다.

"아, 아뇨. 한국말도 괜찮아요. 저기… 따님이 집을 나갔던 날짜와 시간을 알 수 있을까요?"

"집을 나간 게 아니에요. 잠깐 이모집에 다녀온 거예요."

"집에는 언제 돌아왔지요?"

"제가 지금 댁이랑 이런 대화를 할 시간이 별로 없어요. 용건만 정리해서 이메일로 보내주세요. 참, 그리고 법률 자문이 필요하면 연락하세요. 이 분야의 최고 변호사를 알아요. 그러고 보니 그분도 하버드 출신이네. 우리 민서 아빠도 그렇고. 하버드 어디에 살았어요?"

2

내 이름은 김진아. 지금 우리 집에는 나와 남편 박준구, 그리고 금묘중 2학년 박민서가 산다. 시어머니는 옆에 있는 은묘아파트에 산다. 따로 살지만 필요할 땐 도움을 받을 수 있는 적당한 거리다. 아파트 사람들은 나를 울트라 슈퍼맘 어쩌구로 부른다. 대학 때 사시 패스를 하고 법무법인 차&리에 다니는 흔치 않은 스펙 때문인 것 같다. 아빠가 법대 교수였던 탓에 나는 진로에 대해 1도 고민할 필요가 없었다. 우리 집에 태어난 이상 나는 판검사나 변호사가 되어야 했다.

우리 집에서는 사실 나보다 남동생이 더 중요한 존재였다. 할머니 댁에 가면 할머니는 나와 여동생은 쳐다보지도 않고 "우리 선우 왔구나" 하며 남동생만 반겼다. 그때마다 나는 생각했다. 우리는 사람도 아닌가? 우리 집 식구들은 모두 선우가 법조인이 되길 바랐다. 그러나 안타깝게도 선우는 공부를 못했다. 인문계 고등학교도 간신히 갔고, 재수를 거쳐 겨우 체대를 갔다. 그 불똥은 나에게 튀었다. 할머니는 내가 선우 복을 다 가져갔다고, 내가 선우 앞길을 막았다고 화를 냈다. 나도 존나 화가 났다. 내가 선우 앞길을 막다니 무슨 개 같은 소리인가. 그런데 진짜 짜증 나는 건 엄마 아빠였다. 엄마 아빠는 나를 감싸줄 생각이 전혀 없었다. 그때 나는 두 사람에 대한 기대를 버렸다.

오랜만에 고모를 본 것은 할머니가 돌아가셨을 때다. 그때 나는 사시 1차에 붙은 상태였다. 나는 반가운 마음에 웃으며 인사를 건넸다.

"고모, 오랜만이에요. 잘 지내셨죠? 그런데 경주는요? 경주는 왜 안 왔어요?"

그때 고모의 얼굴이 차갑게 변했다.

"너 사시 붙었다고 지금 우리 아들 무시하니? 잘난 척하지 마. 가만 안 둘 거야."

나는 그 자리에서 얼어붙어 아무 말도 할 수 없었다. 경주는 고모 아들이다. 동갑내기였던 우리는 같은 해 수능을 보았는데, 나는 고대 법대를 가고 경주는 연대 법대에 떨어져 대신 노량진 대학으로 갔다. 그 뒤로 고모는 우리 집에 발길을 끊었고, 경주는 삼수 끝에 지방에 있는 대학에 입학했다고 했다. 그리고 할머니 장례식을 마친 뒤로는 아예 고모의 소식조차 들을 수 없었다.

3

"오늘은 모처럼 회가 땡긴다."

이틀 전에도 먹어놓고……. 남편은 회를 진짜 좋아한다.

"그래, 우리 오늘 횟집이나 가자."

시어머니는 늘 아들 편이다.

"할머니, 나는 오늘 고르곤졸라 피자 먹고 싶어."

민서는 회를 싫어한다.

"그래? 그럼 우리 회는 다음에 먹고 피자 먹으러 갈까?"

시어머니는 하나밖에 없는 손녀를 예뻐한다. 밀린 일을 마치고 서재 밖으로 나가자 남편이 기대에 찬 눈빛으로 묻는다.

"여보, 우리 횟집 갈까? 아니면 피자? 회가 낫지 않나. 오늘 같은 날에는."

"신라호텔 중식당 예약해 놓았어."

"어? 아, 신라호텔? 알았어."

다들 시무룩한 표정이다. 시어머니도 말없이 리모컨만 만지작거린다. 내가 집안에서 이렇게 마음대로 할 수 있는 이유는 딱 하나다. 내 연봉이 남편 최고 연봉의 정확히 2.5배이기 때문이다. 남편과 나는 고대 법대 캠퍼스 커플이었다. 한때 내 마음을 설레게 만든 선배 오빠도 있었다. 그런데 너무나 안타깝게도 그 오빠는 축제 때 불의의 사고를 당해 이 세상을 떠났다. 지금 남편은 스터디에서 만났다. 지극히 평범한 남자였지만 조금만 공부를 더 하면 곧 고시에 붙을 것 같았다. 나보다는 아빠가 더 좋아할 것 같아서 만나보기로 했다. 한 가지 흠이라면 모든 것을 엄마한테 물어보고 결정하는 마마보이라는 사실. 결혼도 남편은 엄마에게 물어보고 했다.

"우리 언제까지 이렇게 연애만 할 거야?"

"우리?"

"너 나 사랑하는 것 맞니?"

"응. 그걸 말이라고 해? 진아야, 나는 너 아니면 못 살아."

박준구의 눈에 눈물이 글썽거렸다. 조금 귀여워 보였다.

"그럼 결혼할까?"

"그래……."

"뭐가 그래야? 하기 싫어?"

"저기, 나, 엄마한테 물어보고 알려줘도 돼? 사랑은 내 맘이지만 결혼은 엄마 맘이라고 그랬어. 울 엄마가……."

그래, 뭐 그럴 수도 있지. 부모 말 안 듣는 것보다는 듣는 게 낫지. 그래도 결혼한 다음에는 충분히 내가 컨트롤할 수 있을 거라고 생각했다. 물론 그 생각은 큰 오산이었다.

남편과 연애한 거 빼놓고는 대학 다니면서 공부한 기억밖에 없다. 더 정확히 말하면 암기한 기억밖에 없다. 사시는 사실 스터디고 뭐고 다 필요 없었다. 판례를 죽어라 외우고, 일제 볼펜 제트스트림으로 백강고시체를 죽어라 연습하면 됐다. 나는 수능 2점 차로 서울대 법대를 못갔는데, 재수를 하지 않은 이유도 어차피 사시를 볼 것이기 때문이었다. 사시는 두 가지 길 밖에 없다. 합격 아니면 불합격. 10년을 공부해도 불합격이면 이력서에 아무것도 쓸 수가 없는 게 이 바닥이다. 아무튼 대학에 입학하는 순간부터 매달 30개의 제트스트림 볼펜을 쓰는 걸 목표로 공부했다. 손이 너무 아파서 볼펜을 잡기 힘들 땐 고무줄을 칭칭 감고 글씨를 썼다.

그렇게 보낸 시간이 헛되지 않았는지 나는 사시 1차를 4학년 1학기에 패스했다. 사시를 패스한 순간부터 사람들은 나를 다른 세상 사람으로 대우했다. 심지어 나를 무시하던 할머니조차도 숨 넘어가기 직전까지 동네방네 내 자랑을 하고 다녔다. 그때 할머니가 돌린 떡 덕분인지 나는 대학을 졸업하기 전에 우수한 성적으로 2차까지 합격할 수 있었다.

나와 달리 남편은 매년 미끄러졌다. 불합격이 반복되자 아빠는 바보 같은 놈 그만 만나라고 불호령을 내렸다. 하지만 나는 그러지 않았다. 딱히 더 나은 놈이 나타날 것 같지 않았기 때문이다. 결국 내가 차&리에 들어가서 일을 배우는 동안 남편은 공익으로 동사무소에서 근무하며 유학 준비를 했다. 그리고 시험 머리랑 유학 머리가 다른 건지 모두의 예상을 뒤엎고 하버드 법대에 합격을 했다. 아버지는 그런 사위를 맨발로 뛰어나가 얼싸안고 환영했다.

결혼식을 올린 뒤 나는 한국에서 계속 일을 했고, 남편은 보스턴으로 떠났다. 그런데 최근에 놀라운 사실을 알게 되었다. 남편이 하버드를 자비로 다녔다는 것이다. 세상에… 장학금 못 받고 그 학비를 전부 다 지불하는 한국인 유학생이 있다는 얘기는 금시초문이었다. 재벌이 아니고서야……. 남편의 학비를 대기 위해 시어머니는 목숨처럼 지키던 판교 아파트를 팔고 은묘아파트를 전세로 들어갔다. 그때만 해도 시댁과 거의 교류를 하지 않았기에 나는 그런 사정을 전혀 몰랐다.

아무튼 4년이란 시간을 어찌어찌 보내더니 남편은 박사 학위를 거머쥐고 한국으로 금의환향했다. 그 뒤 남편과 시어머니는 부푼 마음으로 전화기만 바라보았다. 하버드 법대 박사 타이틀을 얻었으니 대한민국의 모든 법대에서 스카우트 제의가 쏟아질 줄 알았던 것이다. 〈공부의 신〉 같은 텔레비전 프로그램에 나갈 수도 있다며 피부 관리도 꼼꼼하게 했다.

그러나 현실은 기대와 달랐다. 남편은 애매한 케이스였다. 고대 법대를 나왔으나 사시 패스를 못해서 선배들과 닿는 줄이 없었고, 해외에서 박사를 받아 강의를 시작할 모교도 없었다. 한마디로 줄도 없고 빽도 없는 빈 껍데기였다. 게다가 사회생활이라고는 공익으로 근무한 게 전부여서 사람을 사귈 줄도 몰랐다. 그렇게 시어머니와 남편의 표정은 점점 어두워져갔다.

나는 본의 아니게 처음부터 이 집의 가장이 되었다. 남편 수입이 0원일 때 나는 3억 연봉을 받았다. 대신 그만큼 바빠서 새벽에 나가 밤에 들어오고, 집에 오면 바로 쓰러져 잠들기 일쑤였다. 그 사이 남편은 엄마가 있는 은묘아파트에서 가서 삼시 세끼를 해결하고 집으로 돌아왔다.

그러던 어느 날 남편이 드디어 경기도에 위치한 어느 사립대에 연구교수로 채용되었다. 너무 기뻐서 눈물이 다 날 지경이었다. 그런데 이 역시 나중에 알고 보니 시어머니의 경기여고 동창이 총장 사모라서 꽂아준 것이었다. 뭐, 상관없었다. 어쨌거나 집안의 가장 골칫거리였던 남편이 일자리를 얻었으니. 가장 기뻐한 사람은 우리 아빠였다. 남들이 하버드 법대 나온 교수 사위 칭찬을 할 때마다 별거 아니라면 손사래를 쳤지만 엉덩이가 들썩이는 걸 아빠 빼고 다 알았다.

좋은 일과 나쁜 일은 한꺼번에 오는 법이다. 그때 우리에게 아이가 생겼다. 기뻐하는 어른들과 달리 나는 마음이 심란했다. 눈앞에 내 자리를 호시탐탐 노리는 후배들의 얼굴이 주마등처럼 지나갔다. 먼저 출산을 경험한 선배가 해준 조언이 생각났다. 엄마가 되면 2.5배로 열심히 뛰어야 이 바닥에서 잊히지 않는다는 이야기.

민서가 생긴 뒤 우리는 금묘아파트로 이사 왔다. 모든 아이가 부러워하는 금묘키즈로 키우고 싶었기 때문이다. 민서가 금묘영유프리미엄골드에 입학한 뒤에는 남편이 영유 학부모 회장도 했다. 내 인생은 생각보다 크게 달라지지 않았다. 출산 후 3개월 만에 복직해서 새벽에 출근하고 야밤에 돌아오는 생활을 반복했다. 일 욕심도 있었지만 아이를 금묘키즈로 키우기엔 남편의 수입도 시원찮았기에 어쩔 수 없는 선택이었다. 엄마의 빈자리는 자연스레 할머니가 메꿨다. 민서는 지금도 가끔 시어머니를 엄마라고 부른다.

민서는 다행히 우리의 뜻대로 잘 자라 주었다. 최근에는 성적이 떨어져서 골치이긴 하지만, 그래도 금묘중학교에서 반 2등이면 어지간한 서울 시내 학교에서는 전교 3등 안에 들어간다. 우리는 그런 민서를 의대에 보내기로 처음부터 합의했다. 남편의 머리를 닮았다면 고시는 아무래도 어려울 것 같았기 때문이다. 대신 내 머리를 닮았다면 뭐든 달달 외우는 건 잘할 것이다. 문제는 남편이었다. 남편은 내게 한 마디 상의도 없이 학교에 사표를 던졌다. 시어머니는 놀라지 않았다. 이미 남편과 오래전부터 얘기를 해온 것 같았다. 머릿속에 '이혼'이란 단어가 퍼뜩 떠올랐지만 굳이 내색하지 않았다. 어차피 남편이 벌어오는 돈으로는 민서 학원비도 댈 수 없었으니까. 진짜 문제는 이번에 때려치운 학교가 세 번째 학교였다는 것이다.

"그래서 이번엔 이유가 뭔데?"

하도 답답해서 내가 물었다. 남편이 한참 고민을 하더니 닭똥 같은 눈물을 뚝뚝 흘리며 말했다.

"아니……. 다른 교수들이 내가 엄마 찬스로 들어왔다고 자꾸 무시하고 따돌리잖아."

어처구니없었지만, 틀린 말은 아니었다. 그런데 뒤이은 남편의 말이 더욱 충격이었다. 남편은 그동안 신경정신과에 다니며 공황장애 약을 타 먹었다고 고백했다. 이쯤 하면 남편이 측은해질 법도 한데 내 마음은 반대였다. 오히려 짜증이 났다.

"그걸 왜 지금 이야기하는 거야? 내가 니 와이프 맞니? 너 그냥 엄마랑 살아!"

질질 짜는 남편을 뒤로 한 채 나는 서재 문을 꽝 닫았다. 그 뒤로 지금까지 남편과 나는 서로를 투명인간 취급하며 살고 있다. 차라리 속 편하다.

4

"보통 알레르기를 유발하는 물질에는 진드기, 고양이, 개, 집먼지, 바퀴, 말, 쑥, 돼지풀, 자작나무, 기니피크, 환삼덩굴, 플라타너스 등이 있고요. 음식으로는 돼지고기, 소고기, 닭고기, 게, 땅콩 등이 있습니다. 그런데 검사 결과로는 이쪽 다 아니라고 하네요."

"선생님, 혹시 스트레스도 요인이 되나요?"

"물론이지요. 혹시 스트레스 받을 일이 있으세요?"

"뭐, 일이 다 똑같죠. 오히려 요즘은 전보다 낫긴 한데……."

"혹시 그 요인이 사람일 수도 있을까요?"

"네? 주변에 스트레스 주는 분이 계세요?"

"음… 집에만 오면 가렵고 미치겠어요."

"허허, 그럼 집에 계신 분이 요인일 가능성도 있네요. 접촉성 알레르기 같으니 가급적 닿는 일이 없도록 하세요."

처방전을 들고 병원 문을 나서며 나는 두 사람의 얼굴을 떠올렸다. 내게 알레르기를 유발하는 암 같은 존재들. 그런데 다행히 요즘은 두 사람이 알아서 나를 피하는 것 같다. 그럴 수밖에. 자기들도 양심이란 게 있다면 그래야지. 그때 카톡 알림이 울렸다.

"민서 엄마. 우리 당분간 떨어져 있자. 민서도 나랑 있겠대. 그게 서로에게 좋을 것 같아."

이젠 화도 안 난다. 웃음만 난다. 은묘아파트 가 있는 거 이미 다 아는데 뭘 떨어져 있겠다는 건지. 민서야 어차피 은묘아파트를 제집 드나들 듯했으니 학교 가고 학원 가는 데 전혀 문제가 없을 거다.

"그래라. 이 마마보이야."

나에게 주어진 휴가라고 생각하기로 했다. 그사이에 알레르기도 나으면 좋고. 오늘은 기분 전환도 할 겸 내가 제일 좋아하는 쇼핑을 즐겨야겠다. 포르쉐에 시동을 걸고 내비게이션에 백화점을 입력한다. 나는 에르메스 VVIP다. 신상이 들어오면 가장 먼저 살펴볼 기회를 얻는다. 어제도 신상이 들어왔다고 연락이 왔다. 쇼핑을 마친 다음엔 금묘테라피에 갈 예정이다. 닥터 진은 오늘 어떤 음식을 준비해놓았을까?

"안녕하세요. 진아 님. 이번 한 주는 어떻게 보내셨는지요?"

"이번 주는 컨디션이 좀 별로였어요. 집안일도 좀 있고요. 회사에서 맡은 새로운 케이스가 생각보다 공부할 게 많더라고요. 요즘 인공지능이니 뭐니 이런 것들 땜에 파이낸싱도 좀 복잡한 게 있어요. 피부에 알러지도 생기고 그러네요."

닥터 진은 심각한 표정으로 입을 삐쭉 내밀더니 차트에 뭔가 적기 시작한다.

"혹시 이번 주에 행복한 일도 있으셨나요?"

"네, 에르메스에서 가방하고 스카프를 하나 샀어요. 내일은 오랜만에 포르쉐 동호회에 나가볼 예정입니다."

"어머, 좋으시겠어요."

"참, 제가 애완돌 코지 입양한 거 말씀드렸나요?"

"아니오."

"아일랜드에서 바다 건너온 외래돌인데 예뻐요. 다음 주에 코지의 집이 스웨덴에서 들어오는데 그 전에 코지를 위한 가구를 좀 살펴보려고 해요."

"반려동물, 아니 반려돌을 키우는 것도 마음의 안정을 얻는데 충분히 도움이 되죠. 잘하셨어요. 오늘 대화를 나눠보니 아무래도 진아 님은 마음에 휴식과 안정, 쉼과 평화를 가져다줄 음식이 필요한 것 같아요. 잠시만 기다려주세요."

닥터 진은 잠시 자리에서 일어났다가 돌아왔다. 그리고 얼마 뒤 음식들이 영국 본차이나의 명물 로얄알버트 접시에 담겨 나왔다. 첫 번째 코스는 콩과 오가닉 민트로 만든 수프, 그리고 유기농 호밀빵이었다. 다음으로 호박씨와 발사믹 식초를 곁들인 연어 아보카도 샐러드가 나왔고, 메인으로는 오븐에 구운 치킨이 나왔다. 곁들이는 와인은 소비뇽 블랑이었다.

수프와 샐러드는 건강한 맛 그 자체였다. 몸과 마음이 모두 되살아나는 느낌! 하지만 느끼한 치킨 요리는 살짝 마음에 들지 않았다. 차라리 매콤한 양념 치킨이 나을 것 같았다. 매운 걸 먹으면 속이 후련해질 것 같다는 생각이 들었다. 갑자기 매운 라면도 생각났다. 아, 와인 말고 소맥!

5

남편은 옷이며 책이며 필요한 것들을 가지러 수시로 집에 드나들었다. 냉장고도 채워졌다 비워졌다 하는 걸 보면 도대체 집을 나간 건지 뭔지 좀 혼란스럽고 우습기도 했다. 그러더니 오늘은 저녁에 잠깐 보자고 문자까지 보냈다. 어차피 맨날 왔다 갔다 하면서 뭘 따로 봐. 그래, 둘 중 하나겠지. 싹싹 빌고 들어오거나 이혼 서류를 들이밀거나.

퇴근하고 집에 들어가니 아니나 다를까 남편은 시어머니와 함께 집에 있었다. 그럼 그렇지. 남편 가는 데 시어머니가 빠질 리없다. 속이 부글부글 끓어올랐지만 시어머니 앞이라 이를 악물고 참았다.

"저녁 안 먹었지?"

"……."

싸늘한 내 눈빛에 남편이 눈치를 보더니 앞에 있던 그릇을 내쪽으로 밀었다.

"이, 이거 한번 먹어볼래?"

"웬 치킨?"

지난번 금묘테라피에서 내가 한 말을 듣기라도 한 듯 남편은 빨간 치킨을 내놓았다. 따로 설명은 없었다. 때마침 배가 고팠기에 나도 아무 말 없이 젓가락을 들었다.

"맥주도 하나 줄까?"

"어? 그래……."

남편과 시어머니도 옆에 앉아 나란히 치킨을 먹고 맥주를 마셨다. 어색한 침묵이 이어지는 와중에 닭뼈 발라내는 소리만 공기 중에 울려 퍼졌다.

"이 치킨 어때?"

남편이 입을 열었다.

"괜찮네."

"괜찮아?"

남편이 헛기침을 하더니 말을 이었다.

"나 오랫동안 생각해봤는데, 그러니까 이 오랫동안이라는 게 한 10년 된 것 같은데……."

남편은 계속 뜸을 들였다.

"나… 치킨집 낼려고."

방금 먹은 치킨이 다 올라오려고 했다. 남편은 집을 나가 있는 동안 치킨집 자리를 알아보고 창업에 필요한 자재들을 보러다녔다고 했다. 어디 지방 학교라도 가서 원서라도 내는 줄 알았더니! 기가 차서 말도 안 나왔다. 자다가 무슨 봉창 두드리는 소리고, 개구리가 길 건너다 교통사고 당하는 소리인가. 치킨 튀기려고 그 어려운 하버드에 가서 박사를 했나. 나는 시어머니가 있든 말든 상관없이 목소리를 높였다. 시어머니는 창밖으로 시선을 향한 채 말이 없었다. 아니, 자식 뒷바라지 그렇게 했는데 치킨집이라니 억울하지도 않으신가. 결론적으로 나는 안 된다고 했다. 치킨집 할 거면 이혼하고 하라고 했다. 그러고는 문을 쾅 닫고 밖으로 나왔다.

너무 화가 나서 눈물이 날 것 같았다. 이럴 때 허심탄회하게 전화 걸어 속마음을 털어놓을 친구가 있었으면……. 지난번에 대학 친구 유경이한테 전화를 걸어 남편 욕을 좀 했더니 다음 날 다른 친구들이 전화해서 괜찮냐고 안부를 물어왔다. 유경이 그 계집애가 여기저기 소문을 내고 다닌 모양이었다. 그래, 다 내 잘못이지 뭐. 내가 내 얼굴에 침 뱉은 거지. 그 뒤로는 유경이는커녕 다른 대학 친구들에게도 일절 사사로운 이야기를 하지 않았다.

카톡 알림이 울렸다.

"잘 먹고 잘 살아. 난 엄마 집으로 다 옮길 거야."

이 남자는 미친 게 틀림없다. 지금까지 내가 재워주고 먹여주고 입혀준 게 얼만데 끝까지 엄마 타령이다. 아마 이 문자도 엄마한테 미리 보여주고 내게 보낸 거겠지. 갑자기 온몸이 미치도록 가려웠다. 매운맛! 더 매운맛이 필요하다. 매운 음식을 먹고 땀구멍이 열리면 이 가려움이 사라질 것 같다. 도대체 내 몸이 왜 이럴까. 이상한 남자랑 살면서 내 몸도 이상해진 것일까.

6

나의 하루는 눈이 오나 비가 오나 5시 반에 시작된다. 어제도 자정이 넘어 집에 와 쓰러지듯 잠들었지만 5시 반만 되면 어김없이 눈이 떠진다. 알람을 맞출 필요도 없다. 벌써 10년, 아니 20년째 이 생활을 반복하다 보니 이젠 생체시계가 완전히 적응을 한 것 같다.

내 인생의 모토는 '어쨌든 후회하지 말자'이다. 가끔 변호사가 된 게 잘한 일인지, 마마보이랑 결혼한 게 잘한 일인지, 민서를 금묘키즈로 키우는 게 잘하는 일인지 확신이 서지 않지만, 그래도 후회는 하지 않기로 마음먹는다. 어차피 후회는 또 다른 후회를 부를 뿐이다. 인생은 그냥 그런 거다. 변호사 생활을 오래 했고, 다른 사람들보다 실적이 좋다고 해서 하루하루가 수월할 수 있는 건 아니다. 끝없이 나아가지 않으면 밑에서 올라오는 후배들에게 잡아먹히는 건 순식간이다. 살다 보니 친구는 없고 여기저기 경쟁자들만 있는 게 세상이다. 어차피 서로서로 필요에 의해 만나게 되어 있다. 평생 친구? 칫, 그런 게 있으면 억만금을 주고서라도 사겠다만 당연히 그딴 건 없다.

모든 관계는 비즈니스적이다. 단지 누가 더 비즈니스적으로 맞아떨어지느냐가 다를 뿐. 내 주변에 나랑 잘 맞는 사람은 현재 닥터 진밖에 없다. 비싼 편이긴 하지만 그래도 닥터 진이 있어서 얼마나 고마운지 모른다. 최근에 닥터 진은 따로 비용을 받지 않고 내게 달고나 커피를 만들어주었다. BBC에서 본 레시피대로 만들었다고 했다. 달콤했다. 사각사각 씹는 맛이 후련했다. 닥터진이 이번엔 어떤 음식을 준비해 놓을까 마음이 설렌다. 설레는 일이 있다는 건 참 좋은 것이다.

오늘 아침은 스타벅스 커피 그란데 사이즈 한 잔과 달달한 도너츠 한 개다. 정신을 깨워줄 카페인과 몸에 활기를 넣어줄 당이 필요하다. 이렇게 당 충전을 아침부터 제대로 해놓지 않으면 살인적인 회의 일정과 감정 소모를 버틸 수 없다. 물론 종합비타민은 필수다. 따로 과일이나 견과류를 챙겨 먹지 않아도 필수 영양소를 캡슐 하나로 대체할 수 있다니 얼마나 좋은 세상인가. 그런데 민서 얘는 아침은 잘 챙겨 먹고 다니려나.

어제는 오랜만에 민서를 만났다. 민서가 직접 집으로 찾아와 나를 기다리고 있었다. 반가운 마음이 들었지만 내색하지 않았다.

"새로운 코디 선생님 어때? 저번 코디 선생님보다 낫지?"

답이 없다. 침묵은 무언의 긍정이다.

"엄마, 나 의대 안 가면 안 돼?"

"뭐?왜?"

"싫어. 그냥 가기 싫어."

아빠에 이어 딸까지 진짜 세트로 이것들이 정말… 참아보려고 해도 말이 마음보다 먼저 나간다.

"박! 민! 서! 너 지금 그걸 말이라고 해? 너 초등의대반 다니면서 들어간 돈이 얼만데!"

"그건 엄마가 다니라고 한 거잖아. 나한테 물어본 적 없잖아.

난 피만 보면 심장이 두근거린단 말야. 수학 문제 푸는 건 잘할 수 있어. 근데 피 보는 건 진짜 싫어."

변명도 참 구질구질하다.

"야! 너를 위해서 이 엄마가 얼마나 희생을 한 줄 알아? 다 너를 위한 거라고. 너의 장래, 너의 노후! 의사만 한 직업이 우리나라에 또 있는 줄 알아?"

"엄마의 노후 아니고? 내 노후는 내가 알아서 할 거야!"

"야!! 너 진짜 이럴 거야? 너랑 너네 아빠랑 도대체 왜 이러는 거니 진짜, 어휴. 내가 이래서 못살……."

민서는 내 말이 끝나기도 전에 가방을 들고 밖으로 나가버렸다. 더 이상 내겐 잡으러 갈 힘도 남아 있지 않았다. 모두를 생각해서 그러는 건데 왜 나만 이렇게 힘들까. 내 덕분에 편하게 집에서 밥도 먹고, 학원도 다니고, 추위 걱정 없이 살면서 왜 고마워하지 않는 거야. 나는 그렇게 자리에 주저앉아버렸다.

다음 날 닥터 진을 만났다. 저번에 엘리베이터에서 들었던 대화가 생각나 물었다.

"닥터 진, 솔직히 말해줘요."

"물론이죠."

"여기는 푸드테라피 카운슬링센터인데 꼭 총명주사까지 놔줄 필요가 있어요?"

닥터 진은 깜짝 놀란 표정이었다. 하지만 역시 버클리 의대를 나온 머리가 있어서인지 내 질문의 의도를 금방 알아차렸다.

"그럼요. 열심히 벌어야죠. 의대 다니면서 받은 학자금만 6억이에요. 그 빚 다 갚으면 제 나이가 마흔이 넘어요."

아, 의대도 들어가는 게 끝이 아니구나. 6억 원어치 공부를 더 시켜야 하는구나. 차라리 민서 말대로 의대 포기하고 법대를 보낼까 하는 생각이 들었다. 아니다. 민서가 아빠처럼 되는 것보단 차라리 6억 들여 공부시키는 게 낫다. 6억, 평생을 대접받고 살기 위해 투자하는 돈으로는 나쁘지 않다.

그날 닥터 진은 푸드테라피로 냉정하게 이성을 되찾아주는 냉채족발을 내왔다. 술은 소주였다.

7

애완돌 코지의 집은 예상보다 일주일이나 더 걸려서 도착했다. 인도양을 넘어오는 길에 태풍을 만나 좀 늦어졌다고 했다. 돈 조금 더 내고 항공으로 배송할 걸 그랬다. 그나마 코지를 돌보는 게 요즘 내 인생의 낙이다. 요즘엔 내 옷보다 코지의 아웃핏을 모으는 재미가 더 쏠쏠하다. 월요일부터 금요일까지는 에르메스에서 나온 워킹 슈트를 입히고, 주말에는 아크네스튜디오에서 만든 실내복을 입힌다. 외로울까 봐 새로운 친구를 만들어주는 것도 고민 중이다.

코지는 비록 말도 못 하고 움직이지도 못하지만 살아 있는 것들보다 낫다. 최소한 어디 가서 사고도 안 치고 돈도 잡아먹지 않는다. 내가 하는 말에 말대꾸도 하지 않는다. 나는 어릴 적부터 돌멩이를 좋아했다. 조용하고, 늘 그 자리에 있고, 안아주면 따뜻해지는 그런 존재. 내게 기대하는 것도 없는 그 자체로 완전한 존재.

코지는 아침에 내가 일어나면 눈맞춤하며 인사한다. 그리고 내가 출근 준비를 하는 동안 같이 나갈 준비를 한다. 내가 나가든 말든 신경도 안 쓰고 자느라 바쁜 가족들보다 낫다. 나는 그런 코지를 위해 에르메스 가방 한 편에 자리를 만들어준다. 그러면 그곳에서 코지는 하루 종일 나를 위해 기도하고 응원한다.

"진아, 용기를 내. 내가 항상 응원할게."

내가 아직 맨정신으로 살아 있는 건 오롯이 코지 덕분이다.

PART 6

203호 안미아 이야기

머리가 없으면 돈으로

1

"공부가 유전이라고요? 노력이라고요? 어느 정도는 맞는 말이지요. 하지만 유전과 노력을 조합해도 따라갈 수 없는 것은? 아니, 자본과 정보력으로도 따라갈 수 없는 것은? 딩동댕! 맞습니다. 바로 엄마 관리이지요. 그리고 아마도 10%의 운발이랄까요? 제아무리 일타강사에게 배우고 최고의 코디 선생님을 붙여도 성적은 원하는 대로 나오지 않습니다. 성적이란 그런 게 아닙니다. 엄마 관리가 없으면 아인슈타인의 유전자를 갖고도 빛을 볼 수 없어요!"

나는 현재 금묘인스티튜트 페어런트 컨설턴트로 추천을 받아 인턴 기간을 거치고 있다. 이번 강의는 정말 영양가가 있다. 아인슈타인의 유전자를 가져도 빛을 볼 수 없다는 말에 고개가 절로

*끄*덕여진다.

"은주야, 뭐 먹고 싶어. 엄마가 다 해줄게."

"은주야, 할머니 할아버지가 은주 용돈 보내셨네. 100만 원."

"우리 은주, 아빠는 은주 때문에 산다."

303호 서울대 커플. 무슨 자신감인지 도도함이 느껴지는 사람들. 서울대에서 날라오는 우편물을 일부러 안 찾아가고 오랫동안 묵혀 두는 잘난 척 뿜뿜 인간들. 공부는 유전이라고 생각하겠지. 흥, 천만의 말씀. 만만의 콩떡. 그 집 외동딸 수지는 이번에 5등 밖에 못 했는걸! 쯧쯧쯧.

403호 차&리 변호사네. 이 집도 하버드 동창회에서 온 우편물을 죽어도 안 가져가는 진상 중에 하나다. 왜 다른 건 다 가져가는데 그건 안 가져가냐고! 에르메스로 머리끝에서 발끝까지 두르고 다니는 민서네 엄마. 늘 뭔가 2% 부족해 보이는데 하버드 나와서 그런지 구둣발 소리가 남보다 두 배는 큰 민서네 아빠. 사실 이 집 민서야말로 유전과 정보력을 모두 갖춘 금수저지. 우리 은주는 금묘영유 골드 보냈는데, 민서네는 프리미엄골드를 보냈으니까.

그래도 상관없다! 민서는 이번 중간고사에서 우리 은주에게 밀려 2등이 되었으니까. 그것도 심지어 영어에서 은주보다 5점이나 뒤쳐졌다는 거! 아직도 그날의 희열을 잊을 수 없다. 나랑 남편이랑 얼마나 기뻐했는지. 세상에 이런 날도 오는구나 싶었지. 민서는 금묘인스티튜트 프리미엄 멤버쉽 코디도 있는데.

이런 걸 보면 유전이고 정보력이고 다 소용없는 것 같다. 제일 중요한 건 엄마의 빈틈없는 24시간 관리다. 애들 공부를 남한테 맡기면 안 된다. 엄마가 옆에서 같이 공부하고 관리도 해줘야지. 요즘 나는 엄마 중2가 되었다. 은주가 학교 간 사이에 나 혼자 인강을 들으며 중2 문제집을 풀기 때문이다. 학교 다닐 때 이렇게 공부했으면… 나도 서울대 갔을 것 같다.

띵동. 오늘도 열심히 인강을 듣는데 초인종이 울렸다.

"누구세요?"

"안녕하세요. 저 디텍티브 칼입니다. 잠깐 실례할게요."

"네? 지금 조금 busy 해서요. 빨리 끝내실 수 있으세요?"

"네? 비지? 알겠습니다."

문을 열자 칼이 날카로운 시선으로 집안을 훑어본다. 어머, 재수 없어.

"현재 금묘 사건을 수사 중인데요."

"그래서요?"

"105동에서 금묘 수염과 제일 가까운 집이 203호입니다. 높이도 딱 2층이고요. 그중에서도 가장 가까운 방이 바로 저 안쪽에 있는 방이고요. 그 방이 누구 방이죠?"

"저긴 우리 은주 방인데 대체 무슨 말이세요? 우리 은주가 범인이라도 된다는 거예요?"

"그런 건 아니고요. 위치가 그렇다는 겁니다."

"아니, 보자 보자 하니까 이 사람이! 이보세요. 여기 사이를 봐요. 높이만 중요해요? 이게 가능해요? 은주가 무슨 초능력자도 아니고 무슨 그런 말도 안 되는 얘기를 해요?"

하버드에서 공부했다던데… 머리가 어떻게 된 건가 싶다.

"여기서 드론을 띄우면 충분히 가능한 일이지요? 그래서 말인데요, 제가 방에 들어가서 살펴봐도 될까요?"

"이 사람이 진짜! 이봐요. 당신 눈에도 내가 그렇게 만만하게 보여요?"

"아, 아닙니다. 그렇지만 수사를 위해서는 방에 들어가 볼 필요가 있습니다. 협조해주시기 바랍니다."

"야! 너 이거 주거침입죄야. 들어가려면 경찰서에서 letter 가지고 와. 얼른 나가지 못 해? 여기가 한국이라서 그나마 다행인 줄 알아. 영국에서는 바로 police 불렀어. 야, letter 가지고 와!"

세상에 이건 머리가 어떻게 된 게 아니라 완전히 또라이다. 이런 놈이 하버드 갈 정도면 나도 가겠다.

2

나는 금묘아파트 105동 203호 사는 안미아다. 美兒. 아름다운 아이. 원래 본명은 안미순이다. 우리 집은 청산군 읍내리에서 개성할머니네라는 족발집을 했다. 할머니는 개성에서 내려온 피난민으로 여기에 정착한 뒤 북한식 족발을 만들어 팔았다. 할머니의 손맛 덕분에 우리 식구가 먹고산 것은 참으로 감사한 일이다. 하지만 나는 어릴 때부터 동네에서 족발집 미순이로 통하는 게 너무너무 싫었다. 많고 많은 집 중에 하필 족발집이라니. 미용실 영희나 삼거리슈퍼 희라 정도만 해도 얼마나 고급스러운가.

우리 할머니는 왜 하고많은 음식 중에 하필이면 왜 돼지 발을 선택한 걸까. 이북 음식으로는 만두가 더 유명하지 않나? 언젠가 할머니한테 물어본 적이 있다. 그때 할머니는 뒤도 돌아보지 않고 답했다. 더 많이 남으니까. 하지만 그 덕분에 내가 세상에서 제일 싫어하는 음식은 족발이 되었다. 학교 끝나고 돌아오면 온 식구가 둘러앉아 돼지 발을 씻고 삶고 발라내는 것도 싫었고, 남은 족발을 삼시 세 끼 먹는 것도 싫었다.

그러다 청산여중에 갔다. 그리고 '청산여중-청산중 문학의 밤'에서 내 첫사랑을 만났다. 동석이었다. 그때 동석이를 처음 본 건 아니었다. 원래 동석이는 청산초등학교 동창이었는데 그때까지만 해도 별 관심이 없었다. 그런데 문학의 밤에서 다 같이 영화 〈죽은 시인의 사회〉를 보는데 갑자기 동석이가 영화 속 주인공 닐처럼 보이는 것이다.

"집까지 바래다줄까?"

"어? 어……."

우리는 아무 말 없이 논두렁을 30분 동안 같이 걸었다. 그게 다다. 하지만 내 마음은 걷잡을 수 없이 뜨거워졌다. 나는 그날부터 동석이에게 매일 밤 마음속으로 많은 이야기를 건네고, 한 마리 두 마리 밸런타인데이에 줄 학을 접기 시작했다. 그런데 얼마 뒤 동석이네가 농사일을 접고 읍내에 식당을 낸다는 얘기를 들었다.

"미순 아빠. 토끼제과 앞에 식당 생긴댜."

"식당? 누구랴? 아는 사람이여?"

"그 왜 쬐끄맣고 까무잡잡한 최 씨 아저씨 있잖여."

"누구?"

"왜 그 최 씨. 그 아들이 미순이랑 같이 국민핵교 다녔잖여."

"어어, 그려. 이제 생각나네. 그 까무잡잡하고 쬐끄만 사람. 근디 뭔 식당을 낸다는겨?"

"몰러. 계약한 것만 들었네."

동석이네는 토끼제과 앞에 닭발집을 열었다. 가게 이름은 동석이네 닭발집. 나는 머릿속이 갑자기 복잡해졌다. 죽은 시인의 사회, 닐 페리, 최동석, 동석이, 동석이네 닭발집. 뭔가 와장창 깨지는 느낌이 들었다. 닭발집 아들이 족발집 손녀와 사귄다? 이것은 청산신문에 대문짝만하게 실릴 대형 사건이다. 갑자기 두근두근하던 마음이 얼어붙기 시작했다. 눈에 씌어 있던 깍지가 스르르 떨어져 나갔다. 유리병 안에 들어있던 알록달록 학들은 그날 저녁 아궁이에서 화르르 불타올랐다. 결국 닭발집 아들이었어?

동석이는 화이트데이 때 내게 카드와 사탕을 줬다. 후다닥 누가 도망가는 소리가 들려 문을 열어 보니 촌스러운 포장지 안에 카드와 사탕이 들어 있었다. 나는 사탕만 먹고 카드에는 답하지 않았다. 동석이가 아무리 멋진 시인이어도 닭발집 아들인 이상

더는 좋아할 수 없었다. 이루어질 수 없는 사랑. 그래서 사람들은 첫사랑은 안 되는 거라고 말하나 보다.

동석이네 닭발집은 생각보다 장사가 훨씬 잘됐다. 할머니는 족발집 손님들이 닭발집으로 가버렸다고 버럭버럭 성을 냈다.

"사람이 먹을 게 없어서 닭발을 먹어? 그게 먹을 게 뭐 있다고. 인제 금방 망할 거야. 한두 번 먹고 나면 못 먹는 거구나 싶을 거야."

할머니의 바람과 달리 사람들은 꾸준히 닭발집을 드나들었다. 장사가 잘되자 동석이네 아버지는 아예 생닭이랑 똥집을 튀겨서 팔기 시작했다. 장사는 더욱 번창했다. 세상은 그렇게 족발에 소주에서 치킨에 맥주로 바뀌고 있었다. 이를 보다 못한 할머니가 어느 날 온 가족을 불러모았다.

"오늘은 우리가 중요한 이야기를 해야겠다. 이러단 저 닭발집 때문에 싹 말라죽겠다. 우리도 메뉴를 더 개발해야겠다. 돼지 발로 할 수 있는 다른 음식이 뭐가 있는지 알아보자. 그리고 가게 이름도 바꿔야겠다. 오늘부터 우리 가게 이름은 미순이네 족발집이다!"

기절하는 줄 알았다. 나는 입에 거품을 물고 반대했다. 족발집 간판에 내 이름을 박아넣는다고? 하지만 대학까지 나온 삼촌의 적극적인 찬성 아래 내 의견은 완전히 묵살되었다. 간판을 바꿔 달던 날, 나는 몸살까지 앓았다. 차라리 이대로 죽게 해달라고 하느님 부처님 천지신령께 기도했다. 그런데 신기하게도 그 이후부터 정말 장사가 잘되기 시작했다. 그렇게 동석이네 닭발집의 동석이와 미순이네 족발집의 미순이는 청산군에 모르는 사람이 없게 되었다. 그리고 동석이와 나는 길에서 만나도 모른 척하는 사이가 되었다. 족발집 손녀와 닭발집 아들의 남사스러운 인연은 그렇게 끝을 맺었다.

3

나는 살면서 딱히 공부 스트레스를 받아본 적이 없다. 내가 받을 스트레스까지 오빠가 고스란히 가져갔기 때문이다. 우리 집 식구들은 모두 오빠에게 큰 기대를 걸었다. 심지어 가까운 대도시 대전으로 유학 보내기까지 했다.

"자식은 키우면 서울로 보내야 한다. 우리가 지금은 족발집을 하고 있어도 뼈대 있는 집안이야. 빚을 내서라도 자식은 서울로 대학을 보내야 해."

할머니의 강력한 지원을 받으며 오빠는 충청도에서 잘 나가는 대왕고등학교에 진학했다. 나는? 나 역시 오빠를 따라 대전으로 이사 갔다. 학생이라기보단 식모의 자격이었다.

"안미순! 오빠 밥 잘 챙겨야 한다."

기분이 썩 좋지 않았지만, 그래도 가족들과 떨어진 덕분에 나는 자유로운 학창 시절을 보낼 수 있었다. 무엇보다도 내가 족발집 손녀라는 사실을 사람들이 모르는 게 좋았다.

엄마는 한 달에 한 번씩 김치와 밑반찬을 들고 오빠와 내가 머무는 집을 찾았다. 그날도 엄마가 대전에서 오기로 한 날이었다. 나는 엄마가 온다는 생각에 반가운 마음으로 야자를 째고 일찍 집으로 돌아왔다. 그런데 냉장고에 새 반찬만 가득할 뿐 엄마가 없었다. 슈퍼에라도 간 걸까? 나는 의아한 마음에 다시 신발을 구겨 신고 집 앞으로 나갔다. 그리고 충격적인 장면을 목격했다. 골목 어귀 돼지갈비집에 엄마와 오빠가 마주 앉아 사이좋게 갈비를 굽고 있었던 것이다.

"오빠! 엄마!"

열심히 고기를 뒤집던 엄마가 화들짝 놀란 표정으로 나를 돌아보았다.

"아이고, 너 우리 여기 있는 거 어떻게 알았냐?"

황당했다. 그날 나는 뒤도 돌아보지 않고 집으로 돌아와 혼자 라면을 끓여 먹고 이불을 뒤집어 쓴 채 밤새 울다 잠이 들었다. 그때부터였다. 엄마에게 의존하지 않는 인생을 살아야겠다고 마음먹은 건.

그나마 다행인 건 대전에 와서 내 소원을 하나 풀었다는 것이다. 할머니가 용한 점쟁이에게 점을 보았는데 내 이름에 액운이 들어있다며 이름을 미순이에서 '미아'로 바꿔야 한다고 했던 것이다. 그렇게 내 이름은 미순이에서 미아가 되었다. 아름다울 미 자에 어린아이 아. 아름다운 아이. 오빠는 아름다울 미(美) 자가 아니라 잃어버릴 미(迷) 자라며 '잃어버린 아이'라고 놀렸으나 나는 전혀 신경 쓰지 않았다. 그렇게 나는 호수여고 3학년 8만 안미아가 되었다.

내 이름을 바꾼 게 정말 효과가 있었던 걸까. 족발집 이모님이던 우리 엄마는 40대 중반 땅투기에 눈을 뜨기 시작했다. 그동안 꾸준히 부은 적금 3천만 원으로 유성 일대에 땅을 샀는데 그곳에 국립대학이 들어오면서 금싸라기 땅이 되었다. 그 돈은 고스란히 오빠에 대한 투자로 이어졌다. 막대한 자금력을 등에 업고 과외를 받은 오빠는 전교 1, 2등을 다투더니 놀랍게도 서울대 법대 합격장을 받아들었다. 그렇게 우리 엄마 심신혜 여사는 족발집 이모님에서 아들을 서울대 보낸 서울대맘으로 거듭났다. 그리고 오빠가 대학 등록을 마친 날, 서울대맘은 온 집안에 당당히 선언했다.

"기숙사에서 우리 아드님 굶어 죽으면 어떻게 혀? 내가 따라갈려. 서울!"

엄마는 오빠에게 하루 세끼 따뜻한 밥을 지어 먹이겠다는 사명을 안고 서울로 상경했다. 할머니와 아빠는 그렇게 떠나는 엄마의 뒷모습을 말 한마디 못하고 지켜보았다. 서울로 올라온 엄마는 빠르게 서울 사람으로 거듭났다. 처음엔 봉천동에 빌라 월셋집을 얻어 생활하더니 1년이 채 되기 전에 아파트로 이사했다. 그러더니 곧 반포 한신 16차 24평짜리 아파트를 1억 5천만 원이라는 거금을 주고 구입했다. 땅 판 돈에 은행 대출까지 그야말로 영끌이었다. 그리고 몇 년 뒤 그 아파트는 무려 여섯 배가 올랐다. 그렇게 우리 엄마는 청산 족발집 이모님에서 서울대맘으로,

서울대맘에서 또 강남 사모님으로 한 단계 더 업그레이드했다.

"아파트는 진리여. 아파트는 절대로 우릴 배신하지 않어. 고것만 기억하면 되는겨."

아파트는 엄마를 배신하지 않았다. 하지만 오빠는 엄마를 배신했다. 서울대 법대를 나온 오빠는 사시에 번번이 미끄러지더니 신림동 고시촌에서 장장 10년을 보냈다. 사시가 없어진 뒤에도 언제 다시 부활할지 모른다며 고시 공부에 매달렸다. 지금까지 투자한 시간이 아까워서라도 절대 포기할 수 없다나. 나는 평생 오빠보다 못한 내 인생을 원망하며 살았는데 최근엔 생각이 좀 바뀌었다.

4

나 역시 노량진대학을 2년 다녔다. 그러나 여차저차 서울의 한 사립 여대에 들어가면서 빠르게 그 악몽 같은 생활을 끊었다. 엄마는 내가 서울에 있는 대학에 들어간 것만으로도 크게 만족했다.

오빠와 달리 나는 대학에 들어가서도 공부에 취미를 갖지 못했다. 동아리 활동, 소개팅 활동 열심히 하고 남들 놀러 다니는 데 따라다니다 보니 학점은 자연스레 0에 수렴했다. 시집만 잘 가면 땡 아닌가 싶었지만, 시집 잘 가려면 좋은 회사에 다닌 경력은 있어야 할 것 같아 1년 쉬면서 취업 준비를 했다. 그러는 와중에 엄마는 반포 부동산을 다니면서 만난 대전 아줌마와 친구가 되었다. 대전 아줌마는 엄마의 부동산 멘토였다. 엄마는 대전 아줌마에게 아줌마 딸이 영국 유학 갔다 와서 병원장집 아들이랑 결혼했다는 이야기를 듣고 가슴이 두근거리는 걸 느꼈다. 다음 날, 강남에 있는 유학원을 찾아 곧바로 영국행 비행기표를 끊었다.

"어머, 은주 엄마. 런던에서 공부했지? 우리 딸도 내년에 영국 유학 보내려고. 은주 엄마 어디서 공부했다고?"

"영국이요? 좋은 생각이네요. 전 세인트 마틴이요…….."

"어머, 그 명문을… 그럼 은주 엄마 보기엔 어느 동네가 애 교육에 좋아요?"

"전 스위스 코티지 살았어요. 거기가 햄스테드 히스도 가깝고… 아시죠? 휴 그랜트 나오는 영화 〈노팅힐〉 찍은 곳?"

"난 모르지. 어머 진짜 대단해요. 대단해. 역시 유학파야."

영국에서 유학했다는 얘기에 사람들은 큰 호기심을 보인다. 이 정도까지의 관심은 나도 고맙다. 더도 말고 여기까지만…….. 그 이상은 대답이 좀 곤란하다. 사실 영국에서 공부한 것도 맞고 세인트 마틴에 다닌 것도 맞다. 그런데 엄밀히 말하자면 세인트 마틴 '학원'에서 오래 공부했다. 그래도 영국에서 보낸 날들은 내 인생 최고의 자유 시간이었다. 엄마도 없고, 오빠도 없고, 나를 아는 사람이 아무도 없으니 얼마나 놀기 좋았을까.

엄마는 내가 다닐 직장까지 미리 알아봐 놓고 3년 동안 내가 돌아오기만을 기다렸다. 왜 3년이냐고? 영국 대학에서 학위를 취득하는 기간이 보통 3년이기 때문이다. 엄마가 한국에서 미리 정해놓은 내 직업은 영국 대학 입시 컨설턴트였다. 나는 너무 놀라 입을 다물지 못했다. 영국 대학 근처 '학원'에 다닌 내가 영국 '대학' 입시 컨설턴트라고? 내가 그럴 능력이 될까……. 무엇보다도 금방 들키지 않을까 두려웠다. 그런데 그게 됐다.

처음 출근하던 날 나는 귀국하기 전 비스터 빌리지에 가서 산 비비안 웨스트우드 핸드백을 들고 버버리를 입었다. 사무실 사람들의 시선이 내게 쏠리는 걸 느꼈다. 의심이라기보단 동경의 시선이었다. 특히 비비안 웨스트우드 핸드백을 바라보는 시선이 뜨거웠다. 이건 한국에 없는 거니까! 그들의 눈에 나는 누가 봐도 영국에서 살다 온 유학파가 맞았다.

내가 맡은 첫 번째 학생은 영국 사립 중학교 진학을 꿈꾸는 열네 살 소녀였다. 부모와 떨어져 먼 타지 생활을 해야 한다는 걱정에 아이는 바들바들 떨고 있었다. 나는 아이의 손을 잡고 차분하게 말했다.

"걱정하지 마. 영국 애들도 우리랑 똑같아. 영국 영어는 악센트만 신경 쓰면 되는 거 알지? 그리고 다음으로 중요한 게 바로 축구야. 영국 사람들은 축구라면 남녀노소 앞뒤 안 가리고 달려드는 경향이 있어. 너 프리미어리그에서 어떤 팀 좋아하니? 토트넘? 맨유?"

이미 8학군 중학교에서 전교 1등이었던 아이는 무난하게 입학에 성공했고, 내가 영국 유학 전문가임을 의심하는 사람은 아무도 없게 됐다. 아, 우리 가족 외에도 진실을 아는 사람이 한 명

더 있었다. 바로 영국에서 매일 같이 술 마시고 놀았던 윤지아. 지아도 나랑 비슷한 목적을 가지고 영국에 유학 온 집안의 천덕꾸러기였다. 하지만 지아도 뒤가 구린 사람이니 함부로 나에 대해 말하고 다니진 못하겠지.

신분 세탁의 다음 단계는 성형이었다. 나는 압구정에 있는 병원에서 턱을 깎고 보톡스도 맞았다. 눈썹도 새로 하고 코에 필러도 넣었다. 변신은 대성공이었다. 이모 아들 결혼식에 갔는데 아무도 못 알아봤다. 나는 엄마 옆에서 마치 다른 사람인 척 아무 말 없이 밥만 먹었다. 다음으로 엄마는 대전 아줌마에게 연락해선 자리를 부탁했다. 일은 빠르게 진행되었다.

"미아야, 대전 아줌마가 고르래."

1번 후보

이름 – 조금만

키, 몸무게, 혈액형 – 183cm, 75kg, AB

학력 – 서울대 박사 출신

직업 – 지방대학 교수

재력 – 서울 아파트 전세 홀로 거주

2번 후보

이름 – 하지만

키, 몸무게, 혈액형 – 172cm, 73kg, O

학력 – 지방대 학사 출신

직업 – 자영업

재력 – 강남에 본인 명의 빌딩 한 채 소유

3번 후보

이름 – 차철수

키, 몸무게, 혈액형 – 180cm, 80kg, A

학력 – 미국 유학파 출신

직업 – 중소기업 대리

재력 – 부모와 함께 서울 아파트 거주 중

인물은 3번 후보 차철수가 제일이었다. 그러나 미국 유학파라니… 믿을 수 없었다. 어쩌면 나 같은 사람일 수도. 게다가 엄마 아빠와 함께 살 정도면 돈도 없는 것 같다. 1번 후보 조금만은 2세를 생각하면 나쁘지 않은 선택이었다. 엄마도 조금만이 끌리는 것 같았다. 그러나 서울대 나온 사람은 대부분 재수 없고 짜증 난다. 2번 후보 하지만은 학력은 별로지만 강남에 아버지가 물려준 빌딩이 있다. 평생 먹고사는 데는 어려움이 없을 것 같다. 오래 고민한 끝에 우리는 2번 후보 하지만을 선택했다. 애 공부는 머리가 없으면 돈으로 시키는 걸로!

결과적으로 우리의 선택은 옳았다. 하지만은 강남에 빌딩 말고도 물려받을 아파트가 여러 채 있었다. 성격도 무난했다. 이것저것 생각하는 걸 워낙 귀찮아해서 모든 결정을 다른 사람에게 맡기는 편이었다. 흠이 있다면 족발, 닭발 등 발로 만든 음식을 너무 좋아한다는 것이었다. 심지어 첫 데이트 자리에서도 하지만은 닭발집으로 나를 데려갔다.

"닭발 처음 드셔보세요?"

닭발을 앞에 두고 머뭇거리는 내게 하지만이 물었다.

"네… 그런 것도 드세요?"

"역시 영국 유학파시군요. 느끼한 음식만 많이 드셨나 봅니다. 그런데 닭발의 매력을 모른다는 건 너무 불행한 일입니다. 이 몰캉몰캉한 맛이 얼마나 끝내주는데요. 한 번 빠지면 못 헤어납니다."

"……."

"자, 한번만 드셔보세요."

어쩔 수 없이 닭발을 집어 들었다. 입에 넣고 우물우물하자 어느새 내 손엔 새하얀 다리뼈만 남아 있었다. 하지만은 깜짝 놀랐다.

"생각보다 발골을 잘하시네요, 허허."

닭발이든 족발이든 발골의 기술이야 뭐 나만 한 사람은 없지. 족발집 손녀로 살아온 세월이 얼만데. 아무튼 내 발골 기술에 반한 하지만은 며칠 뒤 정식으로 결혼하자며 구혼했고, 나는 며칠 동안 생각하는 척하다가 못 이긴 척 받아들였다. 그렇게 우리 엄마는 강남에 빌딩 가진 사위를 둔 찐 강남 아줌마가 되었다. 다음

스텝은 2세 계획이었다.

"미아야. 신혼집은 어디로 할 거야?"

"글쎄? 아직 얘기 안 해봤는데."

"무조건 금묘로 가야 한다. 금묘 아니면 강남 살 이유가 없어."

엄마의 조언에 따라 나는 남편에게 무조건 금묘아파트에 신혼
집을 차리자고 졸랐다. 남편도 흔쾌히 동의했다. 하지만 금묘아
파트는 돈이 많다고 해서 무조건 들어갈 수 있는 곳이 아니었다.
재력만큼이나 중요한 게 학력이었다. 하루하루 노심초사하면서
기다린 결과는 합격이었다. 우리는 곧바로 금묘부동산으로 달려
가 계약서를 썼다. 원래 105동 203호에 살던 사람은 드디어 금
묘를 벗어날 수 있게 되었다며 우리 부부를 은인이라고 칭했다.
하지만 남편은 진짜 은인은 나, 바로 안미아라며 모든 공을 내게
돌렸다.

"당신 덕분에 내가 금묘아파트에도 살아보네. 다 당신이 영국
유학을 다녀온 덕분이야."

학력증명서를 요구했으면 곤란할 수도 있었다. 하지만 영어로
써낸 자소서만으로도 입주위원회는 충분하다고 판단한 모양이었
다. 물론 그 자소서도 서울대 나온 만년 고시생 오빠가 엄마에게
용돈을 받는 조건으로 써주긴 한 거지만. 아쉬운 건 집이 2층이라
는 점이었다. 조금 더 높은 데 살아도 좋을 텐데⋯⋯. 하지만 알고
있었다. 위층에는 우리 스펙으로는 넘볼 수 없는 고학력자들이
살아간다는 것을. 이런 사정을 아는지 모르는지 남편은 벌써 김

칫국부터 마시기 시작했다.

"우리 아이도 서울대 갈 길이 열리다니! 다 당신 덕분이야."

5

금묘에 자리 잡고 5개월 뒤 은주가 태어났다. 은주는 그야말로 금묘아파트에서 태어나고 자란 금묘의 아이였다. 그리고 오늘 나 안미아의 딸 하은주가 날고 기는 아이들이 모두 모인 금묘중학교 2학년 2반에서 1등을 했다. 은주의 성적표를 받아드는 순간 윗집 서울대와 하버드에 눌려 살았던 설움이 한 번에 날라가는 듯했다.

"은주야, 오늘 저녁에는 우리 맛있는 스테이크라도 먹어야 하지 않을까?"

남편은 들어오면서부터 콧노래를 불렀다. 하지만 은주는 책에서 눈도 떼지 않고 답했다.

"낼 시험 또 있어."

"아, 그래? 그래도 우리가 이럴 때 아니면……."

애보다 더 기뻐했던 남편은 섭섭한 표정이다. 저런 철딱서니 없는 인간 같으니라고.

"못 들었어? 낼 시험이라잖아. 1등 하는 건 쉬워. 유지하는 게 어렵지."

은주의 방문을 닫으며 나는 남편에게 쏘아붙였다.

결국 저녁은 스테이크를 배달해주는 집에서 시켜 먹었다. 미지근하게 식은 고기는 이게 스테이크인지 목살구이인지 구분이 안 될 정도로 질겼다. 그래도 내일 시험을 위한 시간을 벌었으니 그거면 됐다 싶었다. 다 먹은 접시를 정리하는데 띵동 초인종이 울렸다. 이 시간에 누가 웬일이지? 올케였다. 올케의 손에는 신세계백화점 스위트파크에서 사 온 디저트케이크가 들려 있었다.

"언니 웬일이세요?"

"어머님한테 은주가 1등 했다고 들었어요. 정말 축하해요."

"소식이 빠르기도 하네요."

"이거 플랑인데, 은주가 좋아할 것 같아서 줄 서 있다 사 왔어요."

"어머! 이거 얼마 전에 티비에서 본 거네. 고마워요. 언니."

올케는 뭔가 또 할 말이 있는지 잠시 뜸을 들인다.

"고모. 고마워요. 진짜."

"네? 무슨? 아아! 어휴 무슨, 우리 사이에……."

만년 고시생이었던 우리 오빠는 얼마 전 내 덕분에 금묘인스티튜트 일타강사 보조 연구원으로 취업에 성공했다. 안 한다고 떼쓰는 걸 엄마와 내가 달려가서 겨우 설득한 결과였다. 어휴, 자기 자존심 살리겠다고 애들을 굶기나.

"언니, 말 나온 김에 제가 한마디만 할게요. 언니도 알다시피 지금 오빠가 분위기 파악 못 하고 괜히 서울대 나왔다고 자존심 세우고 그러면 그날로 끝이에요. 여긴 서울대 못 나온 사람이 나온 사람보다 더 귀한 동네잖아요."

"나도 알아요. 그래서 귀에 딱지가 앉게 당부하고 있어요. 고모, 너무 고마워요."

불쌍한 올케. 대학 때 만나서 지금까지 오빠 뒷바라지를 묵묵히 하는 올케. 올케는 도대체 전생에 무슨 죄를 지은 걸까. 이게 다 오빠 때문이다. 그런데 또 모르겠다. 우리 오빠도 공부 열심히 한 것밖에는 잘못이 없는데. 칠전팔기 포기하지 말라며 힘을 실어준 엄마 때문인가? 엄마는 오빠 때문에 모든 걸 다 바쳤는데. 엄마도 오빠가 여덟 번째 고배를 마시자 더 이상은 말이 없었다. 칠전팔기는 여덟 번 도전할 일이 없는 사람에게는 희망일 수 있으나, 여덟 번 떨어진 사람에게는 티끌만 한 희망의 씨앗도 없애 버리는 잔인한 말이었다.

PART 7

403호 김진아 이야기

때로는 그냥 함께하는 것

1

"왜? 도대체 왜? 왜 닭이냐고? 왜 치킨이냐고?"

아무리 생각해도 나 김진아는 이해할 수 없다. 어떻게 하버드까지 나왔다는 사람의 머리에서 치킨 장사라는 생각이 떠오를 수 있을까. 게다가 나는 치킨에 대한 트라우마까지 있는데. 아직도 잊을 수 없는 그날의 기억은 내가 베프 미희와 주고받았던 교환일기에 고스란히 기록되어 있다.

미희아, 안녕.

오늘은 꼭 편지를 써야 할 것 같아서 이렇게 펜을 들었어. 난 이렇게 너와 교환일기를 주고받을 수 있을 정도로 우리가 친해진 걸 늘 감사해. 네가 없었다면 공부밖에 없는 내 인생에 어떤 재미도 없었은 거야. 그래서 오늘은 내가 최근에 왜 너를 보고 피할 수밖에 없었는지 솔직하게 이야기하려고 해. 힘들겠지만 들어줘.

미희야. 너희 집은 시장에서 닭집을 하잖니. 나는 그게 참 좋았어. 놀러 가면 언제나 맛있는 통닭을 먹을 수 있었거든. 그런데 며칠 전, 시장이 아닌 너네 집에 놀러 가게 됐지. 그때 너네 집에서 키우는 닭을 처음 봤어. 그 하얀 닭들 죽어라 소리를 지르던 그 닭들.

때마침 가게가 쉬는 날이라 집에서 쉬고 계시던 너희 어머니가 나를 맞이해주었지. 어머니는 친한 친구가 왔다며 직접 통닭을 만들어주시겠다고 하셨어. 그러곤 닭장으로 가서 크고 하얀 닭을 한 마리 잡아 오셨지. 그 닭은, 너무 하얘서 눈이 부시던 그 닭은, 너의 어머니 손에서 모가지가 비틀렸어. 그러고는 칼질 한 번에 모가지가 댕강 날아가 버렸지. 붉은 피 위로 어지럽게 흩어져 내리던 하얀 털들, 조금 전까지 살아 숨 쉬던 닭은 순식간에 고깃덩어리로 변해버렸지.

그때 너는 내 손을 이끌고 집 안으로 들어갔지. 그리고 몇 분 뒤 노란 튀김옷을 입은 통닭이 우리 앞에 놓였어. 그 고소한 기름 냄새에 내 배에서는 꼬르륵 소리가 울려 퍼졌어. 그런데 나는 그 통닭을 도저히 먹을 수 없었어. 여전히 살아 있는 것 같아서. 모가지 날아가서도 푸드덕거리던 그 모습이 눈앞에 아른거려서.

그날 더 이상 참지 못하고 도망쳐 나와서 미안해. 그 뒤로 너를 피해서 미안해. 하지만 널 보면 자꾸 그 모가지 잘린 닭이 생각나서 견디기 힘들어. 내게 조금만 시간을 주겠니? 난 너를 잃고 싶지 않아. 언젠가 통닭을 마음껏 먹을 수 있게 되면 내가 다시 얘기할게. 부탁해.

　　　　　　　　　　　　　　　　　　　　 – 너의 영원한 친구 진아가
　　　　　　　　　　　　　　　　　　　　　　　　 1992년 3월 20일

그리고 그 아래에는 미희가 보낸 답장이 적혀 있었다.

미친년.

끝이었다. 날아가 버린 닭 모가지처럼 내 친구도 그렇게 날아가 버렸다. 물론 그 뒤로 나는 차차 트라우마를 극복했고, 지금은 치킨을 아무렇지 않게 먹을 수 있다. 단, 그건 이미 조리된 뒤의 경우에만 가능하다. 생닭을 보게 되면 아직도 그때 생각이 떠올라 온몸에 힘이 빠지고 식욕이 사라진다. 그런데 왜 하필 닭이냐고? 왜 치킨집이냐고! 약 먹고 들어갔던 알레르기가 다시 온몸에 빨갛게 일어나는 것 같다.

"왜? 도대체 왜? 왜 닭이냐고? 왜 치킨이냐고?"

그러니까 이건 질문이 아니었다. 절대 안 된다는 완강한 부정의 말이었다. 그런데 남편은 상황 파악도 못 하고 개미 소리로 변명을 늘어놓았다.

"그러니까 왜 치킨이냐면… 빵집을 하면 기본적으로 창업비가 2억 6천 정도 들더라고. 근데 치킨은 1억 정도면 된다고 하고… 인테리어 한 2천 800 정도에… 임대 보증금이 한 3천… 투자비 회수는 2년 반 정도 걸린다고…….."

이래서 요즘 사람들이 문해력 문해력 하나 보다. 말귀를 도통 알아듣질 못하니. 얼마나 말귀를 알아듣지 못하냐면… 내 반대를 무릅쓰고라도 결국 치킨집을 여는 것 같다. 심지어 치킨집 오픈 소식을 사실을 알게 된 건 금묘아파트 공식 앱인 애플망고를 통해서였다.

금묘상가 게시판
★ 오픈 예정 치킨집 알바 구함 ★
▮시급: 11,000원
▮시간: 협의

이딴 남편 안 봐도 그만이다. 다만 그 밑에서 민서는 어떻게 지내는지 걱정이다. 당장 공부에만 집중해도 모자랄 판에 치킨집 오픈 준비에 동원되는 건 아닌지. 코디쌤을 통해 확실하게 잡아 달라고 부탁을 했으니 신경을 좀 써주긴 하겠지만, 애가 아빠를 닮아 딴생각을 좀 하는 편이라 안심해선 안 된다. 저러다 공부고 뭐고 때려치우고 치킨집 물려받는다고 하면 어쩌나.

2

서울의 밤이 반짝인다. 꼬리에 꼬리를 물고 이어지는 자동차들의 헤드라이트와 끝을 모르고 위로 솟은 아파트 조명까지 모든 게 반짝인다. 이미 자정이 넘었는데도 이 도시는 멈추는 방법을 모르는 것 같다. 그런 도시에서 또 하루를 살아남은 나. 머리끝에서 발끝까지 조금이라도 틈을 줘선 안 된다. 말 한마디는 물론이

거니와 옷매무새도 신경을 써야 한다. 심지어 귀걸이 하나도 잘 어울리는 걸 골라야 한다. 약해 보이면 안 된다. 약하면 지는 거다. 첫인상에서부터 승자의 임팩트를 줘야 한다. 내가 에르메스를 찾는 이유도 이 때문이다.

눈을 감고 하루를 되짚어본다. 주마등처럼 지나가는 표정들, 머리 모양, 옷차림, 석 잔의 커피와 때우다시피 욱여넣은 샌드위치, 쉴 틈 없이 걸려오는 전화, 그리고 하소연을 일삼는 사람들. 카페에 앉아 생각한다. 나도 가끔 커피 한 잔 손에 들고 동료들과 깔깔거리며 광화문을 산책하고 싶은 직장인이고 싶다,라고. 뜨거운 순댓국에 밥 말아서 소주 한 잔 기울이는 여유를 갖고 싶다,라고.

그렇지만 내가 누구인가? 김 진 아. 김진아는 달라야 한다. 대한민국 최고의 변호사 김진아가 자연인의 삶을 살 수는 없다. 사람들은 나를 울슈맘이라고 부른다. 울트라 슈퍼맘. 누구나 부러워하는 연봉과 명품을 자랑하는 울트라 슈퍼맘. 물론 그 생활을 유지하기 위해 밤낮으로 뼈 빠지게 일하고 김밥과 샌드위치로 간신히 끼니를 때우지만, 모두가 나를 부러워하는 건 사실이다.

그런데 그런 나를, 모두가 부러워하는 나 김진아를, 비참하게 만드는 사람들이 있으니 바로 가족이다. 이번에도 우연히 알게 된 사실이 있다. 시어머니가 시누이 가족 해외여행 비용을 대줬는데 그게 내 주머니에서 나온 용돈이었다는 것을. 돈 버는 사람 돈 쓰는 사람 따로 있다더니, 참나. 죽어라 일만 하는 나는 해외

는커녕 국내 여행도 맘 편히 가본 적이 없는데…….

갑자기 비가 내린다. 주룩주룩 온다. 오늘도 집에 일찍 가기는 글렀다. 내 클라이언트는 주로 미국의 큰 회사들이다. 그러다 보니 나는 한국 시간보다 미국 시간을 따라 사는 날이 많다. 보스턴과 뉴욕은 한국보다 14시간이 늦고, LA는 17시간이 늦다. 오전에는 서류 준비하고 오후부터 밤늦게까지는 클라이언트들과 소통하는 게 일상이다. 당연히 주말도 따로 없다.

"김변, 출출한데 요 앞 24시 해장국집에서 국밥 어때?"

옆자리 이변이 졸린 눈을 비비며 말한다.

"혼자 가. 나 아직 자료 볼 게 남았어."

"에이, 그러지 말고 가자. 아까 점심도 삼각김밥으로 대충 때웠잖아."

그래, 다 먹고 살자고 하는 짓인데. 비 오는 밤에 국밥은 참을 수 없다. 기왕 먹는 거 육즙이 팍팍 터지는 만두도 하나 시켰다. 뜨거운 국물을 속으로 밀어 넣는데 갑자기 전화벨이 울린다. 이 시간에? 불길한 느낌을 애써 부정하며 통화 버튼을 눌렀다.

"여보…….”

남편이 떨리는 목소리로 나를 불렀다.

"왜? 무슨 일이야?"

"민서가… 민서가 지금 병원에 있어. 교통사고가 났어."

가을비치곤 너무 세다. 와이퍼가 쉬지 않고 움직이지만 앞이 잘 보이지 않는다. 마음이 급한데 신호도 길다. 오른발이 액셀과

브레이크를 요란스럽게 오간다. 평소 같았으면 1시간 가까이 걸렸을 길을 40분 만에 왔다. 수술실 앞에는 남편과 시어머니가 앉아 있었다. 남편을 보자마자 눈물이 흘러내렸다. 아무 말도 할 수 없었다. 그런 나를 달래며 남편이 상황을 설명했다.

"학원 끝나고 나와서 길을 건너다 학원버스에 치였대. 버스기사는 분명 파란불이었다고 하는데, 일단 근처 CCTV를 경찰이 확보한다고 했어."

빨간불인지 파란불인지는 중요하지 않다. 당장은 민서가 무사하기만을 바랄 뿐이다.

"민서는? 상태가 어떻길래 수술까지 해?"

남편은 입을 다문 채 고개를 숙였다. 민서는 급히 머리 수술을 하러 들어갔다고 했다. 시간이 더디게 흘러갔다. 대신 그동안 민서에게 퍼부었던 독한 말들이 머릿속에 주마등처럼 스쳐 지나갔다. 미안해. 엄마가 미안해. 민서야. 제발 아무 일 없이 건강하기만 하자. 한참 시간이 흐른 뒤 의사가 수술실 문을 열고 나왔다.

"다행히 수술은 잘 된 것 같아요."

"감사합니다. 선생님. 정말 감사해요. 이제 괜찮은 건가요?"

"당장은 큰 문제가 없지만 차도를 지켜봐야 합니다. 머리에 충격이 컸습니다. 잠시 기억을 잃어버릴 수도 있어요. 그러니 지금부터는 관리가 중요합니다."

"정말요? 흐흑. 회복하는 데까지 얼마나 걸릴까요?"

"음, 적어도 3개월은 쉬어야 합니다. 약 기운 때문에 자는 시간이 길어질 거예요. 그사이에 절대 스트레스를 받거나 무리를 해서는 안 됩니다."

시간이 얼마나 걸리든 상관없다. 민서가 건강을 되찾을 수만 있다면. 그런데 3개월… 괜찮다. 민서는 이미 2년 선행을 끝마쳤다. 불행 중 다행이다.

3

내리 사흘을 꼬박 잠만 자던 민서는 건강한 모습으로 눈을 떴다. 일어나자마자 배가 고프다며 할머니에게 먹을 걸 졸랐단다. 다행이다. 눈물이 날 정도로 다행이다. 시어머니가 민서에게 전화를 건네주었다.

"민서야, 엄마야. 괜찮아?"

"응, 괜찮아. 잘 잤어."

"다행이다. 정말 다행이야. 혹시 먹고 싶은 거 있으면 말해. 엄마가 내일 만들어줄게."

"음… 떡볶이?"

"그래. 알았어. 일단 오늘 방귀 나올 때까지는 무조건 금식해야 하니까 배고파도 조금만 참아. 알았지?"

오늘 회의는 아마 저녁 9시는 넘어야 끝날 것 같다. 아직 클라이언트 미팅 때 논의하기로 한 서류도 다 못 읽었는데. 마음이 조급하다.

"김변, 뭐 먹을래? 치킨? 피자? 아님 샐러드나 중식?"

다 거기서 거기다. 이 동네에는 새벽까지 하는 식당이 100개도 넘지만 맛은 똑같다. MSG로 범벅을 한 맛. 중식이든 이태리 음식이든 한식이든 마찬가지다.

"아무거나."

그럴 줄 알았다며 이변은 박변과 메뉴를 고민한다. 한참 머리를 맞대고 고민하던 두 사람이 꺼내든 메뉴는 치킨이다. 하지만 어떤 치킨 시킬지를 두고 또 한참 실랑이를 한다.

"맛나치킨에서 나온 신제품이 괜찮다던데?"

"에이, 나 그거 주말에 먹어봤는데 별로야. 차라리 효도치킨이 바삭바삭하고 좋지."

"난 바삭바삭한 거 싫어. 부드러운 게 좋아. 튀기지 않고 오븐에 구운 구웠네치킨 어때?"

"그쪽에서는 구웠네보다 누구든홀랑반한닭이 낫지."

치킨집 이름이 누구든홀랑반한닭이라고? 재미있네. 요즘은 치킨집 이름도 참 다양하네. 나 어릴 땐 멕시코사람치킨이랑 페리페리치킨이 전부였는데. 그런데 그 순간 반짝 아이디어가 머릿속에 떠올랐다. 치킨, 닭, 스트레스 날려주는 닭, 죽을 만큼 맛있는 닭, 매운 양념에 속이 뻥 뚫리면서 동시에 고소한 튀김옷과 달콤한 물엿의 조화가 혀를 감싸주는 그런 치킨. 일명 맵고달(맵고, 고소하고, 달고)의 맛이 동시에 느껴지는 치킨이라면 남편도 성공해볼 수 있지 않을까. 아니, 그런데 내가 지금 무슨 생각을 하는 거지?

"김변, 치킨 왔어. 먹고 해."

그사이 치킨이 도착했다. 1인 1닭 하자며 사이좋게 자기들이 원하는 걸로 각각 시켰다. 시원한 생맥주도 같이. 센스 있는 사람들 같으니라고. 그런데 도저히 먹을 수가 없다. 클라이언트 미팅보다 더 중요한 것들이 떠올랐다. 클라이언트에게 서둘러 메일을 보내고 자리에서 일어섰다.

"이변, 박변, 미안한데 나 오늘 먼저 가야 할 것 같아. 아이한테 떡볶이 만들어주기로 한 걸 깜빡했네."

"뭐? 떡볶이? 그런 거 시키면 되… 어? 김변! 진짜 가는 거야? 이제 겨우 10시인데?"

또각또각 경쾌한 하이힐 소리가 내 뒤를 쫓는다.

4

집으로 돌아와 부랴부랴 떡볶이 재료를 찾았다. 그런데 요리를 할 만한 게 하나도 없었다. 하긴 평소엔 식구들끼리 밖에서 알아서 해결하는 식이었지. 같이 있어도 늘 배달 음식을 시켜 먹었고. 어쩔 수 없이 은묘아파트 시어머니댁으로 갔다. 현관 비밀번호를 알고 있었지만, 어쩐지 어색해서 벨을 눌렀다.

"누구세요?"

문을 열어주던 남편이 깜짝 놀라며 뒤로 물러섰다.

"아니, 저. 전화도 안 하고⋯⋯."

말까지 더듬는다. 시어머니는 집에 없었다. 남편이랑 시어머니랑 번갈아 가면서 병원에서 자는데 오늘은 시어머니가 주무시는 날이란다. 그런데 집 안에 치킨 냄새가 진동을 한다. 식탁 위에 닭 튀긴 것들이 한가득 놓여 있다.

"온다고 말했으면 미리 치웠을 텐데⋯⋯."

남편이 뒤통수를 긁적이며 눈치를 본다.

"민서한테 떡볶이 만들어주기로 했어."

"그래. 여기 재료 다 있어. 근데 저녁은? 아직 안 먹었으면 이거 좀 먹어 볼래?"

남편이 방금 튀긴 치킨들을 내 앞에 늘어놓았다.

"이건 그냥 후라이드고, 이건 불닭, 이건 파닭, 마늘닭, 간장닭, 치즈닭⋯⋯."

종류도 참 많다. 나는 그중 불닭을 집어 먹었다. 매콤한 맛이 입안에 가득 감돈다. 그런데 뭔가 조금 약하다.

"더 매운 건 없어? 스트레스 확 날려줄 그런 닭?"

"더 매운 거? 소스 개발 중이긴 한데 아직이야."

"그럼 지금 저기 끓이는 소스는 뭐야?"

"응. 달맵이라고, 내 생각에는 우리나라 사람들이 매운맛도 좋아하긴 하지만, 대중적으로 가려면 달콤한 맛도 필요한 것 같더라고. 그래서 달콤한 매움. 달맵! 근데 여기서 포인트는 이 단맛을 설탕으로 내는 게 아니야. 무려 제주도 유기농 유자청이야. 단

가는 조금 비싸지만 그래도……."

"컨셉은 괜찮네. 제주도에서 온 유기농 유자청."

남편은 충격을 받은 표정이다. 치킨집 한다는 말에 이혼 카드를 꺼내 들었던 아내가 갑자기 태도를 바꿨으니 그럴 수밖에. 약간 감동한 것 같기도 하다. 눈에 눈물이 글썽거리려고 한다.

"그런데! 나는 단맛도 좋지만 매운맛도 확실해야 한다고 생각해. 조금만 더 맵게 만들어서 보여줘. 매운 치킨 위에 치즈 가루를 뿌려도 좋을 것 같고."

"어, 어. 그럴게."

"그나저나 마케팅은 어떻게 할 거야?"

"마케팅?"

역시 이런 것까지 생각해두었을 남편이 아니다.

"여기 보니까 치킨집이 너무 많아. 좀 차별성 있게 해야 돼."

"어, 고민해볼게."

"그리고 언제부터 먹은 거야?"

"뭐?"

"그 약."

"아, 공황장애! 한 3년?"

"그거 먹으면 진짜 맘이 괜찮아?"

"응."

"나도 하나 줘봐. 나도 먹어야 살 것 같아."

그래. 부부가 같이 사는 것이, 가족이 함께 사는 것이 다 죽도록 사랑하기 때문만은 아니다. 때로는 그냥 함께하는 것이다. 맞지 않아도 그냥 함께하며 살아가는 게 부부고 가족이다.

"이 치킨집 이름은 뭘로 할 거야?"

"음, 금묘치킨? 민서네치킨?"

"그런 이름은 쎄고 쌨잖아. 개성 있게 브랜딩 잘해야 되는 거 몰라."

남편이 갑자기 울음을 터뜨렸다. 옷소매가 눈물로 흠뻑 젖었다.

"민서 엄마, 미안해……. 내가 능력이 없어서 고생만 시키고, 흐흑."

"…… 나이가 몇인데 우니? 얼른 가서 떡볶이 재료나 꺼내와. 내일 아침에 바로 만들어서 병원 갈 거야."

남편이 코를 훌쩍이며 부엌으로 간다. 왠지 그 모습이 짠하기도 하고 애틋하기도 하다. 못난 사람 같으니라고.

PART 8

203호 안미아 이야기

나는 금묘 돼지맘이다

1

나 안미아는 소위 말하는 돼지맘이다. 그런데 세상에는 알파맘도 있고, 베타맘도 있다. 알파맘은 자녀 교육을 기업처럼 효율적으로 운영하는 엄마를 가리키고, 베타맘은 자녀에게 자유를 주고 스스로 선택하게 하는 엄마를 가리킨다. 예일대 에이미 추아 교수 때문에 유명해진 타이거맘도 있다. 타이거맘은 자녀를 엄격하게 훈육하고 가르치는 엄마를 뜻한다. 모르겠다고? 그렇다면 큰일이다. 요즘 세상에서는 정보가 느리면 질 수밖에 없다. 그런데 사람들이 진짜 모르는 게 있다. 그건 바로 우리나라에서는 돼지가 호랑이를 이긴다는 것이다.

내 정식 직업명은 페어런트 컨설턴트다. 선생님에 가까운 코디와는 다르다. 사람들은 사실 코디보다 아이를 키우는 엄마 컨설턴트의 이야기를 더 듣고 싶어 한다. 특히 우리 은주처럼 반에서 1등을 하는 우등생 엄마의 이야기를! 실제로 금묘인스티튜트 초청 강의 후기에는 이런 댓글이 올라오기도 했다.

"현실을 모르는 강사들 얘기보다는 애들을 키워본 베테랑 엄마의 이야기가 더 와닿습니다. 특히 금묘아파트 엄마들의 얘기가요. 앞으로는 강사 2명 초청할 거면 금묘아파트 엄마는 3명 초대해주세요."

물론 저 베테랑 엄마는 바로 나, 안미아다. 즐거운 일은 또 있다. 이번에 한국수학올림피아드 KMO에서 은주가 은상을 탔다. 은주의 성적을 확인하곤 너무 기쁜 마음에 곧바로 남편과 올케에게 전화를 걸어 소식을 전했다. 역시 금묘인스티튜트 초등의대반은 최고다. 비싼 돈 내고 보낼 만한 가치가 있다. 이런 나를 보며 은주가 말한다.

"엄마, 그렇게 좋아?"

"당근이지. 올림피아드 상 타기가 얼마나 힘든데. 우리 딸 정말 최고다!"

나는 엄지를 척 세웠다. 그런데 정작 상을 탄 은주의 표정이 좋지 않다.

"엄마… 근데 민서는 금상이야."

"뭐?!!!!"

민서라면 콧대 높은 변호사 울트라 슈퍼맘과 하버드 출신 아빠를 둔 403호 걔? 갑자기 좋다 말았다. 왜 하필이면 같은 동 사는 같은 반 애가 금상을 탔을까. 갑자기 은주의 은상이 초라하게 느껴진다. 오늘 기분 좋게 외식하려고 신라호텔 더 파크뷰에 예약을 걸었는데 취소하고 배달음식이나 시켜 먹어야겠다. 역시 아직 갈 길이 멀다. 과학올림피아드가 코앞인데 긴장을 늦추면 안 되겠다.

그런데 이런……. 호텔 뷔페 예약을 취소했다는 말에 은주의 표정이 시무룩하다. 마음이 약해진다. 하지만 엄마가 나약해지면 아이도 나약해진다. 나는 은주의 손을 잡고 말한다.

"은주야. 엄마가 지금은 전업주부로 살고 있지만 원래는 꿈이 있었어. 지금 집에서 이렇게 있는 건 전부 너를 위해서야. 너도 알지? 엄마가 천만 원짜리 코디 선생님보다 더 나은 페어런트 컨설턴트라는 거. 이런 엄마가 너를 24시간 공짜로 관리해주니 얼마나 좋니. 그리고 생각해봐. 지금 초등의대반 다니려고 지방에서 기차 타고 오는 애들 있지? 제주도에서 비행기 타고 오는 애도 있고. 그에 비하면 너는 얼마나 편하게 공부하는지 알아야 돼. 은주야, 하은주! 조금만 더 분발하자. 원래 해가 뜨기 전이 가장 어둡대."

원래부터 잔소리를 할 생각은 아니었는데 또 잔소리가 나와버리고 말았다. 은주는 힘없이 고개를 끄덕이곤 방으로 들어갔다.

나는 원래 미술을 하고 싶었다. 빵모자 쓰고 이젤 들고 다니는 사람들이 얼마나 멋있어 보였는지 모른다. 그런데 엄마 아빠는 내가 미술에 미 자도 꺼내지 못하게 했다. 그런 건 서울 사는 부잣집 애들이나 시집 잘 가기 위해 배우는 거라고 했다. 그렇게 내 미술학도의 꿈은 4B 연필 한번 제대로 잡아보지도 못하고 끝 났다.

금묘아파트에는 그냥 돼지맘도 많지만, 세련된 돼지그랜맘도 많다. 돼지그랜맘은 주로 성공한 딸들을 둔 금묘아파트 할머니들 이다. 105동 704호 돼지그랜맘은 우리 엄마 또래다. 딸은 금묘 인스티튜트 출신이고 현재 강남크리스탈피부과 원장이다. 딸이 너무 바빠서 할머니가 손주 엄마 역할을 한다. 704호 할머니는 운전도 잘하고 요리도 잘하는 완전 능력자다. 금묘인스티튜트 특 강에도 빠지지 않고 온다. 원조 돼지맘이었던 이 할머니는 이제 은퇴할 때도 되었건만 아직 서울대 의대 로드맵을 꿰차고 있을 정도로 감각을 잃지 않고 있다.

"코디님, 저희 손녀는 금묘영유 안에서도 놀이식 클래스를 다 니고 있습니다. 혹시 놀이식 영유와 학습식 영유의 차이점에 대 해서 설명해주실 수 있을까요?"

지난 특강에서 704호 할머니가 던진 날카로운 질문에 우리 조동(조리원 동기)은 모두 깜짝 놀랐다. 저런 할머니를 둔 손녀는 얼 마나 좋을까. 진짜 부럽다.

금묘조동 엄마들의 모임은 결국 금묘영유 엄마들의 모임으로 이어졌다. 물론 영유에 가서 클래스가 나뉘긴 했다. 일반적인 집 안은 금묘영유 골드로, 좀 사는 집안은 프리미엄골드로. 실버와 브론즈도 있지만 사실 좀 같이 어울리기엔 레벨 차이가 났다. 나는 친한 엄마들과 팀을 짜서 따로 초등 입학 과외를 시켰다. 금묘초도 좋지만 재벌과 연예인 자녀들이 주로 다닌다는 사립초에 보내고 싶었기 때문이다. 모임에서 5명이 지원하고 3명이 붙었는데, 다행히 은주는 그 안에 포함되어 있었다. 매일 차로 30분 정도 운전을 해서 오가야 하는 거리였지만 그 정도는 아무것도 아니었다.

그렇게 3년 동안 차를 타고 등하교하던 은주는 초등학교 4학년 때 금묘초로 전학했다. 사립초는 미국 학교 같은 느낌이라 좋긴 했지만, 학습을 위해서는 학군지 초등학교가 낫다는 게 내 판단이었다. 그 학교를 계속 다니면 공부는 뒷전이 되고 애가 겉멋만 들 것 같았다. 결국 셋 중 둘은 그 학교에 남고 우리 은주만 금묘초로 왔다. 전학 오자마자 은주는 금묘인스티튜트 초등의대반에 다니기 시작했다. 적응은 어렵지 않았다. 이런 날을 대비해 꾸준히 주말에 코디 선생님들께 과외를 받았기 때문이다.

이때 은주만 공부한 건 아니다. 나도 은주가 학교 가고 학원 간 시간에 열심히 페어런트 컨설턴트 공부를 했다. 그리고 깨달았다.

공부는 엉덩이를 의자에 붙인 시간에 비례하는가? 아니다. 과거에는 그랬을지 모르지만 지금은 아니다. 공부는 시간이 아니라 몰입이다.

인공지능이 앞으로 페어런트 컨설턴트의 역할을 바꿀 수 있을 거라고 생각하는가? 역시 아니다. 애들 공부시키는 건 인공지능 할아버지가 나와도 못할 일이다.

　중2병과 사춘기에 대한 특강도 찾아 들었다. 강사는 말했다.

　"중학교 2학년들에게는 사춘기라는 변수가 있습니다. 이 엄청난 변수를 해결하지 못하면 완전 도로아미타불이에요. 공부할 때는 와이파이를 끄는 것도 한 방법이에요. 핸드폰도 수거하고요. 그리고 애 절대로 방에 혼자 두지 마세요. 혼자 공부한다고요? 그 나이에 미쳤어요? 공부를 하게? 저는 문 떼는 것도 강추합니다. 애들 진짜 머리 싸매고 수학 풀게 하고 싶으면 문 떼고, 와이파이 끄고, 핸드폰 수거하세요. 종이랑 연필만 주세요. 그래야 문제에 집중을 합니다. 안 그러면 애들 멍 때리고 인강 보는 척하면서 핸드폰으로 게임하고 그래요."

　덕분에 우리 은주 방에도 방문이 없다. 인강 들을 때 빼고는 와이파이도 꺼놓는다. 이게 바로 은주가 1등 하는 비결이다. 오늘도 은주 학원 간 사이에 유튜브로 이것저것 교육 관련 동영상을 찾아보는데 오빠한테 전화가 온다. 고맙다는 말하려고 전화했나? 후, 생색 좀 내야지.

　"여보세요."

　"어, 나야."

　"응. 왜?"

　"아니, 출근 잘하고 있다고. 걱정하지 말라고. 민우 엄마한테 얘기 들었어."

"어……. 근데 오빠! 괜히 서울대부심 부리고 사람 깔보듯 하면 여기서 일하기 힘들어. 여기서 오빠는 평범한 사람이야. 자존심 다 버려야 해. 계속 일하려면. 알지?"

"어."

인간아, 고맙다고 말하면 입에 뭐가 나냐? 꼭 말을 그렇게 단답형으로 해야 되냐? 짜증 나지만 이해는 된다. 지금까지 시험 준비한 게 얼마나 아까울까. 그러게 로스쿨 처음 생겼을 때 얼른 가지. 오빠랑 같이 고등학교 다녔던 단짝 승훈 오빠는 우리 오빠가 서울대 갈 때 연대 가더니만 지금은 아예 방향을 틀어 갈빗집 사장이 되었다. 그런데 그 가게가 프랜차이즈로 대박이 나더니 지금은 회장님이 되었다. 오빠라고 귀가 없겠는가. 여기저기서 이런 이야기를 들을 때 오빠는 어떤 마음이었을지 가늠이 된다.

그런데 오빠가 사시를 포기 못 한 건 다 엄마 때문이다. 낙방할 때마다 엄마는 오빠 명의로 된 아파트 이야기를 하면서 돈 걱정은 하지 말고 붙을 때까지 해보라고 응원했다. 그런 엄마한테 미안해서라도 오빠는 사시 합격이 아니면 안 된다고 생각한 것이다. 아마 이번에 언니가 이혼 얘기를 꺼내지 않았더라면 취업은 꿈도 꾸지 않았을 것이다.

2

고백컨대, 사실 나는 페어런트 컨설턴트가 될 수 있을 거라곤 상상도 해본 적 없었다. 그런데 은주가 반에서 1등을 하고 바로 다음 날 금묘인스티튜트에서 연락이 왔다. 1등 엄마의 경험을 제대로 살려볼 생각 없느냐고. 족발집 손녀 안미순, 아니 안미아가 금묘인스티튜트 페어런트 컨설턴트 제안을 받다니! 그동안 금묘 아파트에서 받은 차별과 설움이 생각나 눈물이 흘렀다. 서울대는 기본이고 하버드, 옥스퍼드, 의사, 교수 출신들 사이에서 별다른 타이틀 없이 버티기가 얼마나 힘들었는지……. 그랬던 내가 이제 1등 엄마가 된 것이다.

그래, 이제 시작이다. 1등 한 번 찍은 걸로 만족하면 안 된다. 1등을 따는 건 쉽다. 지키는 게 어려울 뿐. 나는 은주의 엄마이자 매니저, 코치로서 스케줄, 체력, 식단을 24시간 철저히 관리할 의무가 있다. 은주가 나고, 내가 곧 은주다. 나는 명실상부한 대한민국 교육 성지 금묘인스티튜트 페어런트 컨설턴트 안미아다.

1등 타이틀을 차지한 뒤 은주의 학습 계획은 더욱 촘촘해졌다. 먼저 학교 일정이 끝나면 기본 국영수과사 보습 학원을 돌고 저녁을 먹는다. 그다음엔 금묘중학교 전교 1등에서 10등까지만 참여할 수 있는 특별 과외를 받는데, 은주네 반에서는 민서랑 은주만 이 과외를 듣는다. 그 뒤에는 금묘인스티튜트 8층에 새로 생긴 관리형 스카로 간다. 여기는 서울대 나온 선생님들이 수시로 오가면서 학습 의욕을 북돋아 주고 같이 문제도 풀어주는 프리미엄 스카다. 물론 가격도 매우 비싸다. 참고로 나는 빠르게 움직인 덕분에 은주를 대기 없이 바로 등록시킬 수 있었는데 민서 엄마는 그렇지 못했다. 민서는 무려 웨이팅 5번이다. 행복하다.

은주가 스카에 있는 동안에 나는 1층에 있는 커피숍에서 따로 중2 과정을 공부한다. 내가 공부하지 않으면 아이의 공부를 이해할 수 없을 것 같아서다. 최근엔 따로 불어 공부도 하고 있다. 불어는 고등학교 다닐 때 제2외국어로 배운 적 있어서 조금 친근할 줄 알았는데, 악상 뗴귀와 악상 그라브의 차이는 지금도 모르겠다. 이게 다 고등학교 때 선생님 때문이다. "불어에서 왜 72는 60과 12의 조합인가요?"라는 내 질문에 "이 녀석아, 너는 그렇게 질문이 많으니 공부를 못하는 거야!" 하며 교과서로 머리를 때리지만 않았어도 나는 진작에 불어 전문가가 되었을 거다. 아무튼 입시 컨설턴트로 이름을 날리려면 불어를 마스터해야 한다. 작년까지만 해도 아랍어가 대박이었다는데 올해부터는 불어가 로또란다. 이런 정보를 어디서 알았느냐고? 당연히 금묘인스티튜트다. 거기 사람들은 모르는 정보가 없다.

"엄마, 배고파."

은주한테 카톡이 왔다.

"잠깐 내려와서 먹고 가."

나는 은주를 위해 항상 간단한 음식을 준비해 다닌다. 조미료를 넣지 않은 자연식 주먹밥, 항생제를 쓰지 않은 닭가슴살 샐러드, 유기농으로 농사지은 호박죽 등이 늘 가방에 있다. 컨디션 관리를 위해서는 영양 관리, 건강 관리도 필수다. 총명탕은 아침마다 먹고 총명주사는 격주로 맞는다. 최근에는 호르몬 관리도 시작했다. 은주는 여자애라서 한 달에 한 번 울적하고 꿀꿀한 시간을 갖는다. 그럴 때 기분 전환이 제대로 되지 않으면 공부 의욕이 떨어질 수 있기 때문에 같이 발마사지를 받거나 1인 목욕탕을 신청해주기도 한다.

3

띵동. 은주가 돌아오기 전에 집 정리를 좀 해두려는데 초인종이 울렸다.

"안녕하세요. 디텍티브 칼입니다. 밤늦은 시간에 죄송합니다. 낮에 몇 번 왔는데 도저히 집에 계시질 않아서요."

"저번에 왔었잖아요. 또 무슨 일이에요?"

칼이 집안을 기웃거리며 답한다.

"저… 이 집에 드론이 있다고 들었는데 맞습니까?"

"네. 남편이 낚시를 다녀서요. 근데 그걸 대체 왜 물어보시는 거죠?"

그때 방에 누워 있던 남편이 문을 열고 나온다.

"무슨 일이야? 내 드론은 왜? 아니, 지금 이 시간에 드론 구경하러 오셨어요?"

남편이 칼에게 다가서며 목소리를 높인다. 칼이 뒤로 한 걸음 물러선다.

"제보가 들어왔어요. 금묘 도난 사건 전날 드론을 보았다는……."

"무슨 말씀이세요? 제가 드론으로 금묘 수염을 훔치기라도 했다는 겁니까?"

"아, 아니, 그게 아니고요. 드론이 있는지만 확인을 좀 하면……."

남편의 기세에 눌린 칼이 입을 우물거린다.

"허, 이보세요. 칼인지 나이프인지 하시는 분, 잘 들으세요. 괜히 생사람 잡으려고 수작질하다 큰일 납니다. 알겠어요? 이제 우리 애 올 시간이니까 그만 가세요. 가요!"

칼이 말대꾸 한번 제대로 못하고 쫓겨난다. 역시 우리 남편이다. 내가 무엇을 원하는지 눈치껏 잘 파악한다.

성공하는 아이를 만드는 데 필요한 3박자가 있다고 들었다. 조부모의 경제력, 아빠의 무관심, 엄마의 정보력과 체력. 우리 집은 이 3박자가 딱 맞아떨어지는 집이다. 남편 앞으로 된 강남 빌딩은 시아버지가 물려준 것이고, 지금도 애 학원비 보태라며 꼬박꼬박 내 통장으로 돈을 보내주신다. 우리 남편은 진짜 금묘의 모범 아버지다. 와이프 일에 절대 간섭하지 않는다. 모든 결정은 내가 하게 하고 자기는 자리를 피한다. 집안일은 내게 모두 맡기는 대신 남편은 낚시와 골프에 마음을 주었다. 물론 처음부터 그런 것은 아니었다. 은주가 크기 전에는 낚시도 데려가고 같이 해외 골프여행도 가고 그랬는데, 보다 못한 내가 선을 그었다.

"여보, 여기 앉아봐. 은주가 공부하려고 마음 제대로 먹고 있는데 아빠라는 사람이 자꾸 이렇게 찬물을 뿌려야겠어? 여기 아파트 사람들 붙잡고 물어봐. 지금부터 제대로 정신 차리고 해도 따라갈까 말까야.”

“아니, 아직 글씨도 못 쓰는 애를 꼭 그렇게까지 해야겠어?”

“그러니까 더 열심히 해야지. 영유 같이 다니는 애들은 중국어도 하고 프랑스어도 해. 이걸 코디 선생 붙였어 봐. 한 달에 최소 사오백은 더 들어. 지금부터는 내가 옆에 딱 붙어서 서포트할 거니까 당신은 앞으로 혼자 놀아.”

그 뒤로 남편의 식구는 골프와 낚시 동호회 사람들이 되었다. 주중에는 아침저녁으로 아파트 안에 있는 골프연습장에서 몸과 마음을 단련하고, 주말에는 동호회 사람들과 어울려 전국을 돌아다닌다. 가끔 미안한 생각이 들 때도 있지만 이게 다 남편의 딸, 은주를 위해서다.

마지막으로 나는 누가 봐도 인정받을 만한 1등 엄마다. 나는 아이한테 공부하라고 지시만 하는 그런 무책임한 엄마가 아니다. 아이가 공부하면 나도 공부한다. 한석봉의 엄마처럼 말이다.

“은주야, 너는 수학을 풀거라. 나는 국어를 풀고 있으마.”

지금도 얼른 집 청소를 마치고 은주 돌아오기 전까지 페어런트 컨설턴트 어플로 엄마 공부를 하고 있다. 이 어플은 다 좋은데 광고가 좀 길다.

광고 1

아직도 아이 스케줄을 어머님이 짜주시나요? 우리는 이제 인공지능 시대에 살고 있습니다. 판타스틱 에이아이 스케줄러를 사용해보세요. 당신의 아이에게 가장 잘 맞는 학습 스케줄을 학습 목표에 따라 짜줄 것입니다. 판타스틱 에이아이, 시대를 앞서가는 에이아이 맘에게 꼭 필요한 선택입니다.

광고 2

"금묘가 왜 금묘인지 아세요?"
"훌륭한 코디 선생님이 많아서 아닐까요?
"코디 선생님이요? 목동에도 분당에도 좋은 코디 선생님은 많아요."
"앗, 그렇군요."
"잘 들으세요. 금묘가 금묘인 이유는 바로 학습 분위기 때문이에요. 대한민국 최고의 교육 환경을 자랑하는 금묘인스티튜트에서 아이의 새로운 미래를 설계하세요."

나는 금묘인스티튜트 페어런트 컨설턴트인만큼 정보력도 수준급이다. 최근 과외 시장에서는 어떤 선생이 인기를 끄는지, 어느 한의원에서 방학용 고급 총명탕을 만드는지 등을 누구보다도 빠르게 꿰뚫고 있다. 심지어 나는 울트라피그맘 단톡방에 들어가 있다. 이 단톡방은 강남 최고의 익명 맘카페로 여기에 실시간으로 정보가 올라온다. 운영진의 초대가 있어야만 들어올 수 있는 이 방에 들어오려고 나 역시 꼬박 1년을 기다리며 여기저기 선을 댔다.

이런 내게 수시로 전화해 정보를 캐내려는 친구도 있다. 영국에서 맨날 같이 놀았던 윤지아다. 지아는 지금 분당에 사는 캥거루맘이 되어 골치를 썩고 있다. 불쌍한 지아에게 나는 거의 모든 정보를 가리지 않고 알려주는 편이다. 어차피 알려줘도 금묘 학군지가 아니면 따라올 수 없다는 걸 잘 알기 때문이다. 그런데 가끔 지아는 이에 만족하지 않고 자기도 울트라피그맘 단톡방에 초대해달라고 조른다.

"미아야. 나 단톡방 초대 좀 부탁해…. ㅠㅠㅠ. 초대만 해주면 은혜 잊지 않을게."

"당근이지. 근데 아직 자리가 없어."

자리가 없다는 건 사실 거짓말이다. 운영진은 진짜 중요한 사람이 들어올 가능성을 대비해 항상 열 자리 정도는 비워두고 있다. 최근엔 내가 금묘인스티튜트 페어런터 컨설턴트가 되면서 운영진과도 꽤 친해져서 부탁만 하면 지아도 들어올 수 있을 것이다. 하지만 나는 지아를 절대 초대하지 않을 생각이다. 사람에겐 각자의 자리에 맞는 역할이 있게 마련이다. 지아에게는 분당 캥거루맘 정도가 딱 어울린다. 내가 어떻게 해서 여기까지 왔는데… 어림 반푼어치도 없는 소리다.

마지막으로 성공하는 아이를 위한 조건이 하나 더 있다. 바로 착한 아이. 다행히 우리 은주는 내 말을 고분고분 잘도 듣는다. 그러니까 이런 은주를 최소한 서울대 의대에 보내지 못하면 나는 실패한 엄마가 되는 것이다. 어깨가 무겁다.

갑자기 전화벨이 울린다. 모르는 번호다. 누구지? 이 시간에?
보이스피싱인가? 그런데 왠지 느낌이 좋지 않다.

PART 9

303호 봉선아 이야기

22시 30분에 하는 참치콜

1

학교에서 수업 듣는 걸 뻔히 알면서도 시어머니는 전화를 한다. 내용은 별거 없다. 귀가할 때 수박 한 덩어리 사 오란다. 문자로 해도 되는데 맨날 이런 식이다. 물건 조금만 더 사면 마트 직원이 오토바이로 배달도 해주는데……. 세상에서 가장 큰 거짓말 가운데 하나가 며느리도 딸이라는 얘기다. 세상 그 어느 시어머니도 며느리를 딸로 생각하진 않는다. 세상 어느 며느리도 시어머니를 진짜 엄마로 생각하지 않는 것처럼.

해가 뉘엿뉘엿 넘어갈 무렵, 신데렐라처럼 수박을 사 들고 집으로 향한다. 아니, 신데렐라만 못하지. 신데렐라는 도와주는 천사도 있고 무엇보다도 신데렐라만 사랑해주는 왕자님도 있는데, 나는 새엄마랑 언니들보다 악독한 시어머니와 남편이 있으니. 집에 도착하기 전까지 '이 할망구, 귀신은 안 잡아가고 뭐 하나.' 속으로만 죽어라 욕한다. 집에 들어가면 다시 착한 며느리가 되어야 한다.

"어머나, 어머니. 늦어서 죄송해요. 지하철에 사람이 왜 이렇게 많은지, 몇 대를 그냥 보냈지 뭐예요."

나는 시어머니 쪽은 쳐다보지도 않고 바로 부엌으로 향한다. 저녁메뉴는 김치찌개다. 김치 잘라 넣고 달달 볶다가 물 붓고 멸치 육수 코인 하나 넣으면 끝! 육수 코인만 있으면 어떤 요리든 금방 뚝딱이다. 마지막으로 두부 한 모 잘라서 넣으면 저녁상 완성이다. 나머지는 금묘반찬 언니의 몫이다. 언니한테 미리 톡을 보내 놓으면 그때그때 신선한 반찬을 골라서 미리 담아 놓는다.

"언니, 저 수지 엄마예요. ㅎㅎ 오늘도 싸이코 시엄마 땜시 죽겠어요. 반찬 부탁해요. 가는 길에 들를게요."

"동생, 걱정 마. 이미 다 준비했어. 수지 할머니 좋아하는 반찬으로. 수지 엄마 좋아하는 잡곡밥은 써비쓰."

언니 없었으면 나는 정말 어떻게 시어머니 모시고 살았을까. 그래도 양심은 조금 남아 있는지 밥은 해 두었다. 집에 온 지 20분 만에 그렇게 7첩 반상이 차려졌다. 남편은 밥 먹는데 왔다. 옷을 벗으며 식탁을 쓱 한번 둘러보고는 말한다.

"오늘도 김치찌개네."

'이게 죽을라고 환장했나?'

말이 턱끝까지 올라왔지만 다시 속으로 삼킨다.

'이럴 땐 오늘 바빴을 텐데 김치찌개까지 끓였네, 이렇게 말해야지. 너는 아 다르고 어 다른 거 몰라? 영어 못하면 한국말이라도 잘해야지. 안 그래?'

역시 속으로 말한다.

"지랄하고 자빠졌네."

아뿔싸! 속으로 말한다는 게 나도 모르게 밖으로 튀어나오고 말았다.

"뭐라고? 방금 뭐라고 했어?"

"아냐. 배고플 텐데 빨리 와서 앉으라고."

귀도 참 밝다.

후다닥 밥을 먹고 또 설거지를 한다. 설거지할 때만큼은 아무도 나를 건드리지 않는다. 수지는 학원으로 가고, 남편은 휴대전화를 가지고 방으로 들어가고, 시어머니는 텔레비전 드라마에 빠져든다. 그리고 난 〈들장미 소녀 캔디〉를 흥얼거리며 열심히 그릇을 닦는다.

외로워도 슬퍼도 나는 안 울어.

참고 참고 또 참지.

울긴 왜 울어.

웃으면서 달려보자 푸른 들을.

푸른 하늘 바라보며 노래하자.

내 이름은 내 이름은 내 이름은 캔디!

나는 캔디 세대다. 외로워도 슬퍼도 울면 안 되는 시대였다. 참고 참고 또 참지, 울긴 왜 우냐는 캔디. 힘든 삶을 산 캔디에게 힘이 되어준 건 테리우스다. 악마같은 이라이자와 새엄마의 구박 속에서 캔디를 지켜준 테리우스. 나는 남편 이문수가 테리우스가 되어주길 바랐다. 그러나 그는 나의 테리우스가 아니었다. 사실 이라이자의 오빠 같은 인간이었다.

시어머니, 그러니까 이수지의 할머니는 올해 칠순 기념으로 유럽 여행을 꼭 가야겠다고 우긴다. 아니, 자기가 젊은 대학생도 아니고 무슨 유럽 여행을 간다는 건지. 나도 안 가본 유럽을. 평소 책 한 장 안 보는 분이 왜 옥스퍼드 대학 관광이 필요하고, 미술관 근처도 안 가본 분이 왜 루브르에 가서 모나리자를 봐야 하는지 모르겠다. 제주도나 설악산 정도면 충분하지 않을까. 굳이 해외를 가야 한다면 가까운 일본이나 베트남 정도?

수지 수학 학원 보낼 돈이 없어서 남편한테 과외를 시키는 판국에 정말이지, 생각이 없어도 너무 없으시다. 여행 얘기가 나올 때마다 애써 못 들은 척 고개를 돌리고 있는데 시어머니의 집착에는 끝이 없다. 어떻게 이번 기회에 아예 시어머니랑 헤어질 수 있는 방법은 없을까. 하도 답답해서 이런 얘기를 꺼내면 남편은 내가 결정한 일이라며 아예 대화조차 안 하려고 한다. 그야말로 멘붕이다. 젠장, 진짜 도움이 안 되는 인간들이다.

그래, 처음부터 이러면 안 됐다. 살림 은퇴하겠다는 시어머니를 끝까지 붙잡고 늘어졌어야 했다. 애가 굶든 말든 시어머니

가 밥상을 차릴 때까지 기다려야 했다. 아무리 애가 불쌍해도 직
장을 그만두지 말았어야 했다. 시어머니와 합가를 하지 말았어야
했다.

2

수지를 낳고 처음에는 나도 다시 직장에 복귀하려고 부단히
노력했다. 시어머니가 조금만 도와줬다면 충분히 가능했을 일이
다. 하지만 시어머니의 비협조적인 태도에 결국 나는 서울대 나
온 경단녀 신세가 되었고, 이즈음 금묘반찬 언니와 친해졌다. 벌
써 10년도 더 된 일이다.

상처받은 사람은 상처받은 사람을 금방 알아본다. 어느 날, 시
어머니 때문에 내가 먼저 세상을 등질지도 모르겠다는 생각을 하
게 된 날, 열이 받다 못해 온몸의 전원이 나가버렸던 그날, 나는
금묘반찬에서 반찬을 고르다 갑자기 서러운 생각이 들어 몸을 움
직일 수가 없었다. 이따위로 살려고 공부하고 결혼한 게 아닌데,
누가 한마디만 더 하면 쇼크로 그 자리에서 정신을 잃고 쓰러질
것 같았다.

금묘반찬 언니는 이런 내 마음을 읽은 것 같았다.

"새댁, 잠깐만 앉아볼래요?"

"네?"

"여기 잠깐만. 내가 오미자를 담갔는데 한잔해요."

다행히 가게에는 아무도 없었다. 나는 대답도 못 하고 자리에 털썩 주저앉아 버렸다. 우울증이란 게 이런 걸까. 머릿속으로 아무것도 모르는 어린 수지의 얼굴과 마귀할멈 같은 시어머니의 얼굴이 어지럽게 지나갔다. 심장이 터질 것 같았다.

"인생이란 게 다 그래요."

언니가 내 어깨를 가만히 감쌌다. 그 손길이 참 따스했다. 그렇게 우리는 마음으로 가까워지는 사이가 되었다.

처음에는 언니를 어떻게 불러야 할지 몰랐다. 아줌마라고 하기엔 너무 젊고 친근했다. 게다가 대한민국 어떤 여자도 아줌마라고 불리는 걸 좋아하지 않는다. 사장님이라고 하자니 왠지 모를 벽이 느껴졌고, 사모님이라고 하자니 경우에 맞지 않았다. 그러다 발견한 말이 언니였다. 남남끼리의 여자들 사이에서 자기보다 나이가 위인 여자를 높여 정답게 이르거나 부르는 말. 시대를 뛰어넘어 누구나 마음 터놓는 친구가 될 수 있음을 입증하는 말. 언니. 사장님도 싫어하는 것 같지 않았다.

언니는 내가 세상에서 시어머니 욕을 가장 편하게 할 수 있는 사람이다. 엄마한테도 못 하는 시어머니 욕을 언니한테 다 한다. 엄마는 내 말을 곧잘 들어주면서도 마지막에는 늘 "그래도 시어머니한테 잘해라." 하고 덧붙인다. 무엇보다도 엄마랑 통화하면 엄마의 신세 한탄이 급선무고 팔 할이다. 듣다 보면 내 고생은 엄마의 고생에 비하면 비교할 거리도 안 된다. 친구들한테 하는 시어머니 욕은 내 얼굴에 침 뱉기다. 소문이라도 났다간 동창회에서 놀림거리 되기 딱 좋다.

금묘반찬 언니는 이런 걱정할 필요가 전혀 없다. 내가 시어머니 욕을 하는 만큼 언니도 금묘아파트에서 일어난 흉흉한 일들을 전해주기 때문이다. 일종의 비밀을 공유하는 사이랄까.

"언니, 나 우리 시어머니 땜에 완전 돌겠어요."

"아직도 유럽 간다고 고집부리세요?"

"그니까요. 이해가 안 돼요. 도대체 왜?"

"동생도 고생이다, 정말. 근데 이번에 금묘 위에 또 구찌 스카프 걸어놓은 사람 103동 803호래요. 근데 진짜 재밌는 건 뭔지 알아요?"

"뭔데요?"

"그거 짝퉁이라는 거. 명품 자랑을 그렇게 하더니. 하하. 진짜 진상이야, 진상."

친구가 된 지 10년이나 된 만큼 언니는 우리 식구들 입맛 취향을 다 꿰고 있다. 시어머니는 나물 반찬과 닭개장을 좋아하고, 두부는 약간 매콤하게 조린 걸 좋아해서 우리 집 두부는 늘 맨 마지막에 청양고추를 넣어서 준비해준다. 김치도 다른 식구들은 젓갈 들어간 걸 안 좋아하는데, 시어머니는 젓갈 들어간 걸 좋아해서 따로 만들어준다. 나도 이젠 금묘반찬 언니의 손맛에 익숙해져서 친정 엄마가 해주는 밥을 먹으면서도 아쉬움을 느낄 정도다.

그런데 이렇게 사람 좋고 배려심 많은 언니에게도 상처는 있다. 앞서 말하지 않았던가. 상처받은 사람은 상처받은 사람을 금방 알아본다고. 언니는 돌싱이다. 남편과는 사이가 나쁘지 않았는데 아이가 없다는 이유로 시댁과 갈등을 겪었다고 했다. 지금도 남편과는 좋은 친구 관계를 유지하고 있다면서 언니는 고개를 숙였다. 심지어 언니의 남편은 가족의 성화에 못 이겨 이혼한 뒤 늦깎이 신학생이 되었단다.

언니는 가끔 전 시어머니 얘기를 하기도 했다. 어떨 땐 밉다가도 어떨 땐 이해가 되기도 하는 그런 사람. 대한민국 며느리 가운데 시어머니 욕 한 번 안 해본 사람이 얼마나 될까. 그런데 웃픈 현실은 그 며느리들도 언젠간 시어머니가 된다는 사실이다. 그리고 시어머니 같은 사람은 절대 안 되겠다 다짐한 사람들이 나중에 보면 자신이 그렇게 미워하던 시어머니와 똑같은 사람이 되어있다. 물론 나처럼 딸밖에 없는 사람은 예외겠지만.

"아이 가지려고 인공수정을 몇 번이나 하다가 결국 힘들어서 그만뒀어. 몸이 버티질 못하더라고."

원래 소주는 안 마시던 언니가 그날은 소주 두 잔을 연거푸 털어 넣고는 한숨을 푹 쉬며 얘기했다. 유난히 열대야가 심하던 여름날이었다. 푹푹 찌는 편의점 앞에 앉아 우리는 누가 먼저랄 것도 없이 냉장고에서 시원한 술을 꺼내 들었고, 그날은 나보다 언니가 더 많은 얘기를 털어놓았다.

"언젠가 책을 좀 보려고 서점에 갔는데 주인아주머니가 다짜고짜 어린이책을 소개하는 거야. 그래서 나는 아이가 없다고 했더니 왜 애를 안 낳았냐며 이상하게 쳐다보는 거 있지. 그뿐만이 아니야. 어딜 가든 애 없다고 말하면 불쌍하게 여기고, 생각 없는 사람 취급하고……. 그런 시선이, 말 한마디 한마디가 마음을 돌멩이처럼 후려쳐.

위로하는 말들도 오히려 상처가 돼. 무자식이 상팔자라는 말, 애 없어서 돈 굳어 좋겠다는 말, 이런 거 다 비수처럼 아프게 꽂혀. 지나친 관심은 무관심만 못하다는 말, 틀린 거 아냐.

우리나라에서는 엄마가 아닌 여성은 나이가 들수록 설 자리를 잃어버려. 있어도 없는 사람 취급당하는 경우가 많지. 가방끈 긴 사람들이야 어디 직장에서 대접이라도 받지만 우리 같은 사람들은 그냥 이름 없는 아줌마야."

나는 바들바들 떠는 언니의 어깨를 가만히 감싸주었다. 돌싱 언니와 경단녀 동생의 우정은 그렇게 깊어졌다. 적당히 나이가 든 우리는 이제 알고 있다. 서로의 상처를 아는 것만으로는 친구가 될 수 없다는 사실을. 그 상처를 보듬어주고 존중해줄 때 친구가 될 수 있다는 걸. 복잡한 이해관계보다는 각자의 영역에 머물며 적당한 거리를 지킬 때 베프가 될 수 있다는 걸.

설거지를 마치고 언니에게 카톡을 보낸다.

"언니. 참치콜 10시 반 어때요?"

"ㅇㅋ!!!"

오늘도 나는 언니와 야밤에 참치콜을 하러 나간다. 우리의 코드명 참치콜은 참크래커에 치킨 강정 하나 올리고 콜라 한 잔 마시는 것이다. 참치콜 할 때 난 제일 행복하다. 마음으로는 소주가 땡기지만 뭐, 소주는 아무나 마시나. 소주도 마시고 감당할 멘탈이 되어야 마시지. 지금 우리 멘탈에 소주 마시면 뒷감당이 안 된다. 취했다간 당장 시어머니한테 무슨 짓을 할지 모른다. 언니도 분노를 어디에 어떻게 쏟아낼지 모른다. 그래서 우리는 맨날 참치콜이다. 달달하면서도 매콤한 치킨 소스에 참크래커의 무던함, 그리고 콜라의 달달함으로 오늘 하루의 희로애락을 덮어버린다.

"동생, 왜 또 수지 할머니가 뭐라고 해?"

언니가 참크래커에 치킨을 올리면 이야기의 포문을 연다.

"언니, 그냥 제가 미친 거예요. 어떻게 시어머니랑 같이 살 생각을 했을까요? 우리 엄마는 왜 날 말리지 않았을까요?"

나는 콜라로 목을 축이며 신세 한탄을 늘어놓는다. 그렇게 우리는 겉으로 씹지 못했던 사람들을 오징어 씹듯 잘근잘근 씹는다. 유안진 시인은 「지란지교를 꿈꾸며」라는 수필에 이렇게 적었다.

'저녁을 먹고 나면 허물없이 찾아가 차 한 잔을 마시고 싶다고 말할 수 있는 친구가 있었으면 좋겠다. 입은 옷을 갈아입지 않고 김치 냄새가 좀 나더라도 흉보지 않을 친구가 우리 집 가까이 살았으면 좋겠다.'

내겐 언니가 이런 친구다. 서로 재지 않고 마음껏 속상한 마음을 털어놓을 수 있는 친구. 너른 마음으로 서로의 흠을 덮어주는 친구. 경단녀 N년차 봉선아 일생이지만, 그래도 인생에 이런 친구 하나 두었으니 어쩌면 괜찮은 게 아닌가 싶다.

그렇게 드디어 긴 하루가 지나갔다. 언니와 헤어져 돌아왔더니 시어머니 방에서 노랫소리가 새어 나온다.

사랑을 팔고 사는 꽃바람 속에 너 혼자 지키려는 순정의 등불.
홍도야 우지 마라.
오빠가 있다.
아내의 나갈 길을 너는 지켜라.

18번을 부르면서 혼술하나 보다. 딱딱하게 굳었던 마음에 1%
정도의 연민이 생긴다. 시어머니도 외로우신 걸까? 갑자기 엄마
생각도 난다. 나는 항상 우리 시어머니가 엄마 반만 같았으면 했
다. 아낌없이 주는 나무 같은 엄마. 그런데 문득 우리 엄마도 올
케한테는 천사가 아닌 악마일 수 있겠다는 생각이 든다. 올케는
아니라고 하겠지만… 진심일까? 여자들은 왜 서로가 서로를 보듬
어주지 못하고 할퀴면서 살아야 하는 것일까? 모두 아프고 힘든
이 세상에서. 마음이 복잡해지는 하루다.

3

그날도 언니와 나는 편의점 테이블에 앉아 참치콜을 즐겼다.
보통은 내가 먼저 화제를 꺼내는데 이번엔 언니가 먼저 입을 열
었다.

"동생, 나 고양이 한 마리 키우기 시작했어."

"어머! 축하드려요! 담에 우리 수능이 데리고 와서 친구 만들어줘야겠어요."

"이름은 하루야. 일본어로 하루[はる]는 봄이란 뜻이래. 나 이제 하루 엄마가 되었어."

"언니… 정말 축하드려요."

우리는 짠 하고 콜라를 부딪혔다.

"어떨 땐 고양이가 사람보다 나은 것 같아. 하루가 내 마음을 이해하는 것처럼 빤히 쳐다보면 마음이 따스해진다니까."

사람보다 고양이가 낫다는 말에 나는 한 표 던진다. 맞아. 맞다. 고양이는 우리의 말을 들어준다. 무슨 말을 해도 다 들어준다. 그리고 옆에 와서 우리의 아픈 마음을 핥아준다. 그런데 다른 사람들은? 남편은? 아이는? 친구들은? 그 많은 사람 중에 내 말을 들어주는 사람은 없다. 전화도 하고 카톡도 하지만, 그건 대화라기보단 그저 흉내에 가깝다. 진짜 내 말을 들어주고 위로해주는 사람은 아무도 없다. 아니야. 분명 한 사람 정도는 있을 거야. 그래, 엄마! 집으로 돌아가는 길에 엄마에게 전화를 걸었다.

"엄마……."

"어, 무슨 일이야?"

"아니, 그냥……."

"싱겁긴. 그나저나 오늘 시장에 갔는데 그사이에 이모한테 전화가 와서 집에 잠깐 들른다고, 애들이 와서 큰이모 보러 가자고 했다고, 그래서 내가 집이 너무 엉망이라 안 된다고 그랬는데 굳

이 또 와서 저녁을 사주고 가더라. 에휴, 네 작은이모가 애들을
참 잘 키웠어."

"아……."

"그나저나 다리가 아파 죽겠다. 한의원 가서 침 맞고 병원 가
서 약 타 먹어도 소용이 없어. 새벽에는 아주 끊어지는 것 같어."

"어. 그래도 약 꾸준히 잘 챙겨 먹어."

"그나저나 진짜 왜? 아! 홈쇼핑에서 저번에 산 바지가 말이다.
한 번 빨았더니 물이 싹 빠져서……."

엄마는 내 이야기는 들을 생각도 없이 실컷 자기 얘기만 하다
끊었다. 엄마도 정말 외로웠나 보다. 나는 대답만 하며 아파트를
빙빙 돌다 장장 30분에 걸친 긴 통화를 마무리했다. 역시 맨 마지
막에 엄마는 "그래도 시어머니한테 잘해라." 하고 끊었다.

집 안은 불이 다 꺼져 있었다. 남편 코 고는 소리가 안방에서
흘러나왔다. 시어머니는 방에서 유튜브를 보는지 문이 닫혀 있었
고, 수지는 아직 독서실에서 돌아오지 않았다. 이 어둠 속에서 나
를 반기는 건 수능이뿐이다. 꼬리를 바짝 세운 수능이가 살랑살
랑 내 발을 감싸고 돈다. 수능이밖에 없다. 수능이는 남편이랑 싸
웠을 때 남편이 아닌 나를 찾아오고, 딸이 방으로 데려가도 슬그
머니 나와 내 옆에 앉는다. 그래, 사람보다 고양이가 낫다. 나는
휴대전화를 꺼내 언니에게 톡을 보낸다.

"언니, 담주에 묘린이날 기념 삼아 가자고 했던 고양이 카페,
같이 가요."

다음 날 금묘반찬에는 못 보던 액자가 걸렸다. 반려묘 하루의 사진이었다. 반찬에 털이 들어갈까 봐 데리고 오진 못하지만, 이렇게라도 보고 있으면 함께 있는 것처럼 마음이 편하다는 게 언니의 말이었다. 하얀 털을 가진 페르시아 고양이 사진에 금묘아파트 사람들도 관심을 가지기 시작했다.

"어머, 사장님 이 고양이 키우시는 거예요? 이름이 뭐예요?"

"고양이가 털이 참 곱네. 딱 봐도 애교가 넘치네요. 이제 사장님이 아니라 하루 엄마라고 불러야겠어요."

"요거 우리 집 고양이가 잘 먹는 츄르예요. 집에 가시면 하루한테도 한번 줘봐요."

사람들의 칭찬에 언니는 기분이 매우 좋아 보였다. 카톡 프로필 사진도 금묘반찬 전경에서 하루 사진으로 바꾸고, 프로필명도 하루 엄마라고 바꾸었다. 그런데 하루에 관심을 가지는 건 금묘아파트 사람들만이 아니었다. 날카로운 눈빛으로 금묘반찬에 오가는 사람들의 모습을 지켜보는 사람이 있었으니 바로 디텍티브 칼이었다.

오늘도 어김없이 참치콜을 하는데 언니가 바득바득 이를 갈며 낮에 있었던 일을 들려주었다. 손님이 뜸한 시간에 디텍티브 칼이 금묘반찬을 찾아왔단다. 금묘반찬 내부를 휘휘 둘러보던 그가 말했다.

"안녕하세요. 저는 이번 금묘 도난 사건을 맡은 디텍티브 칼입니다. 뭐, 이미 얘기 들으셔서 아시겠지요."

"네. 그런데 무슨 일이시죠?"

"음, 저 역시 이런 미신 같은 걸 믿는 사람은 아니지만, 혹시나 싶어서 말씀을 드립니다. 항간에 고양이가 질투를 하면 오뉴월에도 서리가 내리고, 다른 고양이의 수염도 물어뜯는다는 소문이 돌던데 이에 대해 어떻게 생각하시나요?"

"네? 그게 무슨 고양이 멍멍 짖는 소리예요?"

"고양이가 멍멍 짖는다고요? I don't understand. 혹시 금묘 수염이 없어진 것과 그사이 사장님께 고양이가 생긴 것 사이에 어떤 연관이 있진 않을까요? 혹시 제가 사장님네 고양이를 좀 살펴봐도 되겠습니까?"

"이보세요. 날이 뜨거워 더위를 드셨나. 말이 되는 얘기를 좀 하세요."

황당무계한 소리에 언니는 눈꼬리가 위로 치솟았다. 하지만 칼은 쉽게 물러서지 않았다.

"게다가 최근에는 죽은 생쥐가 아파트 곳곳에서 발견된다는 제보도 있어요. 아무래도 금묘반찬의 고양이가 벌인 짓이 아닌가 의심하는 사람이 많습니다."

"도대체 누가 우리 하루한테 그런 누명을 씌우는 거예요? 진짜 보자 보자 하니까 이 사람들이! 우리 하루는 쥐나 쫓아다니는 그런 싸구려 고양이가 아니라구요!"

언니는 화가 머리끝까지 치솟아 옆에 있던 대걸레를 들고 칼을 쫓아냈다. 소금을 가져다 문앞에 뿌리기도 했다. 그때의 분이 아직도 풀리지 않았는지 언니는 참크래커를 아득아득 씹으며 칼과 아파트 사람들을 욕했다.

나는 언니의 말을 들으며 배꼽을 잡지 않을 수 없었다. 이젠 하다 하다 고양이를 용의선상에 올리다니, 이 아파트 사람들도 갈 때까지 갔구나 싶었다. 또 한편으로는 분개하는 언니의 모습을 보며 놀라지 않을 수 없었다. 평소 화 한 번 안 내던 사람이 자식처럼 생각하는 고양이 일에 저렇게 분개할 수 있구나 싶었던 것이다. 하지만 고양이의 기대 수명은 고작 15년 정도다. 언니가 하루에게 사랑을 쏟아줄 수 있는 시간이 15년 정도밖에 안 남았다는 얘기다. 사랑하기엔 너무도 짧은 시간. 그러다 문득 수지 생각이 났다. 내가 수지의 엄마로 살 수 있는 시간이 얼마나 될까. 열다섯 살 우리 딸, 대학만 들어가면 혼자 자취할 거라고 벌써 독립선언을 해버린 우리 딸, 그렇게 내 품을 떠나가겠지. 고작 4년밖에 안 남았다.

4

유럽 여행을 두고 벌이던 기싸움은 결국 시어머니의 승리로 끝났다. 막판에는 입맛이 없다며 내리 두 끼를 굶는 통에 남편과 나는 두 손 두 발 다 들고 말았다. 대신 300만 원 이상은 지원해드릴 수 없다고 선을 그었다. 이 역시 남편이 당분간은 수지 과외선생 노릇을 불만없이 하는 조건이었다. 그때부터 시어머니는 텔레비전 홈쇼핑을 하나도 빼놓지 않고 보시며 유럽행 특가만 뜨기를 기다렸다.

며칠 동안 텔레비전을 뚫어져라 쳐다본 결과 후보는 두 개로 압축되었다. 서유럽 4개국 10일 370만 원짜리 패키지와 서유럽 3개국 10일 270만 원짜리 패키지였다. 공통된 3개국은 프랑스, 스위스, 이탈리아였다. 더 비싼 패키지에는 영국이 추가되었다. 처음에 시어머니는 영국을 절대 포기할 수 없다고 했다. 하지만 보다 못한 수지가 나중에 어른 되면 직접 모시고 가겠다며 약속했고 그제야 시어머니는 어쩔 수 없이 270만 원짜리 패키지를 선택했다.

그 뒤로 어머니는 희희낙락이었다. 함께 가기로 한 친구들과 매일 같이 통화를 하며 여행 가서 입을 옷을 장만하러 밖으로 나갔다. 나를 볼 때도 더 이상 실눈을 뜨지 않았다. 저녁이 늦어지면 대충 먹자며 자신이 직접 찌개를 끓이기도 했다. 그렇게 짧게나마 우리 집에는 평화가 찾아왔다. 그야말로 짧은 평화.

사달은 여행을 떠나는 당일에 일어났다. 아침 일찍 캐리어를 끌고 룰루랄라 밖으로 나선 시어머니가 1층 아파트 로비에서 으악! 하며 발을 헛디뎌 새끼발가락이 골절된 것이다. 〈세상에 이런 일이〉에 나올 법한 사건이었다. 그럼에도 어머니는 비행기를 타러 가겠다고 지하철까지 걸어가다 엉엉 울음을 터뜨리며 바닥에 주저앉고 말았다. 그 길로 어머니는 인천공항 대신 병원으로 가 수술대에 올랐고, 친구들이 루브르 박물관에서 모나리자를 구경하고 있을 때 병실에 누워 멀리 회색빛 건물들을 바라보고 있었다. 불쌍한 시어머니……. 그런데 진짜 문제는 병원비가 500이 넘었다는 것이다.

우선 수술 전 검사 항목이 죄다 비급여였다. 무슨 발가락 부러졌는데 MRI에 CT까지 찍는단 말인가. 게다가 비어 있는 다인실이 없어서 1인실에 머물 수밖에 없었는데 하룻밤 비용이 어마어마했다. 처음부터 4개국 370만 원짜리 패키지를 예약했더라면 이런 사달이 없었을까. 시어머니는 이 와중에도 그저 여행을 못 갔다는 생각에 우울해한다. 아… 이렇게 답답한 날엔 참치콜이 답이다. 언니에게 연락을 한다. 그런데 오늘은 참치콜이 어렵단다.

"동생, 미안해. 우리 하루 벽타냥 대회가 임박해서 연습을 좀 해야 돼. 지금 해도 늦지 않겠지? 워낙 건강하고, 활동적이니까 처음 해도 2등급은 나오지 않을까 싶어. 수능이 엄마로서 어떻게 생각해?"

엄마가 되면 다 같은가 보다. 고양이든 사람이든 2등급보다는 1등급을 원하는 마음은.

그렇다고 시어머니 칠순을 그냥 보낼 순 없어서 남편이 그동안 모아둔 비상금을 털어 워커힐 호텔을 예약했다. 하룻밤 좋은 데서 자고 오면 기분이 좀 나아지지 않겠냐는 것이었다. 남편의 제안에 시어머니는 워커힐에서 생일잔치한다고 동네방네 소문을 내고 다녔다. 온 동네에 소문을 내러 다니느라 깁스 바닥이 시커멓게 때가 탈 정도였다.

호텔 방은 생각보다 좁았다. 침대도 한 개뿐이어서 시어머니와 수지가 침대에서 자고 나와 남편은 바닥에서 자기로 했다. 한참 호텔 방에 앉아 텔레비전을 보다가 저녁을 먹으러 레스토랑에 갔다. 그런데 가격이 장난이 아니었다. 소고기에 금을 발랐는지 동네 고깃집보다 0 하나가 더 붙어 있었다. 쉽게 들어가지 못하고 머뭇거리는데 수지가 내 손을 잡아끌었다.

"엄마, 나 삼겹살 먹고 싶어."

"삼겹살은 무슨! 오늘 할머니 생신이잖아. 소고기 먹어야지."

"할머니! 할머니도 소고기보다는 돼지고기가 낫지 않아요? 소고기 괜히 느끼하기만 하고 난 별로던데."

시어머니는 소고기를 먹고 싶은 눈치였다. 하지만 아무래도 가격 때문에 엄두가 나지 않는지 결국 한숨을 내쉬며 말했다.

"그래. 괜히 소화도 안 되는 소기름 먹는 것보다 돼지가 낫지. 호텔 들어오는 입구에 삼겹살집 있더라. 거기나 가자."

하지만 눈치 없는 남편은 고개를 절레절레 흔들었다.

"에이, 그래도 엄마 생일인데 오늘은 호텔 안에서 먹자!"

'아니, 저 인간이 진짜! 네가 서울대에서 경영학 전공한 사람이 맞냐?'

속으로만 말했다.

우리 식구는 워커힐 식당을 1층부터 차근차근 훑었다. 그나마 중식당이 가성비가 좋은 것 같아 한참 동안 메뉴판을 들여다보는데 가장 저렴한 코스도 네 식구가 먹으면 60만 원이 훌쩍 넘었다.

그때 내 머릿속에는 수지가 요즘 따라부르던 삼겹살 트로트가 두 둥 흘러나왔다.

삼겹살! 쌈장! 으쌰라 으쌰 삼겹살을 다오, 쌈장을 다오. 지글 지글 불판에 육즙에 좔좔 흐르는 삼겹살을 쌈장에 쿡 찍어 상추 에 쌓아 꿀꺽하면 이 세상은 삼겹살 세상. 사는 거 별거 있나요. 모두 삼겹살 구우면서 짠 하고 소주 한 잔 짠하고 콜라 한 잔 짠 하고. 우리네 사는 겹겹이 이야기 돼지가 만들어내는 삼겹의 기 쁨인걸요. 삼겹살! 쌈장! 삼겹살! 쌈장! 아자 아자 아자!

아, 도대체 이 가격이면 삼겹살이 몇 인분이란 말인가. 그래도 칠순 생신이시니… 하며 비통한 표정으로 들어서는데 직원이 앞 을 막아선다.

"손님, 식사하시려고요?"

"네."

"어머, 어쩌지요. 오늘 예약이 다 찼습니다."

할렐루야! 이렇게 반가운 소리가! 이렇게 기적처럼 돈 굳는 소 리가!

"어머, 좀 기다리면 안 될까요? 저희 시어머니 생신이라 부탁 합니다."

봉선아! 거짓말 좀 작작해라. 눈 하나 깜짝 안 하고 어쩜 이리.

"손님, 정말 죄송합니다. 저희는 미리 예약 안 하시면 평일에 도 드시기 힘들어요. 죄송합니다."

앗싸.

"어떻게 하죠. 어머니……."

모두 울상인 것 같으면서도 왠지 안도하는 듯한 이상한 표정이다.

"어쩔 수 없지 않니. 배고픈데 그냥 아무거나 먹자."

"어머니, 죄송해요. 그럼… 밖으로 나갈까요?"

"삼겹살! 삼겹살! 삼겹살!"

수지가 신났다.

"그래도 호텔까지 왔는데……."

남편만 감당도 못할 아쉬움을 드러낸다.

"그럼… 룸서비스 할까요? 음식은 어차피 같은 거잖아요."

남편의 제안에 모두가 고개를 끄덕인다. 결국 우리는 1시간을 워커힐 로비에서 헤매다 방으로 들어왔다. 그런데 룸서비스도 가격이 장난 아니다.

"아이고, 가격표만 봐도 머리 아프다. 그냥 김치찌개나 시켜라."

시어머니가 관자놀이를 짚으며 손을 흔든다.

"그래도 생신이신데……."

"생신이고 뭐고 배고파 죽겠다. 이런 생신 안 할란다."

우리는 어쩔 수 없이 김치찌개 2인분을 시키면서 밥 두 개를 추가해 끼니를 때웠다. 배를 채운 뒤 수지가 프랜차이즈 제과점에서 사 온 케이크에 초를 꽂고 노래도 불렀다.

생일 축하합니다. 생일 축하합니다. 사랑하는 우리 어머님, 할머니, 엄마 생일 축하합니다.

수지 아빠가 기분 낸다고 전화기를 들고 호텔 치킨을 한 마리 시켰다. 한 마리가 동네 치킨 세 마리 값이었다. 그렇게 맥주 한 잔씩 하고 시어머니의 칠순 잔치는 끝을 맺었다. 그날 저녁 시어머니는 워커힐 물 좋기로 소문이 났다면서 욕실에서 한 시간 동안 나오지 않으셨고, 그다음 날에도 30분은 족히 앉아 계셨다. 그 사이에 배가 아팠던 남편은 로비에 가서 볼일을 보았다.

PART 10

303호 봉선아 이야기

매직마스크 한번 써보실래요

1

오늘은 학교에서 특강 후 뒤풀이가 있는 날이다. 시어머니 눈치가 보였지만, 그동안 뒤풀이를 한 번도 못 가서 지도교수한테 한 소리 들었기에 이번만큼은 빠지기가 어려웠다. 특강을 진행한 교수는 생각보다 젊어 보였다. 어쩌면 나랑 동갑이거나 나보다 어릴 수도 있겠다는 생각이 들 정도였다. 친한 사람도 없이 이렇게 앉아 있는 숫자리가 불편했지만, 지도교수가 버티고 있는 이상은 먼저 일어나기 힘들었다.

그래 기왕 이렇게 된 제대로 즐겨보자. 원래 아줌마는 용감하다고 하지 않던가.

"저, 저기요. 교수님."

용기를 내어 교수한테 말을 걸었다. 하지만 교수는 내 목소리가 안 들리는지 내 쪽을 돌아보지도 않는다.

"교수님, 저기 오늘······."

보라는 교수는 안 보고, 동기 두 사람이 이상하게 나를 쳐다본다. 아, 쪽팔려. 그때 우리 강의실에서 제일 어린 여학생이 교수를 부른다.

"교수니이이임. 저 궁금한 게 있는데욤."

다른 사람과 신나게 이야기를 나누던 교수가 고개를 핵 돌려 그 여학생을 바라본다.

"네, 학우님. 뭐가 궁금하시죠?"

아, 저 자식이! 얼굴이 붉게 달아오르는 게 느껴진다. 사람들이 나를 보고 킥킥거리며 웃는 것 같다. 지도교수는 이미 술에 취해 소파에 널부러진 채 잠이 들었다. 가방을 들고 자리에서 조용히 일어나 밖으로 나온다. 나를 잡는 사람이 아무도 없다. 바람이 차다. 아, 이 나이에 공부는 무슨 공부냐. 그냥 때려치울까.

만학도의 하루가 참 길다.

- 2019년 12월 어느 날의 일기

2

다시 오늘의 봉선아. 오늘도 보약같이 쓴 커피로 하루를 시작한다. 쓴맛은 셀수록 좋다. 인생이 쓴 만큼 커피도 써야 한다. 그 쓴맛이 있어야 수많은 잡념과 걱정이 밑으로 가라앉는다. 불안한 마음이 일기 전에 기선을 제압해야 한다.

나는 벌써 1시간째 옷장을 뒤지고 있다. 오늘은 학교발전기금 김 과장의 소개로 마스크 제조회사 대표님을 만나는 날이다. 뭔가 있어 보이는 핏을 갖춰야 한다. 젊은 학생들처럼 백팩을 멜 수는 없다. 그렇다고 코치 핸드백을 들자니 그건 너무 아줌마 같아 보인다. 아, 이럴 때 캠브리지 사첼백을 들면 딱인데⋯⋯. 신발도 뉴발란스 운동화를 신는 게 좋을지 플랫슈즈를 신는 게 좋을지 모르겠다. 화장도 했다 지우기를 반복한다. 조금 더 자연스럽게 보일 수는 없을까.

"이게 나아? 저게 나아?"

남편에게 물어보지만 돌아오는 답은 심드렁하다.

"둘 다 괜찮아."

인생에 도움이 안 된다. 그런데 갑자기 내 안 깊숙한 곳에서 소름이 끼칠 만큼 크고 무서운 녀석이 올라오는 게 느껴진다. 오늘은 그냥 지나가려나 싶었는데, 너무 긴장한 모양이다. 녀석의 이름은 과민성대장증후군. 아무리 피하려 해도 도저히 피할 수 없는 녀석. 들고 있던 옷을 내팽개치고 화장실로 달려간다. 변기에 앉아 뱃속도, 마음도 비워낸다.

'안 되면 어쩔 수 없지 뭐. 선아야 편하게 하자.'

'그래도 열심히 준비했는데 잘 됐으면 좋겠다.'

'아냐, 부담을 가지면 잘될 일도 안 되는 법이야.'

'약간의 긴장이 더 도움이 되는 건 아닐까?'

낙성대로 향하는 마을버스는 오늘도 사람이 가득하다. 예전의 나는 마을버스를 타고 언덕을 오르며 어떤 꿈을 꾸었던가. 알록달록 휘날리는 벚꽃처럼 찬란한 미래를 꿈꾸지 않았던가. 서른에도, 마흔에도 결코 지지 않을 꽃 같은 설렘을 안고 있지 않았던가. 그러나 나는 이제 더 이상 설레지 않는다. 뭔가 새로운 것에 도전해보고픈 마음은 있지만 실패에 대한 두려움이 더 크다. 그 두려움은 나를 꼼짝 못 하게 붙잡고 서서히 숨을 조여 온다.

오늘의 기회는 우연히 찾아왔다. 그 우연의 첫 단추는 김 과장을 만난 일이었다. 김 과장은 나랑 나이가 같다. 그는 이대 사회복지학과를 졸업한 뒤 곧바로 결혼하고 출산하면서 나와 비슷하게 경단녀가 되었다. 그래도 지금은 재기에 성공해서 대학발전기금에 영구직으로 다니고 있는데, 이 말인즉슨 월말이 되면 따박따박 월급이 나오는 직장이 있다는 것이다.

내가 김 과장을 만난 건 정말 우연이었다. 어느 날 서울대 중앙도서관을 지나던 길에 게시판에 붙은 광고를 보게 되었다.

서울대 케이팝 댄스 동아리 수강생 모집. 서울대인이라면 누구나 참여 가능. 수업료 무료!

평생 춤이나 운동은 선을 긋고 살아온 나였지만, 수업료가 무료라는 말에 귀가 솔깃했다. 작년에 받은 건강검진 결과도 생각났다. 의사는 내 검사 결과를 살펴보며 심각한 표정으로 대사질환의 위험성을 경고했다. 애 대학 가는 거 보고 싶으면 당장 오늘부터 운동을 시작하라고 협박하기도 했다. 그래, 이번 기회에 몸을 좀 움직여보자. 케이팝 댄스 배워두면 나중에 수지한테도 보여줄 수 있지 않을까. 그렇게 찾아간 댄스 동아리 연습실에서 나와 비슷한 몸매를 가진 김 과장을 만났다.

"쟤들이 애를 아직 안 나아서 그래. 나도 왕년엔 쟤들처럼 군살 하나 없었다고."

"살살해. 우리는 다치지만 않아도 본전 뽑는 거야."

우리는 수업이 끝나면 같이 밥도 먹고, 커피도 한 잔씩 하면서 친해졌다. 무엇보다도 우리가 잘 맞았던 건 서울대 나왔지만 무능한 각자의 남편을 흉보는 일이었다. 김 과장 남편은 서울대 화학과 대학원까지 나온 인재 중의 인재였다. 박사 졸업과 동시에 중앙대 연구교수로 취직이 되었는데, 지금은 다시 서울대로 돌아와 시간강사를 하며 개인 연구 과제에 몰입하고 있단다. 그런데 말이 교수지, 연구교수는 영구직이 아니다. 연구교수는 포닥 연구원을 좋게 불러주는 말일 뿐이다. 처음에는 3년 프로젝트로, 그 다음에는 1년 프로젝트로 중앙대 포닥으로 머무는 동안 두 사람은 중매로 만나 결혼했다.

김 과장의 남편은 교수 자리를 얻기 위해 부단히 노력했다. 하지만 서울대 박사는 밖에서 보면 있어 보이지만, 실상은 빛 좋은 개살구다. 석사를 한국에서 하는 건 좋지만 박사까지 하는 건 좀 그렇다. 한국 사람들은 한국 박사를 무시하기 때문이다. 서울대 아니라 서울대 할아버지라 해도 국내 박사는 경쟁력이 없다. 우리나라에서 교수가 되려면 미국 저 어디 시골 대학이라도 다녀와야 한다. 평생 공부밖에 몰랐던 김 과장 남편은 이런 속사정에 어두웠다.

그런데 쥐구멍에도 볕 들 날이 있다고, 김 과장 남편에게도 해외에 다녀올 기적 같은 기회가 찾아왔다. 김 과장 부부는 희망을 안고 미국 버지니아로 가는 비행기표를 끊었다. 하지만 이번엔 시아버지가 발목을 잡았다. 건강하시던 분이 갑자기 뇌졸중으로 쓰러진 것이다. 아이 학교까지 알아보고 있었는데……. 하루 종일 병원에 누워 꼼짝 못하는 아버지를 두고 남편은 차마 비행기를 타지 못했다. 그렇게 어렵게 얻은 한 번의 기회는 두 번 다시 찾아오지 않았다. 시아버지는 6개월 뒤 운명을 달리했다.

처음에는 남편을 원망하기도 했단다. 시한부 인생처럼 1년마다 연구비 따기 위해 목숨을 거는 아슬아슬한 생활에 넌더리가 난 것이다.

"말이 좋아 연구교수지 노벨상을 탈 것도 아니고. 회사라도 가면 안 돼?"

"음… 내 분야가 너무 이론이라서… 회사는 가기 힘들어."

"선생님이라도 해 그럼."

"사대 나온 건 아니라서 선생도 힘들어."

"사업이라도 해볼래 그럼?"

"사업은 배운 적이 없어서 힘들어."

『허생전』에서 나올 법한 대화가 두 사람 사이에 수없이 오갔다. 그러나 문득 깨달았다. 문제는 남편이 아니라 이 사회의 제도라는 걸. 세상에 이용만 당하는 남편이 불쌍하게 느껴졌다. 그래서 두 팔 걷고 본인이 직접 직업 전선으로 뛰어들었다.

그동안 안 해본 일이 없었다. 동네마트 캐셔, 시장 반찬집 알바, 선거 유세 알바, 결혼식 하객 알바 등등. 나중엔 연봉 360만 원짜리 동네 통장도 했다. 그러다 서울대 가족 뉴스레터에 뜬 행정보조직 공고를 보고 지원했는데 단번에 합격을 했다. 남편이 서울대 강사인 게 먹힌 것 같다며 살면서 남편 덕을 본 건 그게 처음이자 마지막이라고 했다. 처음엔 계약직이었는데 평가를 잘 받은 덕분에 올해 영구직으로 전환되었다는 게 김 과장의 인생 스토리였다.

"그런데 선아 씨, 그거 알아? 서울대 박사보다 내 월급이 더 많은 거!"

하다못해 서울대 교수보다 서울대 앞 샤로수길 밥집 아주머니 월급이 더 많다며 김 과장은 쓴웃음을 지었다. 에휴, 그래. 어디 학교가 밥 먹여주나. 나 역시 서울대를 나왔지만 이렇게 경단녀로 살고 있는걸.

"선아 씨. 그래도 다행인 줄 알어. 댁네 남편은 우리 남편보다 돈은 더 잘 벌잖아."

"에휴, 돈은 무슨. 말도 말아. 물가 상승률도 못 따라가는 월급 받으면서 다니는데. 게다가 집안일에는 손도 하나 까딱 안 해."

오늘도 김 과장의 신세타령이 끝나고 내 차례가 시작되었다.

3

말을 꺼낼까 말까 하다 에라 모르겠다 싶어 입을 열었다.

"웃지 말고 들어봐."

"뭔데?"

"나 마스크 하나 만들어 볼까 생각 중이야."

"무슨 마스크?"

김 과장이 버블티 아래 깔린 타피오카 펄을 쭉쭉 빨면서 물었다.

"욕해도 소리 안 나는 마스크."

김 과장의 눈이 반짝였다.

"소리가 밖으로 안 새는 마스크?"

"응. 요즘 이어폰에 노이즈캔슬링 기능이 있는 것처럼 마스크에도 그런 기능이 있으면 어떨까 해."

"역시. 서울대 출신은 다르네. 정말 참신하다. 어떻게 이런 아이디어를 떠올렸어."

"내가 평소에 하고 싶은 말이 있어도 다 속으로 삼키고 살잖아. 이러다 죽을 것 같더라고."

"대박! 이 마스크 평생 참고 사는 대한민국 여자들은 다 살 것 같아!"

사실 이 아이디어를 떠올린 건 꽤 오래전의 일이었다. 코로나가 한창 유행할 때, 마스크를 쓰고 있으면 소리는 못 내도 입으로는 욕을 할 수 있었다. 남편한테도, 시어머니한테도, 이리저리 나를 무시하는 사람들한테 그때그때 욕을 하면 스트레스가 풀렸다. 그러다 생각한 게 소리내어 욕 해도 소리가 밖으로 새어나가지 않는 단음 마스크였다. 최근 지도교수와 함께 연구 중인 과제 〈한국 문화에서 욕은 정신 건강에 어떤 영향을 미치는가〉도 이 마스크를 개발하는 데 영향을 끼쳤다.

그렇게 해서 김 과장이 마련해준 자리가 마스크 제조회사 대표님과의 미팅이다. 내가 머릿속으로만 떠올렸던 단음 마스크 개발은 대학발전기금에서 마당발로 활약하는 김 과장의 인맥을 타고 또 타고 올라가 마스크 제조회사 대표님까지 연결되었다. 대표님은 내 이야기를 듣고는 곧바로 만나자며 연락을 취해 왔다.

"혹시 봉선아 박사님 되시나요?"

"네? 제가 선아는 맞는데 박사는… 아직 아닌데요."

"이제 곧 되실 거잖아요. 허허."

"네……."

"김 과장님이 보내주신 서류 보고 연락드려요. 직접 만나서 더 자세한 얘기를 나누고 싶네요."

대표님은 내가 보내준 기획서 그대로 이미 단음 마스크까지 개발한 상태였다. 나는 깜짝 놀랐다. 내 아이디어가 이렇게 순식간에 실현될 줄은 몰랐기 때문이다. 분명 사람들이 흔히 쓰는 마스크인데 옆에 있는 버튼을 누르자 마스크 밖으로 하나도 소리가 새어나가지 않았다. 안쪽에 장착해둔 작은 칩이 말하는 사람의 얘기를 분석해서 그때그때 소리를 흡수하는 것이다. 깜짝 놀란 나와 김 과장을 흐뭇한 미소로 바라보며 대표님은 입을 열었다.

"사실 개발하는 데는 크게 어려운 점이 없었습니다. 이미 시중에 나와 있는 기술이기도 하고요. 그런데 이게 그냥 단음 마스크라고 하면 안 팔립니다. 아시죠? 우리나라 사람들이 명품 좋아하는 거. 그러니까 여기에 조그맣게 서울대 마크를 찍으면 이야기가 달라집니다. 서울대 박사들이 머리를 맞대고 연구해서 만든 최첨단 단음 마스크가 되는 거죠.”

나와 김 과장은 동시에 고개를 끄덕였다. 역시 회사 대표는 아무나 되는 게 아니었다. 다리를 놓았던 김 과장이 말했다.

“걱정 마세요. 학교에는 제가 잘 얘기할게요.”

고마운 김 과장. 금묘반찬 언니가 내 정신의 구원자라면 김 과장은 내 대학생활의 구원자였다. 대표님이 계약서를 내밀었다. 무려 내가 갑이었다. 나는 두근거리는 심장을 진정시키며 간신히 계약서 사인을 마쳤다. 밑 빠진 독에 물 붓기 같았던 만학도의 대학 생활이 이렇게 보상을 받는구나. 눈물이 나는 걸 겨우 참았다.

다음 날, 김 과장과 나는 늘 가던 자하연이 아니라 호암교수회관에서 만났다. 내가 특별히 점심으로 전복갈비찜을 쏘기로 했기 때문이다.

“이거, 자기 쓰라고 샀어.”

나는 가방에서 곱게 포장된 선물을 꺼내 김 과장에게 건넸다.

“뭐야 이게?”

김 과장은 뭐 이런 걸 주느냐고 그러면서도 손은 이미 선물 포장을 뜯고 있었다.

"어머, 이거 SK3네."

"고마워서. 김 과장 아니었으면 누가 내 아이디어를 이렇게까지 들어주고 연결해주겠어."

"에이, 우리 사이에 당연한 걸 뭐 그래."

"그리고 이것도……."

"또 뭔데?"

"수지가 금묘인스티튜트에서 공부했던 자료들."

"어머, 대박! 수지 엄마, 이거 진짜 나 줘도 되는 거야? 이거 달라는 사람 엄청 많을 텐데. 중고로만 팔아도 이게 얼마야."

김 과장의 입꼬리가 귀에 걸렸다. 둘째 딸이 초등학교에 다니는 김 과장은 금묘아파트까지는 올 형편이 안 되어 대신 서울대에서 가까운 신림동에 살고 있었다. 금묘처럼 묘기는 없어도 서울대의 지기는 있을지 모른다는 게 김 과장의 농담 반 진담 반 섞인 핑계였다. 그래도 딸한테 동기부여하겠다며 툭 하면 서울대 데려와서 밥도 먹이고 교내서점도 데리고 가던 김 과장이었으니 금묘인스티튜트 교재가 얼마나 반가울까. 사실 금묘인스티튜트 교재는 중고마켓에서 권당 몇만 원씩 웃돈을 줘야만 구할 수 있는 레어템이다. 명문대 합격한, 또는 합격할 선배의 묘기가 묻어 있다나. 한참 책을 뒤져보던 김 과장이 주변의 눈치를 살피더니 목소리를 낮추고 말한다.

"참, 수지 엄마. 계약은 했지만 이게 안 팔리면 아무것도 소용이 없어. 내가 보니까 요즘은 마케팅이 중요하더라고. 특히 유튜브. 지금부터라도 유튜브를 해보는 게 어때?"

"그거 텐션 높은 사람들이 엄청 크게 떠들면서 하는 거 아닌가. 내가 어떻게 그런 걸……."

"수지 엄마. 이거 선택사항이 아니야. 무조건 해야 되는 필수사항이야."

또 다른 숙제를 안고 집으로 귀가하는 길. 지하철에서 휴대전화 꺼내려고 가방을 열었는데 가방 안에 든 SK3 박스 위에 1+1 스티커가 떡 하니 붙어 있다. 아, 급히 포장하느라 이걸 못 봤네. 설마 김 과장한테 준 박스에도 붙어 있는 건 아니겠지. 알면 서운할 텐데. 에라, 모르겠다. 지금 유튜브 할 생각에 머리가 지끈거리는데. 그러니까 사람들이 유튜브를 보고 물건을 산다는 거지?

4

"수지야. 엄마 유튜브 시작하려고 하는데 좀 도와줄래?"

"뭐? 유튜브? 대박! 엄마, 갑자기 왜 그래? 큭큭."

이게 끝이다. 무심한 딸내미 같으니라고. 다시 얘기를 꺼낼까 하다가 참는다. 밥 먹으면서도 책을 뚫어지게 쳐다보고 있다. 지금 최대한 집중하고 있으니 말 시키지 말라는 신호다. 그러다 위장병 생겨! 말하고 싶었지만 꾹 참았다. 말한들 달라질까. 수지의 모습에서 30년 전 내 모습이 보이는 것 같다.

남편은 늘 그렇듯 퇴근하고 오면 소파에 쓰러지거나, 휴대전화만 들여다보거나 하는 식이다. 그때 미팅은 잘 됐는지, 학교생활은 좀 어떤지 물어봐 주고 그러면 덧나나. 또 누가 알아. 마스크가 대박 나서 우리가 다 같이 해외여행을 가게 될지. 네 식구가 유럽 4개국 정도를 가면 한 2천만 원 정도 드는 것 같던데. 아니, 마스크를 몇 개나 팔아야 2천만 원이 생기는 거지? 음… 우리나라 국민이 5천만 명이니까 한 명당 한 개씩만 사도… 뭐, 비즈니스석으로 탈 수도 있겠는데.

김칫국을 마시는 건 나의 자유지만, 유튜브 영상을 찍는 건 내가 선택할 수 있는 문제가 아니었다. 김 과장의 추진력은 대단했다. 머뭇거리는 나 대신 스튜디오에 촬영 일정을 잡고, 비용까지 선불로 지불했다. 영상 촬영이 예정된 날은 무더위가 기승을 부렸다. 조금만 걸어도 땀이 줄줄 흘렀다. 원고와 샘플 마스크가 든 백팩이 등에 끈적끈적하게 달라붙었다. 사람들의 불쾌지수가 역대급이라는 라디오 소리가 어디선가 흘러나왔다.

스튜디오는 더 엉망이었다. 가는 날이 장날이라고 하필 어제 에어컨이 고장 나는 바람에 지하 스튜디오는 찜통 그 자체였다. 너무 더워서 머릿속이 하얗게 지워지는 느낌이었다. 그런데 아뿔싸. 며칠 밤새워 작성한 원고가 가방에 없었다. 분명 넣었다고 생각했는데 두고 온 모양이었다. 하얗게 백지가 된 머릿속에 짜증이 까맣게 올라왔다. 첫 번째 질문이 뭐였더라. 그래, 이거였지.

Q. 우리는 평소에 욕할 일이 얼마나 많은가?

많고 많지. 이 더운 날씨에 에어컨이 고장 났다고 미리 말해주지 않은 업체부터, 엄마를 하녀 부리듯 하는 딸내미에, 집에서 하는 일이라곤 먹고 누워 휴대전화 보는 것밖에 없는 남편에, 사사건건 시비 걸고 못살게 구는 악마 같은 시어머니까지. 내일 아침까지는 충분히 욕할 수 있는 것들이 너무도 많지. 그런데 이 마스크를 쓰면? 하하하. 아무리 내가 욕을 해도 다른 사람들은 들리지 않는다는 말이야. 이렇게. ××. ×××.××××. ××. ××××. 어때? 안 들리지? 아, 욕 좀 하니까 이제 살만하네. 그런데 김 과장 이렇게 하는 거 맞아? ××. ××××. 다른 사람들은 안 들리는 거 맞지? 그래, 성능 좋네. ××. ×××. 하하. 재밌네. 기사님, 편집 잘 해주실 거죠? 네? 노래라도 불러보라고요? 좋아요. 외로워도 슬퍼도 나는 안 울어, 참고 참고 또 참지 울긴 왜 울어. 대신 욕을 하지. ××. ××××. 어차피 안 들리니깐!

촬영이 어떻게 끝났는지도 모르겠다. 밖으로 나왔을 땐 한 차례 장대비가 시원하게 쏟아진 뒤였다. 집으로 돌아가는 버스 안에서 나는 창문을 열고 바람을 만끽했다.

며칠 뒤, 저녁 반찬을 어떻게 해야 하나 고민하는데 휴대전화가 시끄럽게 울렸다. 김 과장이었다.

"수지 엄마, 완전 대박인데!"

"대박? 무슨 말이야?"

"자기 지금 유튜브 스타야."

"뭐?!"

믿거나 말거나 유튜브에 욕하는 서울대 아줌마로 알고리즘을 탔단다. 처음엔 날 놀리는 거라고 생각했다. 그런데 내 얼굴이 나온 영상의 조회수가 100만을 넘어 빠르게 올라가고 있었다. 댓글도 줄줄이 이어졌다.

"와, 욕 시원하게 하시네."

"언니 욕하는 거 들으니 제가 다 속이 후련합니다. ××. ×× ××××."

"진짜 마스크 쓰고 욕하는 거 맞아요? 입만 움찔거리는 거 아녜요?"

"어디서 파나요? 당장 사러 갑니다."

5

"여러분, 안녕하세요. 이번 주에는 어떤 욕을 어떻게 하셨나요? 욕하고 나니까 후련하시죠? 물론 우리 〈욕하고 삽시다〉 구독자분들은 다 아시겠지만, 욕을 하는 데도 에티켓이 있습니다. 일단 면전에서 욕하는 거 아니고요. 다른 사람들이 보는 앞에서 욕하는 거 아니고요. 선을 넘게 욕하시면 안 되고요. 아시죠? 근데 뭐, 사실 이렇게 가려가면서 욕할 거면 왜 하나요? 이제 답답하게 넘어가지 마세요. 이거 하나만 있으면 면전에서, 다른 사람 앞에서, 선 넘게 욕해도 아무 문제없어요."

국내 최초 서울대학교 웰빙 연구소에서 만든 단음 마스크
매직마스크

매직마스크 단품　　　　　12,900원
울트라 매직마스크 단품　17,900원

* 유사품을 주의하세요.
정품 매직마스크 옆에는 서울대학교 로고가 있습니다. 꼭 확인하세요.

"세련된 화이트 디자인과 맞춤형 옵션으로 구성된 이 매직마스크를 사용하면 다른 사람 눈치 보지 않고 맘껏 욕할 수 있어요. 단음 효과 200%이고요. 매직마스크의 디자인은 표정으로 욕하는 것도 완벽하게 커버해줍니다. 진짜 인상 쓰고 욕해도 아무도 몰라요. 임상 실험 100% 끝냈습니다. 제조사 홈페이지에서 회원 가입하시고 공구하면 단돈 만 원에 구매 가능합니다. 노래를 불러도 될 정도로 단음 기능이 강한 울트라 매직마스크는 만오천원에 드리고요. 서울대 박사들이 모여 만든 마스크치곤 진짜 저렴하지 않나요? 자, 이제 더 이상 직장에서 가정에서 스트레스 받지 마세요. 욕하세요. 마음껏 하세요. 다 하고 사세요. 이 매직마스크 하나면 진짜 스트레스 제로입니다. 단돈 만 원으로 행복을 구입하세요."

세상 오래 살고 볼 일이다. 내가 욕하는 동영상으로 단단히 홍보 효과를 본 매직마스크는 아예 제조사 쪽에서 〈욕하고 삽시다〉 유튜브를 개설할 정도로 인기를 얻었다. 매직마스크가 인기를 얻자 다른 업체에서 서둘러 카피 제품을 만들어 판매할 정도였다. 신기했다. 나랑 우리 남편은 서울대를 나왔지만 평생 서울대 덕을 본 적이 없었는데. 어제는 제조사 대표님이 전화해 홈쇼핑에서도 판매를 시작하기로 했다며 자기가 서울대 로고를 붙인 게 신의 한수였다고 자화자찬했다.

찾아보니 매직마스크의 구매자는 대부분 30대에서 50대 여성이었다. 나 역시 날마다 마스크를 썼다. 장을 보면서, 설거지를 하면서, 텔레비전을 보면서도 마스크를 썼다. 그런 나를 볼 때마다 남편은 지금 자기 욕하고 있냐며 물었다. 나는 아니라고 고개를 절레절레 흔들었지만, 실은 맞았다. 남편이고 시어머니고 가릴 것 없이 감정이 올라오면 그때그때 욕을 했기 때문이다. 이 어찌나 평화로운 방법인가. 욕을 해도 전혀 싸움이 나지 않으니 말이다.

"선아야, 항상 말을 곱고 예쁘게 하거라."

우리 아버지가 늘 하시던 말씀이다. 실제로 아버지는 말을 엄청 고상하게 했다. 반면에 엄마는 툭 하면 욕이 튀어나왔다.

"저런 상놈의 새끼들."

"어허, 말을 좀 곱게 하시면 안 되나. 소 여사."

이렇게 아버지와 엄마는 서로 말투를 가지고 톰과 제리처럼 티격태격했다. 그러나 그렇게 고상하게 말씀하시던 우리 아버지는 터져나가는 자존심과 울화를 담배로 달래기 바빴고, 결국 칠순 되던 해에 폐암 3기 판정을 받았다. 그놈의 지랄 맞은 담배. 그렇게 끊으라고 욕을 해도 안 끊더니 결국 잡아먹네, 잡아먹어. 폐암 판정을 받고 돌아온 날에도 엄마는 아버지 앞에서 거친 언사를 쏟아냈다. 정말 아버지가 욕을 하고 살았더라면 폐암에 걸리지 않았을까. 글쎄, 나는 아직도 잘 모르겠다. 아버지의 그 외로운 등을 누가 한번이라도 제대로 쓸어준 적이 있었는지.

매직마스크 사업과 더불어 서울대 박사 논문도 착착 진행되었다. 주제는 〈매직마스크를 쓰는 사람들의 정신 건강 개선 효과〉로 바꾸었다. 학교 마크를 달고 팔리는 상품에 대한 연구이다보니 학교 측에서 쌍수 들고 환영했다. 나는 매직마스크를 구매한 30, 40대 여성들을 찾아다니며 인터뷰를 진행했다. 결과는 예상대로였다. 매직마스크를 쓴 여성들의 정신건강지수가 이전보다 55% 개선된 것이다. 어느 날, 지도교수가 나를 찾았다.

"선아 씨, 통계 좀 보완하고 영어로 써서 해외저널에 한번 내봅시다."

몇 년 전, 뒤풀이 참석 안 한다고 눈치를 주던 사람과는 영 딴판이다. "제가 어떻게요……." 하려다 "네." 하고 밖으로 나왔다. 드디어 영어 전공자의 실력을 발휘할 시간이다. 지도교수의 지지를 얻은 논문은 속전속결로 진행되어 바로 다음 분기에 해외저널에 게재되었다.

영국의 BBC 서울 특파원이라는 사람한테도 연락이 왔다. 매직마스크에 큰 관심이 있다고 했다. BBC라니. 이게 꿈인가 생시인가 싶었다. 인터뷰에서 그는 정말 매직마스크가 한국 여성들의 스트레스를 줄여주는지, 스트레스와 출생률에 사이에 어떤 상관관계가 있는지 물었다. 나는 방금 나온 따끈따끈한 논문을 그에게 보여주며 한국 여성들의 우울지수가 현재 전 세계에서 가장 낮은 수치를 보이고 있으며, 매직마스크 활용도가 높으면 높을수록 개개인의 삶의 질도 올라간다고 말했다. 삶의 질이 높아지면 출생률도 자연스레 올라갈 거라는 인터뷰이들의 의견도 정리해서 알려주었다. 물론 85데시벨까지 소음을 차단해주는 매직마스크 실험 영상도 같이 보여주었다.

이틀 뒤, BBC에는 〈South Korean Researcher Finds Magic Mask Reduces Women's Stress by 55%〉라는 제목의 기사가 보도되었다. 기사를 확인한 지도교수님이 다시 나를 불렀다.

"선아 씨, 박사 과정 수료하고 유학을 가보는 건 어때요?"

말도 안 되는 제안이었다. 경단녀인 내가, 마흔을 넘긴 아줌마가 장학금을 받고 해외 유학이라니. 게다가 나는 홀몸이 아니다. 중요한 시기를 지나고 있는 딸을 둔 중2맘이다. 아이가 어렸다면 해외 학교 진학도 고려해봤겠지만, 이미 수지는 초등의대반을 나오고 한국 입시를 준비 중이다. 그래, 접자. 나만 포기하면 되는 일이다. 도전해보고 싶지만 어쩔 수 없는 일이잖아.

그날 저녁 오랜만에 금묘반찬 언니와 참치콜이 열렸다. 그런데 그사이 언니의 말이 많이 거칠어졌다.

"아니, 그놈의 빌어먹을 개새끼가 우리 하루를 물겠다고 악을 쓰고 달려는데 어찌나 겁이 나고 화도 나던지. 나쁜 개새끼."

이건 매직마스크의 부작용이다. 내가 매직마스크를 선물한 뒤부터 언니는 조금씩 욕이 늘더니 이제는 거침이 없다. 그래도 다행인 건 표정은 전보다 훨씬 밝아졌다는 것이다. 그래, 언니도 사실 참고 있었을 뿐이야. 욕할 줄 몰랐던 게 아니라고.

"근데 동생 무슨 고민 있어? 잘나가는 사람이 왜 이렇게 표정이 어두워."

"언니, 실은……."

내 유학 고민을 들은 언니는 곰곰 생각을 하더니 조심스럽게 입을 열었다.

"내가 반찬가게 하면서 본 바로는 엄마가 아무리 열심히 서포트해도 애들이 열심히 안 하면 다 소용없더라. 그니까 할 놈은 하고, 안 할 놈은 안 하더라 이거야. 학교 잘 보낸 엄마들은 자기들이 다 잘해서 그런지 아는데, 그게 아니더라고. 그러니 이제 스스로에게 맡겨둬. 우리 때 생각해봐. 중2면 다 컸어."

복잡한 마음이 어느 정도 정리가 되는 것 같다. 그래도 이건 집안 중대사이니 누구보다도 남편의 얘기를 들어봐야 할 것 같다. 집에 들어와 남편을 찾는데, 아니나 다를까 남편은 소파에 누워 휴대전화 속으로 빨려 들어갈 것처럼 몰입해있다.

"여보."

"왜?"

"여보. 있잖아."

"아, 왜?"

갑자기 한숨이 나온다. 우리는 같은 공간에 있지만 따로 있는 거나 마찬가지다. 아마 내가 내일 혼자 유학을 떠나도 아내가 사라진 걸 눈치챌 수 있을까. 저녁으로는 맨날 치킨이나 시켜 먹겠지. 아, 그래. 치킨!

"그거 알아. 금묘반찬 옆에 치킨집 생기는 거?"

"몰라."

"그거 윗집 403호 민서 아빠가 하는 거래."

"진짜?"

그제야 남편은 휴대전화에서 눈을 떼고 몸을 일으킨다.

"어. 금묘반찬 언니가 말해줬어. 세상에, 무슨 하버드 나온 사람이 치킨집을 해. 분명 교수라고 들었는데. 잘렸나?"

그런데 남편의 표정이 묘하다. 웃는 것 같기도 하고 우는 것 같기도 하다.

"민서 아빠, 경영대 출신 아니지?"

"응. 법대 출신이잖아."

"웃기는 사람이네. 하버드까지 나와서 무슨 치킨집을 해. 자존심도 없나. 쯧쯧. 한심하다 한심해."

남편은 고개를 절래절래 흔들더니 방으로 들어갔다. 곧 남편이 가방에서 서류철을 꺼내는 소리가 들렸다. 또 치매 보험 공부

하나? 그래, 휴대전화 그만 보고 제발 공부 좀 해라.

6

사실 남편 이문수가 공부는 잘했다. 학교에서 더 있었으면 교수를 했을지도 모른다. 그러나 남편은 5년 뒤, 10년 뒤의 가능성을 택하는 대신 당장 밥이 나오고 집이 나오는 현실을 택했다. 한때 대기업의 횡포를 규탄하며 데모에 참가하기도 했던 그는 졸업과 동시에 대기업에 취직을 하고, 한 회사에서만 18년 동안 근무하며 돈을 벌었다. 물론 나는 알고 있다. 남편이 가족을 위해 얼마나 헌신적으로 일해 왔는지.

그런데 지금 남편은 그런 자신의 인생에 회의적인 것 같다. 올해 마흔넷. 같이 입사한 동기 중에 남아 있는 사람이 10분 1도 안된다. 밑에서는 유능한 직원들이 치고 올라오는데, 회사 사정은 점점 어려워지고, 남아 있는 사람들에 대한 시선이 따갑기만 하다고 남편은 종종 토로한다. 그리고 이제 더 이상은 선택의 여지가 없다고 느껴졌을 때, 지금의 상황을 뒤엎을 한번의 기회가 찾아왔다고 남편은 좋아했다.

"회사에서 치매 보험 상품을 새로 개발하는데 큰 기대를 걸고 있어. 그리고 내가 그 프로젝트 팀장을 맡았어."

"정말?"

"그래, 이번 기회만 잘 잡으면 이사까지는 달 수 있을 것 같아."

그렇게 남편은 한동안 밤을 새워가며 치매 공부에 매달렸다. 남편 말에 의하면 현재 우리나라의 치매 인구는 100만 명이 넘는다고 한다. 2039년에는 200만 명을, 2050년에는 300만 명을 넘길 전망이라고. 이렇게 치매 인구가 늘어나니 치매 보험이 필요한 것은 당연한 일이다. 그런데 생각지 못한 복병이 있었다. 바로 남편의 입사 동기이자 오랜 라이벌인 최 부장이 치매 보험에 대항할 종합 암 보험을 기획하고 있다는 것.

"암 보험은 이미 너무 많잖아. 최 부장 그 자식 헛발질하는 거라고. 이제 미래 먹거리는 치매야. 치매는 아직 원인도 뭔지 몰라."

남편은 수능 준비하던 마음으로 온 힘을 다해서 치매 보험을 개발했다. 그래, 수능 준비하는 마음이면 안 될 게 없지. 그렇게 개발한 치매 상품에는 일가 친척이 다 가입을 했다.

"엄마. 내가 엄마 치매 보험 하나 들어놨어. 뭐? 치매 걸리라는 건 아니고. 그냥 겸사겸사 실적도 쌓을 겸……."

"이모. 지금 우리나라에 치매 환자가 100만 명이나 되는 거 알아요? 암은 자주 검사라도 할 수 있지. 치매는 그런 것도 안 돼요. 더 늦기 전에 준비를 해야……."

"고모부, 요즘 뭐 깜빡깜빡하고 그런 거 없어요? 네? 안 들린다고요? 그것도 치매 전조 증상이에요. 네? 밥 먹었냐고요?"

"여보, 장모님한테 얘기해서 우리 치매 보험 하나 들으시라고 해. 치매 걸리면 돈 나가는 거 감당 안 된다. 알지?"

울 엄마 이런 거 진짜 싫어하는데……. 그래도 사위가 개발한 상품이라고 하면 혹시 모르니 전화를 걸었다.

"엄마, 나야. 뭐해?"

"저녁해. 된장이나 끓이려고. 애호박이 어딨더라. 여기 넣어놓은 거 같은데."

"왜? 엄마, 기억이 잘 안 나? 이번에 이 서방이 치매 보험 하나 새로 개발했는데 들어볼래?"

"야, 이 싸가지 없는 년아. 치매? 엄마 치매 걸리라고 아예 굿을 해라. 개소리할 거면 끊어!"

예상대로였다. 쓸쓸한 마음에 화장실로 가 세수를 하려는데 등 쪽에 있어야 할 티셔츠 태그가 앞에 붙어 있다. 하루 종일 이러고 다닌 건가. 이런 일이 처음은 아니다. 저번엔 레깅스를 거꾸로 입고 운동 나간 바람에 사람들의 비웃음거리가 되기도 했다. 그런데 이 모습을 본 남편이 한마디 한다.

"치매 보험은 일찍 들어놔야 해. 요즘은 40대도 많이 들더라."

이 사람이 정말!

"난 그냥 이렇게 살다 갈래. 치매 걸리면 당신이 보살펴주겠지."

말은 그렇게 했지만, 나는 진심으로 남편의 치매 보험이 잘되길 바랐다. 치매 보험 잘 팔려서 남편 승진하면 월급도 오를 것이고, 그럼 나도 마스크 번 돈 보태서 비즈니스석 타고 해외여행 갈 수 있지 않을까, 부푼 기대를 가졌다.

7

남편이 치매 보험을 팔기 위해 고군분투하는 와중에도 내 박사과정 졸업은 시시각각 다가오고 있었다. 그사이 혹시 몰라 서울대 경단녀 워크샵을 들었다. 한때는 경단녀였던, 지금은 누구보다 잘나가는 선배들이 일대일 상담을 해주는 행사였다. 나는 그곳에서 나보다 앞서 유학을 떠났던 경단녀 선배를 만났다. 그 선배는 지금 찾아온 기회를 무조건 잡으라고 했다. 길지 않아도 좋으니 자신을 위해서 잠깐만이라도 도전해보라고 했다. 가족에 대한 미안함은 잠시일 뿐, 오히려 유학까지 다녀온 자신을 온 가족이 자랑스러워한다는 것이다. 특히 큰딸은 지금 미국에서 공부를 하고 있는데 다 엄마의 영향을 받은 결과라고 했다.

그래, 나도 한번 도전해볼까. 하루에도 수백 번 유학에 대한 생각이 떠올랐다. 그런데 어디로 가지? 미국? 아니야. 미국은 너무 위험해. 워크샵에 만났던 선배도 미국을 다녀왔는데, 요즘엔 미국에서 학위받는 사람이 넘칠 뿐만 아니라 HYPS, 그러니까 하버드, 예일, 프린스턴, 스탠포드가 아니면 아예 쳐주지도 않는다고 했잖아. 내가 그 쟁쟁한 대학에 들어갈 수 있을까. 그럼 호주? 뉴질랜드? 영국? 그래 영국이 좋을 것 같아. BBC에 기사도 났으니 가산점을 좀 받을 수 있을지도 모르고. 영국 박사는 딱히 코스워크를 할 필요도 없고 주제만 잘 잡으면 된다고 했던 것 같은데. 기왕이면 영국의 서울대, 옥스퍼드에 지원해볼까? 그래 옥스퍼드로 가자!

나는 겁도 없이 연구 계획서를 적어보았다.

Q. 당신은 이 연구를 왜 하려고 합니까? 어떻게 할 것입니까?

대한민국의 모든 여자는 많은 스트레스를 가진 채 살아가고 있다. 육아와 가사를 병행하는 것은 쉽지 않다. 시어머니를 비롯한 시댁 식구들과의 소통에서도 스트레스가 적지 않다. 가장 큰 스트레스는 교육 스트레스다. 대한민국 엄마들은 모두 명문대병 혹은 의대병에 걸렸다. 이 병에 거의 모든 엄마가 감염되었다고 보면 된다. 나는 이 병을 더 이상 인식의 변화로 고치는 것은 불가능하다고 생각한다.

나는 내가 개발한 매직(욕)마스크를 쓸 때 여자들의 행복지수가 55% 올라간 사실을 발견했고, 지금도 욕을 통한 정신치료요법을 개발 중이다. 여자들이 욕을 하고 표현을 할 때 어떤 웰빙 변화가 있는지 스마트워치 데이터를 수집하고 있다. 옥스퍼드에서 나는 뇌신경학을 공부하고 싶다. 나중에 기회가 되면 욕을 할 때 나오는 행복 케미컬을 찾아 분석하고 약도 만들고 싶다. 나는 한국 엄마들, 나아가 세계 곳곳의 스트레스 받는 엄마들을 행복하게 해주는 연구를 하고 싶다

이상 Sun-Ah Bong

에라 모르겠다. 될지 안 될지도 모르는데 지원이나 해보자. 나는 가족 아무에게도 말하지 않은 채 지원서를 옥스퍼드 대학 인문-의료 공동 박사과정에 넣었다. 옥스퍼드는 경쟁이 세서 장학금을 못 받을 수도 있다고 지도교수가 조언했지만, 이는 중요하

지 않았다. 그저 내가 하고 싶은 일을 찾아서 나아갈 뿐이다. 메일 보내기 버튼을 누른 뒤 나는 한참을 울었다. 결혼을 하고, 아이를 낳고, 시어머니를 모시고, 그렇게 살아왔던 15년의 세월이 보상을 받는 것 같았다.

메일을 보낸 뒤 허탈하게 앉아 있는데 일찍 퇴근한 남편이 문을 열고 들어왔다.

"아니, 이렇게 일찍 어쩐 일이야?"

"그냥. 일찍 왔어. 어, 우리 오늘은 우리끼리 나가서 여유롭게 맥주 한잔할까?"

해가 서쪽에서 뜰 일이다. 그래, 좋지 뭐. 그런데 남편은 맥주를 원샷하더니 상상도 못했던 얘기를 꺼내놓는다.

"나 회사 진작에 잘렸어."

"뭐? 그럼 지금까지 어디 있다 온 거야?"

"은묘아파트도 가고, 스터디카페도 가고, 그냥 지하철 타고 돌기도 하고……."

남편이 치매 보험을 론칭했을 때 입사 동기인 최 부장은 남소암과 췌장암 검사를 특화시킨 신종 암 보험을 론칭했다. 남편은 자신의 승리를 자신했다. 치매 인구가 폭발적으로 늘고 있었으니까. 하지만 결과는 반대였다. 암 보험은 대박을 터뜨렸고, 치매 보험은 근 5년 안에 출시된 상품 중에 최저 실적을 기록했다. 남편 말로는 아직 우리나라 사람들의 치매에 대한 인식이 선진국을 따라잡지 못하고 있다나. 결국 남편은 치매 보험 실패의 책임을

지고 회사에서 나올 수밖에 없었다.

"더 버티려고 했는데 너무 힘들었어. 더 있다간 내가 치매 걸릴 것 같았어."

나는 아무 말 없이 남편의 빈 잔에 맥주를 따라주었다. 다시 맥주를 원샷한 남편이 말했다.

"미안해. 다시 취직해보려고 했는데 서울대고 나발이고 뽑아주는 데가 없더라. 맨날 휴대전화 들여다보는 것도 사실 이력서 낼 직장 알아보는 거였어. 그렇게라도 하지 않으면 견디지 못할 것 같아서."

불쌍한 사람. 그나저나 이제 어떻게 살아야 하나. 갑자기 막막한 생각이 들었다. 남편은 아직 어머니와 수지한테는 말하지 말자고 했다. 나도 고개를 끄덕였다. 남편의 실직 사실은 금묘반찬 언니에게도, 김 과장에게도 말하지 말아야겠다고 생각했다. 왠지 자존심이 상했다.

8

남편의 퇴직금은 빠르게 줄어들었다. 기본적으로 네 식구가 쓰는 돈이 있으니 그럴 수밖에. 그 와중에 남편은 수지가 눈치채게 하는 게 싫다며 매일 아침 은묘아파트에 있는 스카로 출근을 했다. 스카도 꽤 비싼 걸 모르나.

그러던 3월의 어느 날, 도저히 믿을 수 없는 일이 일어났다.

내가, 나 봉선아가 옥스퍼드 대학에 합격한 것이다. 옥스퍼드 대학의 교수님이 합격을 축하하는 이메일까지 보냈다. 아쉽게도 장학금은 받지 못했지만, 일단 합격했다는 사실만으로도 너무 기뻐 따져볼 겨를이 없었다. 이게 꿈인가 생시인가. 혹시 우리 집에 도난당한 금묘 수염이라도 숨겨져 있는 게 아닐까.

이 기쁜 소식을 가장 먼저 엄마에게 알렸다. 그런데 엄마 반응이 좀 이상하다. 서울대 합격했을 땐 눈물을 흘리며 감동했는데 이번엔 콧방귀를 낀다.

"이 철없는 것아. 너네 가족은 어떻게 하려고 그러니?"

아니, 그건 나중 문제고, 일단 축하해주면 안 되는 거냐고. 다음으로 김 과장에게 연락했다. 오늘 이 영광은 김 과장이 전폭적으로 지원해준 덕분이니까. 역시 예상대로 김 과장은 매우 기뻐하며 축하해주었다. 그런데 목소리가 살짝 떨리는 게 이상하다. 너무 기뻐서 그러나. 아무튼 축하해줘서 고맙다 말하고 전화를 끊었다.

가족들에게는 저녁에 알리기로 했다. 전화기 너머 들려오는 디지털 신호가 아닌 생생한 육성으로 축하를 받고 싶다. 저녁으로 시어머니가 좋아하는 얼큰한 닭개장과 남편이 좋아하는 두부를 준비했다. 수지에게도 오늘 저녁은 꼭 제시간에 와서 먹으라고 당부했다. 드디어 온 가족이 둘러앉은 저녁 식사 자리. 나는 두근거리는 마음을 진정시키며 말을 꺼냈다.

"여보. 어머니. 수지야. 놀라지 마……. 나 옥스퍼드 대학 박사

과정에 합격했어."

정적이 흐른다. 그래, 이 상황을 이해하는 데 시간이 좀 걸릴 거야. 갑자기 옥스퍼드라니 놀랄 만도 하지. 나는 그동안 있었던 일을 차근차근 설명했다. 그런데 이상하다. 수지 말고 나머지 두 사람의 표정이 점점 어두워진다. 너무 놀란 건가?

시어머니가 갑자기 식탁을 박차고 일어선다. 유학 갈 거면 이혼하고 가란다. 아니, 시어머니도 어머니인데 축하 좀 해주면 안 되나. 시어머니의 말은 멈출 줄 모른다. 내가 결혼한다고 너 처음 데려왔을 때부터 밖으로 도는 거 알아봤다느니, 사주가 별로였다느니, 아들 팔자가 너 때문에 꼬였다느니, 입에 담기 힘든 말들이 폭포수처럼 쏟아진다.

사실 나는 합격을 해도 가족이 반대하면 포기하려고 했다. 그런데 시어머니가 하는 말을 듣다 보니 오기가 생겼다. 옥스퍼드에 반드시 가야겠다고 다짐했다.

처음에 남편은 내 말을 믿지 않았다. 하지만 내가 합격 이메일을 보여주자 시어머니처럼 반대를 하기 시작했다. 어떻게 한 이불 덮고 자는 사이에 이런 걸 상의도 안 하고 진행할 수 있냐, 유학 가면 비용은 어떻게 할 거냐, 수지 밥은 누가 해주냐 등등. 나중엔 똑똑해서 좋겠다며 비아냥거리기까지 했다. 어쩜 자기 엄마랑 말하는 게 저리 똑같은지 정말 정이 뚝 떨어졌다.

두 사람이 각자의 방으로 들어가고 난 뒤 수지만 남았다. 수지가 내 손을 꼭 잡으면서 말했다.

"엄마, 난 다 알아. 엄마 탈출하려고 그러는 거지? 혹시… 나도 데리고 가주면 안 돼? 나도 탈출하면 안 돼?"

"수지야, 너는… 시험 있는데…… 너 중2잖아. 영국 가서 적응하기 힘들 수도 있고, 갔다 와서 대입 준비하기 어려울 수도 있어."

수지가 한숨을 쉬더니 내 손을 놓고 방으로 들어갔다.

모두 나를 떠났다. 가장 축하받아야 할 순간에 모두 나를 떠났다. 그래, 좋아. 나는 이제 내 힘으로 일어서겠어. 절대 포기하지 않을 거야. 공정자 씨의 며느리, 이문수 씨의 아내, 이수지 학생의 엄마가 아니라 나 봉선아로 우뚝 설 거야.

9

독하게 마음먹었던 것과 달리 일은 의외로 쉽게 풀렸다. 그사이 남편과 나는 총성 없는 전쟁을 벌였다.

"나 무조건 갈 거야."

남편은 못 들은 체했다. 그러면서도 매일 은묘아파트 스카로 출근해 이력서를 썼다. 마치 취직만 하면 내 생각을 꺾을 수 있을 거라 생각하는 것처럼. 반대로 수지는 매일같이 끈덕지게 달라붙었다. 자기 안 데려가면 절대 못 보내준다며 시험이고 뭐고 인생다 포기할 거라고 협박했다.

이 답답한 상황의 해결사는 시어머니였다. 어느 날, 옛날에 시어머니와 같이 설렁탕집 운영하면서 언니 동생 하던 분에게 연락이 왔다. 그분은 지금 청주 꽃마을에서 음식 봉사를 하며 살고 있는데, 일손이 필요하다며 시어머니의 도움이 간절하다고 했다. 그러면서 자기도 실은 아들집에 같이 살았는데 가시방석이었다고, 여기 관사가 넓고 좋아서 오히려 답답한 아파트보다 낫다고, 언제 한번 꼭 오라고 했다.

며칠 뒤 날씨 화창한 봄날, 시어머니는 홀로 지하철을 타고, 고속버스를 타고, 택시를 타고, 시어머니의 묘를 찾았다. 그러니까 수지의 증조할머니 되는 분이었다.

"어머니, 어머니……. 어머니 때문에 내 인생 망쳤어요. 문수 낳아 행복했지만, 남의 눈에 눈물 내면 제 눈에는 피눈물 난다고 안 해요. 나는 어머니가 너무너무 싫었어요. 어머니처럼 안 되려고 했어요. 진짜예요. 그런데 나는 어머니보다 더 못된 말을 수지 엄마한테 퍼부었어요. 나는 이미 지옥 갈 몸이에요."

그렇게 한풀이를 하고 와서는 결심을 털어놓았다. 말도 안 통하는 거기까지 따라가서 며느리한테 구박받느니 자기는 여기 남아 있을 테니 너희끼리 다녀오라고. 청주 꽃마을에 가서 마음 수양하고 있을 테니 있고 싶은 만큼 원 없이 있다 오라고. 일이 이렇게 되자 남편도 갑자기 생각을 바꿨다.

"그래. 가자. 여기 다 정리하고 가자. 여기 더 있어 봤자 취직도 안 되고 치킨집이나 차리게 될 것 같은데. 덕분에 수능이도 영어 공부하게 생겼네."

남편의 말에 수지가 눈을 동그랗게 뜨고 다시 물었다.

"아빠, 그럼 이제 은묘아파트 스카 안 갈 거야? 아싸! 그럼 내가 다시 다녀야지."

그랬다. 이미 수지는 아빠가 회사에서 잘리고 은묘아파트 스카에 다니는 걸 알고 있었다. 오히려 아빠 때문에 자주 가던 스카에 가지 못해 답답했던 것이다.

나는 학교에 유학 결정 사실을 알리고, 인사도 드리고 판매금 정산도 부탁할 겸 마스크 제조 회사 대표를 찾아갔다. 그런데 그 회사에 낯익은 얼굴이 있었다. 그것도 공동대표 자리에. 서울대 안에서 가끔 마주치고 인사도 했던 김 과장 남편이었다. 아, 그런 거였구나. 김 과장이 내 은인이라고 생각했는데, 내가 김 과장의 은인일 수도 있겠구나. 그래, 세상에 공짜는 없지. 누가 그랬더라. 인생은 기브 앤 테이크라고. 그럼 나도 받을 게 있는 것 같은데.

PART 11

403호 김진아 이야기

치킨은 역시 하버드가 진리

1

한동안 시끄러웠던 우리 집은 이제 어느 정도 안정을 찾았다. 교통사고를 당했던 민서도 거의 회복되었고, 남편의 치킨집 오픈 준비도 차근차근 진행되고 있다. 오늘은 알바 인터뷰를 진행하는 날이다. 물러터진 남편 대신 사람 깐깐하게 잘 보는 내가 대신 봐 주기로 했다.

"안녕하세요. 알바 구한다고 해서 왔습니다."

뿔테 안경을 낀 조그만 여학생이 가게 문을 열고 들어왔다.

"네, 이름과 성적표랑 추천서 주세요."

학생은 쭈뼛거리며 들고 온 이력서를 건넸다.

"음, 이름이… 수현 학생?"

"어, 저 아세요?"

"수능 만점, 서울대 의대 합격. 금묘의 자랑. 유튜브 안 본 사람 있어요?"

수줍은 듯 학생이 얼굴을 붉힌다.

"아니, 그런데 의대생이 왜 치킨집 알바를 하려고 그래요?"

"아… 그게요…….."

정부와 의료계 사이의 분쟁으로 인해 수현 학생은 벌써 몇 달째 학교에 나가지 못하고 쉬는 중이라고 했다. 처음에는 좋았단다. 실컷 잠도 자고, 게임도 하고, 놀러도 다니면서 힐링을 했단다. 그런데 너무 길어지다 보니 재미도 없고 돈도 떨어지고 해서 어쩔 수 없이 알바를 구하는 중이라고 했다.

"차라리 금묘인스티튜트에 가서 애들을 가르치는 게 어때요? 학원에서도 좋아하고 애들도 좋아할 텐데."

"아, 싫어요. 어렸을 때부터 너무 공부만 해서 이젠 배우는 것도 지겹고 가르치는 것도 지겨워요. 차라리 이렇게 몸으로 하는 일이 더 즐거운 것 같아요."

"네…….."

그렇게 알바생 다섯 명을 모두 모았다. 의도한 건 아니었으나 어쩌다 보니 모두 의대생이었다. 저녁에는 온 가족이 머리를 맞대고 메뉴 이름을 정했다. 가장 창의적인 사람은 민서였다. 짭조름한 후라이드와 달달한 양념 반반의 먹고죽고싶닭 세트, 간장양념이 간간하게 잘 녹아든 가슴살에 마늘향이 깊게 밴 날개와 다리의 콤비 완전짱이닭 세트, 저염으로 나트륨 함량을 줄이고 신선한 샐러드를 추가해 건강을 챙긴 하버드가고싶닭 세트, 매콤한 태양초 고춧가루로 맛을 낸 매운치킨과 시원한 묵사발을 조합한 스트레스확날려버린닭 세트까지 지금껏 들어본 적 없는 기상천외한 메뉴들이 민서의 머리에서 모두 나왔다. 그중에서도 우린 스트레스확날려버린닭 세트를 우리 가게 시그니처 메뉴로 삼기로 했다. 공부 시키느라, 또 공부하느라 스트레스 많이 받는 금묘 아파트 사람들에게는 이 메뉴가 딱이라는 생각이었다. 치킨을 시키면 반드시 따라오는 콜라 대신 유기농 우유를 주기로 한 것도 좋은 아이디어였다.

민서는 새로운 치킨 조리법도 제안했다.

"아빠. 먹어도 살 안 찌는 치킨을 만들어보는 건 어때?"

"와! 그거 좋은 생각이다. 살 안 찌는 치킨이라니."

"캡사이신을 어느 함량 이상으로 먹으면 렙틴 분비 때문에 덜 먹게 되고, 그렇지만 배고프지는 않고, 결과적으로 살을 뺄 수 있어. 이렇게 덜 먹게 되는 치킨은 환경을 생각하는 우리 세대한테 어필할 것 같아."

"역쉬 우리 민서!"

그동안 말 없던 민서가 활기차게 변하니 온 집 안에 훈기가 돌기 시작했다. 이제 우리도 좀 평범해지는 걸까.

남편이 치킨집 오픈을 준비하는 동안 나는 사무실 근처의 치킨이란 치킨은 다 시켜 먹어보았다. 오죽했으면 초딩 입맛 자랑하는 동료 변호사들도 앓는 소리를 할 정도였다.

"김변, 제발 우리 딴 거 먹으면 안 돼? 이젠 치킨의 치 자만 들어도 속이 울렁거려."

"왜? 맛만 있는데. 참아. 난 오늘도 치킨 먹을 거야."

"아니 어쩌다 이렇게 치킨에 꽂힌 거야? 혹시 치킨집이라도 차리려고 그래?"

역시 눈치 빠른 이변. 하지만 하버드 법대 출신 민서 아빠가 진짜 치킨집을 차리려고 한다면 믿을 수 있을까? 나는 그저 웃고 말았다.

마지막으로 제일 중요한 치킨집 이름이 미정이었다. 금묘아파트의 정통성을 살린 금묘치킨? 아니 이미 단지 내에 비슷한 콘셉트를 가진 치킨집이 많다. 어떤 치킨집은 치킨 포장지에 아예 금묘 그림을 넣기도 했다.

"좀 경쟁력 있는 이름이어야 할 텐데……."

"무슨 경쟁력?"

"입시 경쟁력? 미래 경쟁력?"

"그럼 뭐 하버드네."

역시 답은 민서의 입에서 나왔다. 그러고 보니 은묘아파트 옆 동묘아파트에는 스탠포드치킨집이 있었다. 장사가 꽤 잘 됐는데 사장이 스탠포드 공대 출신 박사였다. 그 가게의 전단지에는 '스탠포드 공대 박사가 치밀하게 계산한 기름 온도와 고르게 분포한 카레 입자의 조화를 느껴보세요'라고 적혀 있었다. 민서의 말에 따르면 가끔 아이들의 공부를 봐주기도 한다는데, 특히 코딩 막힌 애들이 스탠포트치킨집에 자주 간다고 했다. 치킨도 먹고 코딩 공부도 하고 일석이조란 게 이런 거라나.

그래, 우리도 하버드치킨집으로 하자. 만장일치로 의견이 채택되었다. 가장 감동한 사람은 시어머니였다.

"아들 하버드 보낸 보람이 이제야 있구나."

기쁨의 눈물인지 어이없음의 눈물인지 모를 액체가 시어머니의 눈에서 또르르 흘러내렸다. 그러거나 말거나 남편은 간판 디자인 업체에 전화를 걸어 기왕이면 하버드대 로고도 넣어달라고 주문했다.

"여보, 아예 하버드 박사 학위를 가져다 걸어놓지 그래. 시간 나면 입학 상담도 해주고."

"오! 그거 좋은 생각이다. 역시 민서 엄마가 머리가 좋아."

농담으로 한 말이었는데……. 남편은 부랴부랴 장롱 어딘가에 처박아 놓았던 박사 학위증을 꺼내왔다.

2

하버드 치킨 먹고 하버드로 유학 가세요!

Experience the Taste of Harvard in Gangnam!

Enjoy Harvard Chicken and Study Abroad at Harvard!

장사는 기대 이상으로 대박이 났다. 소위 말하는 JMT(존맛탱)

치킨집으로 인스타, 유튜브에 소문이 났다. 동묘아파트 스탠포트 치킨집은 하버드치킨집 때문에 망하게 생겼다며 울상이 됐고, 은 묘아파트에 있는 예일 PC방도 위기감을 느낀다고 했다. 예일 PC 방은 예일대 생물학 석사 출신 사장님이 삼겹살을 직접 구워주는 콘셉트로 유명했는데, 예일 삼겹살보다 하버드 치킨이 더 맛있다는 입소문이 돈 것이다.

하버드치킨집을 찾는 사람들은 점점 서울 외곽으로 확대됐다. '하버드치킨집에서 맛있는 치킨도 먹고 금묘의 기운도 받자'는 온라인 광고 카피가 먹힌 것 같았다. 지난 주말에는 대기 번호가 30번대까지 이어지기도 했다. 어쩔 수 없이 알바생을 추가로 더 뽑았는데, 의대생 사이에 알바 맛집으로 소문이 났는지 지원자가 죄다 의대생이었다. 덕분에 하버드 법대 출신 사장이 운영하고 의대생이 서빙하는 치킨집으로 더 유명세를 탔다.

하지만 사람이 많아지면서 종종 시끄러운 일도 발생했다. 주로 술을 거나하게 마신 동네 아저씨들이 예민한 MZ 종업원들에게 반말을 하면서 생기는 트러블이었다.

"어이, 여기 맥주 좀 더 가져와. 서비스는 뭐 없나?"

"네, 아저씨 여기요. 근데 왜 반말하세요?"

"뭐? 어른이 반말을 좀 할 수도 있지. 어디서 어린 게 따박따박 말대꾸야?"

"늙은 게 벼슬이에요? 나도 우리 집에서는 귀한 딸인데 그러지 마세요."

굳이 잘못을 찾자면 다짜고짜 반말을 한 아저씨에게 책임이 있었다. 그런데 이런 일이 두어 차례 더 반복되자 남편과 나는 머리를 맞대지 않을 수 없었다.

"여보, 우리나라 말은 왜 반말 존댓말이 나눠져 있는 걸까? 으, 세종대왕님! 그냥 영어처럼 반말 존댓말 상관없이 쓰게 하시지 그러셨어요!"

"어? 좋은 생각이다. 차라리 주문을 영어로 하게 하는 건 어때? 그러면 서비스로 무도 주고 우유도 준다고 하고. 아저씨들은 맥주 한 잔 서비스로 주고."

다음 날 당장 가게 앞에 이벤트 문구를 써 붙였다.

Order in English and get an extra pickle or a glass of beer is free!

영어로 주문하고 닭무 한 개 또는 맥주 한 잔 공짜로 받으세요

영어로 주문하라고 하니까 반말로 시비 걸던 아저씨들이 싹 사라졌다. 골치 아프게 영어로 생각하느니 차라리 다른 집에 간다는 것이다. 그러자 젊은 사람들이 더 많아지고 테이블 회전율도 빨라졌다. 그런데 하루 종일 닭을 튀기고 새벽에 들어온 남편이 씻지도 않고 컴퓨터에 앞에 앉는다.

"안 자?"

"응. 수업이 있어."

"무슨 수업?"

"치킨대학 수업."

남편은 녹초가 된 몸으로 컴퓨터에 앉아 치킨대학 수업을 듣는다. 피곤할 텐데도 눈이 반짝인다. 이러다 치킨대학 교수가 된다고 또 유학 가는 건 아닐지……

얼마 전에는 개발자를 만나더니 하버드치킨집 배달 어플도 만들었다. 그런데 어플을 이용하려면 먼저 간단한 상식 퀴즈를 풀어야 한다. 문제는 이게 영어로 되어 있다는 것이다. 영어 공부를 하지 않으면 치킨조차 주문할 수 없게 한 것이다. 대신 문제를 맞추고 주문한 사람에게는 하버드대 로고가 찍힌 볼펜이나 노트를 선물로 준다. 입시생을 둔 학부모들에게는 거부할 수 없는 유혹이다.

나는 오늘 남편에게 선물을 하나 했다.

"이거 받아. 명함이야. 대표가 명함 정도는 있어야지."

Harvard Chicken Restaurant Corporation

CEO
Dr. Park Jun Koo, Ph.D. (Harvard Law School)Global
Leader in Restaurant Management
Phone 010-××××-××××

남편은 요즘 나보다 바쁜 삶을 살고 있다. 편의점 콜라보 제안도 들어오고 대기업에서 프랜차이즈 제안도 들어와 이런저런 협상을 준비 중이다. 그런데 나는 아직도 친정에 남편이 치킨집 열었다고 말을 못 했다. 아빠가 알면 분명 노발대발할 것이다. 치킨집 할 거면 뭐 하러 하버드 가서 박사까지 했냐! 안 봐도 비디오다. 그런데 아빠, 이거 알아요? 결국 우리나라 남자들의 인생은 대기업에서 치킨집으로 흘러가게 되어 있대요. 우리 집 박준구만 그런 게 아니라고요. 차라리 요즘처럼 은퇴 시기가 빨라지는 세상에서는 빨리 준비하는 게 낫지 않겠어요? 보세요. 민서 아빠는 이제 치킨집 사장이 아니라 CEO예요. 프랜차이즈 치킨 브랜드 CEO. 돈도 저보다 더 많이 번다고요. 어때요? 아빠도 하버드치킨 한 마리 드셔보실래요?

PART 12

203호 안미아 이야기

닭발도 맛있게 먹으면 보약

1

　짐을 싼다. 싸다 보니 사고 한 번도 입지 않은 옷들, 비닐도 뜯지 않은 가방들, 뽀얗게 먼지 쌓인 그릇들이 너무 많다. 은주 어릴 때 사진도 보인다. 에버랜드였던 것으로 기억한다. 한 손에 솜사탕을 쥐고 그 당시 유행하던 예쁜 엘사 드레스를 입은 우리 은주. 그 옆에 나 그리고 남편. 우리에게도 이런 순간이 있었던가. 초등학생이 되면서 은주는 학원에 가느라 집에는 밤늦게나 돌아왔다. 주말에는 특별 과외를 받았고, 명절 때도 학원에서 내준 숙제를 하느라 잠깐 할머니 할아버지 얼굴만 보고 집으로 돌아왔다. 그 뒤로는 가족이 함께 찍은 사진이 없다. 정말 이때가 마지막이었나.

　강원도 화천은 눈이 많이 내린다고 한다. 구석에 처박아두었던

구스다운 롱패딩을 꺼냈다. 남편은 지금 화천은 얼음낚시하기에 딱 좋을 때라고 했다. 그래, 어차피 가는 거 마음을 편하게 먹자.

2

불길한 느낌은 언제나 틀리지 않는다. 전화는 지방에 있는 병원에서 온 것이었다.

"안미아 님 되시죠? 남편분이 쓰러져서 구급차를 타고 실려 오셨습니다. 보호자분께서 빨리 오셔야 할 것 같습니다."

"네? 지금 당장 달려갈게요."

낚시 갔던 남편이 갑자기 복통을 호소하면서 쓰러졌다고 했다. 놀란 마음이 쉬이 진정되지 않았다. 남편은 병원 응급실 침대에 초췌한 표정으로 누워 있었다. 허겁지겁 달려온 나를 보자 남편은 씨익 웃으며 괜찮다고 말했다. 나는 다리에 힘이 풀려 금방이라도 쓰러질 것 같았다. 때마침 진찰 온 의사를 붙잡고 물었다.

"선생님, 무슨 일이에요? 괜찮은 거예요?"

"글쎄요. 음, 현재 상태가 좋지는 않습니다. 혹시 환자분이 최근 식사에 어려움을 보이진 않으셨나요? 몸무게가 줄거나 그러지 않았어요?"

"글쎄요……."

남편이 밥을 잘 먹는지 못 먹는지 최근 식사를 같이 한 적이 없으니 알 수가 없었다. 몸무게도 마찬가지다. 내 신경은 온통 은주에게만 쏠려 있었지 남편은 관심 밖이었다. 의사는 인상을 찌푸리며 말을 이었다.

"정밀검사를 더 해봐야겠지만, 상황이 좋지 않습니다. 최악의 경우 악성⋯⋯."

"네? 악성이요? 암이라는 거예요?"

"검사한 뒤에 정확히 말씀드릴 수 있습니다."

의사는 서둘러 자리를 떴다. 남편은 무덤덤한 표정으로 누워 있었다. 나는 슬프다기보단 화가 났다. 왜 하필 이런 때에, 은주가 이제 막 반에서 1등을 하고, 나는 페어런트 컨설턴트로 취직을 하고, 이대로 쭈욱 밀고 나가면 진짜 서울대 의대 합격도 가능한데 왜 하필 이런 때에⋯⋯. 게다가 다음 주부터는 은주 시험 기간이다. 당장 학원 특강에 과외 보강 수업에 할 일이 산더미인데! 제 건강 관리도 제대로 못 해서 애 앞길을 막는 남편이 밉기까지 했다.

아니야. 이러다 정말 잘못되기라도 하면. 남편이 먼저 세상을 떠나기라도 하면⋯⋯. 안 돼. 은주를 아빠 없는 애로 키울 순 없어. 그래도 내가 사랑하는 남편인데 이렇게 보낼 순 없어. 정신 바싹 차리자. 안미아! 뜨거운 눈물이 볼을 타고 한없이 흘러내렸다.

병원을 서울로 옮긴 남편은 CT와 MRI까지 꼼꼼하게 검사를 받았다. 결과는 췌장암이었다. 다행히 말기는 아니었다. 아직 초기라고 볼 수 있는 상태여서 수술도 하고 항암치료도 성실하게 하면 완치될 가능성이 있다고 했다. 진단을 받은 뒤에도 혹시나 하는 마음에 다른 병원 두 곳을 돌며 검사를 받았다. 결과는 모두 같았다. 서둘러 수술을 하는 게 좋다고 했다.

차가운 복도에서 수술실로 들어간 남편을 기다리며 창밖에 뜬 보름달을 하염없이 바라보았다. 심란한 내 마음과 달리 저 달은 왜 저리도 크고 예쁜지, 계속 바라보고 있자니 금방이라도 빨려 들어갈 것 같았다. 보름달…… 그래 아빠가 수술실에 들어가던 날도 저렇게 큰 보름달이 떠 있었지.

엄마의 부동산 투자가 대박이 나자 아빠는 청산에서 하던 족 발집을 그만두고 서울로 올라왔다. 할머니도 이미 돌아가신 뒤였기에 큰 미련이 없어 보였다. 서울로 올라온 뒤 아빠는 허리가 휘도록 골프만 쳤다. 처음엔 "시골 촌놈이 뭔 골프여. 그건 서울 부잣집 사람들이나 하는 거지." 하며 손사래를 쳤는데 한번 재미를 들인 뒤엔 아예 골프장에 살림을 차렸다. 그렇게 골프장에서 새로운 친구도 사귀며 제2의 인생을 즐겼다.

"안 사장님은 전에 무슨 일을 하셨어요?"

"예, 요식업을 좀 했지요."

"아, 어떤?"

"그냥 작게 레스토랑을 했습니다. 흠흠."

때론 아빠의 과거를 궁금해하는 사람도 있었다. 하지만 아빠는 과거를 자세히 드러내지 않았다. 아마 나와 비슷한 생각이었을 것이다. 이 동네 사람들은 시골에서 올라온 사람을 은연중에 무시했다. 그래서일까. 아빠가 새로 사귄 친구들도 굳이 자신들이 젊었을 때 어디서 무엇을 했는지 서로 묻거나 말하지 않았다.

아무튼 그렇게 하루하루 새로운 인생을 즐기던 아빠였는데… 서울로 올라온 그 이듬해 건강검진에서 간암이 발견되었다. 그것도 말기였다.

아빠는 술도 안 마셨는데, 날마다 술고래가 되어 사는 삼촌은 멀쩡한데 왜 아빠만 간암에 걸린 걸까. 세상은 불공평했다. 아빠는 자신이 간암에 걸렸다는 사실을 가족에게 쉬쉬했다. 특히 오빠는 아빠가 돌아가시기 한 달 전에나 그 사실을 알았다. 공부하느라 고생하는 오빠에게 괜한 걱정 끼치고 싶지 않다는 게 이유였다. 그래도 빨리 알리는 게 맞지 않느냐는 내 말에 엄마는 헛소리하지 말라며 역정을 냈다.

아빠를 수술실에 들여보내고 보았던 그 보름달을 지금 남편의 수술실 앞에서 다시 보니 소름이 끼쳤다. 불안한 마음에 괜히 휴대전화를 만지작거렸다. 그래, 누구한테든 이 마음을 털어놓자. 누가 있을까, 내 불안을 달래줄 사람이. 연락처를 아무리 뒤져봐도 친구라곤 분당 사는 지아밖에 없다. 지아는 자기 남편도 이 병원에서 정밀검사를 받고 용종을 전부 제거했다고 했다. 남편 직장에서 빵빵하게 지원해준 덕분에 1인실에 머물며 맘 편히 회복했다고 자랑까지 했다. 금액으로 따지면 못해도 500만 원은 했을 거라며, 역시 직장은 대기업이 최고라며 드러누운 남편을 뒤로하고 내게 전화해서 한동안 전화를 끊지 않았었다.

그때 난 생각했다. 야, 윤지아 많이 컸네. 머리 나빠서 나보다 영어도 못 하던 게, 나 아니었으면 영국에서 햄버거도 못 시켜 먹던 게, 대기업 다니는 남편 만나더니 VIP가 어쩌고저쩌고, 얘도 참 우리 엄마 과다. 특히 부동산 좋아하는 건 더했으면 더했지 덜하지 않다. 결혼하고 풀 대출로 아파트부터 장만하더니, 조금씩 조금씩 상급지로 갈아타기를 반복해서 결국 천당 아래 분당까지 이르렀다. 그러니까 처음부터 나처럼 강남에 빌딩 가진 남편을 만나지. 쯧쯧.

이런저런 생각을 하는데 남편이 수술실에서 나왔다. 아직 전신마취 상태라 의식이 없다.

"의사 선생님, 어떻게 수술은 잘 되었나요?"

"음, 일단 큰 덩어리는 제거를 했는데 다른 쪽으로 전이가 되는지 안 되는지는 시간을 두고 지켜봐야 할 것 같아요."

더 궁금한 게 많았지만 의사는 뭐가 바쁜지 휘 떠나버렸다. 집안에서 찬밥 취급을 받아도 별 내색 없던 남편. 쓰러지기 이틀 전, 퇴근하고 돌아와 라면에 찬밥을 말아 먹던 남편의 얼굴이 떠올랐다. 결혼하기 전에는 삼시 세끼를 뜨거운 국과 따뜻한 밥으로 꼬박꼬박 챙겨 먹던 사람이었는데, 와이프를 잘못 만난 바람에 제대로 밥도 얻어먹지 못하고 살았다. 미안한 마음이 크다.

회복실에서 깨어난 남편이 끄으응 신음한다. 그 와중에 배가 고프단다. 하지만 당분간은 절대 금식이다.

"조금만 참아. 금식 기간 끝나면 내가 전복죽도 끓여주고, 매일 아침저녁으로 따뜻한 밥에 국도 끓여줄게."

남편이 바싹 마른 입술을 움직여 씨익 웃는다.

"은주 올 때 되지 않았어? 여기는 간호사분도 계시고 하니까 그만 가봐. 나는 괜찮으니까."

나는 고개를 끄덕이고 짐을 챙겨 나온다.

"은주 밥만 챙겨 먹이고 다시 올게."

남편은 답이 없다. 신음 소리만 간헐적으로 흘러나올 뿐이다. 이 모든 게 꿈이었으면 좋겠다.

3

다행히 남편은 회복이 빨랐다. 긍정적인 생각이 긍정적인 결과를 만든다나 뭐라나. 매일 같이 병원을 들락거리며 몸에 좋은 음식을 실어나른 내 덕인 줄은 모르고. 암 환자 남편 덕분에 우리 집은 매일 버섯밥이다. 상황버섯, 영지버섯, 차가버섯 등 암에 좋다는 버섯이 부엌 한쪽에 박스로 쌓여 있다. 이 정도면 물릴 법도 한데 그래도 남편과 은주는 맛있다며 잘 먹는다.

"당신이 이렇게 차려주는 밥을 먹으니 좋네. 이렇게 손맛이 좋은데 왜 그동안 밥을 안 해줬어. 흐흐."

"엄마, 나도 이렇게 먹으니까 더 좋아. 그런데 너무 많이 먹어서 살찌면 어떡하지?"

요즘엔 내가 정성껏 차린 밥상을 우리 세 식구가 같이 둘러앉아 먹는 이 시간이 가장 행복하다. 두 사람의 건강을 위해 나는 음식 공부도 많이 했다. 주로 탄수화물은 줄이고 단백질과 채소

섭취를 늘리는 식단을 짰다. 해조류, 토마토 같은 컬러푸드에 붉은 고기 대신 닭고기나 생선을 곁들였다. 암 환우와 수험생 모두를 만족시킬 수 있는 선택이었다. 그런데 남편은 입으로는 맛있다고 하면서도 몇 술 못 뜬다. 항암제가 독하긴 독한가 보다.

처음에 은주는 아빠가 암에 걸렸다는 사실을 몰랐다. 우리 아빠가 그랬던 것처럼 남편도 은주에게 말하길 꺼렸다. 하지만 암을 다루는 책이 서재에 꽂히고, 음식도 건강식으로 바뀐 걸 보면서 자연스레 눈치를 챘다. 그럼에도 은주는 아는 체를 하거나 울지 않았다. 평소와 다름없이 학교에 가고 학원과 스카를 돈 뒤 10시 넘어 집에 왔다. 나는 그런 은주가 참 고마웠다.

남편도 은주 앞에서는 전혀 아픈 티를 내지 않으려고 노력했다. 그러나 나는 알고 있다. 매일 새벽에 잠에서 깬 남편이 거실에 불도 켜지 않고 가만히 앉아 창밖을 바라보고 있는걸. 하루는 내가 가만히 있을 수 없어 밖으로 나가 물어보았다.

"이 시간에 안 자고 뭐 해?"

"잠이 안 와서. 금방 들어갈게."

"그래도 좀 더 자야지. 따뜻하게 마실 거라도 가져다줄까?"

"…… 은주 엄마, 나 진짜 괜찮을까? 은주 대학 가고 결혼하는 것까지는 볼 수 있을까? 아직은 갈 준비가 안 됐는데……. 흐흑."

혹여나 은주가 깰까 봐 남편은 입을 틀어막고 울었다. 나도 그런 남편을 안고 은주가 깨지 않게 조용히 울었다. 은주네 기말고사가 일주일도 안 남았다. 최소한 일주일 전부터는 충분한 수면을 취해야 시험 당일 컨디션에 영향을 끼치지 않는다.

"여보, 내가 그동안 미안했어. 멀리 있는 행복을 잡으려고 가까운 행복을 놓치고 살았어. 우리 이제 매달리지 말고 살자. 음악 좋아하는 은주랑 콘서트도 가고, 낚시 좋아하는 당신이랑 캠핑도 가고 그러면서 살자."

"정말? 약속하는 거지?"

다음 날, 가족이 함께하는 특별한 추억을 만들기 위해 god 콘서트 티켓을 예매했다. 콘서트는 은주가 시험을 마치는 날이었다. 사실 남편과 나는 공통의 관심사가 없었는데 둘 다 좋아하는 가수가 god라는 점은 일치했다. 그래서 데이트할 때 차를 타면 늘 god 음악을 틀어놓곤 했다. 은주는 오빠들이 아닌 아저씨들 콘서트라며 투덜거렸지만 싫어하는 기색은 아니었다.

어머님은 짜장면이 싫다고 하셨어
야이야이야아 그렇게 살아가고
그렇게 후회하고 눈물도 흘리고

콘서트 마지막 곡은 〈어머니께〉였다. 나도 울고, 남편도 울고, 은주도 울었다. 짜장면…… 영국에 머물다 잠시 들어왔을 때 아빠가 물어봤다.

"우리 미아, 먹고 싶은 거 다 말해. 아빠가 다 사줄게."

"돼지갈비, 짜장면, 갈비탕, 돈까스."

"천천히 다 사줄 테니까 오늘 저녁으로는 뭐 먹을지 하나만 골라봐."

"그럼 짜장면!"

그때 먹었던 짜장면은 어쩜 그리 맛있었는지. 영국의 차이나 타운에서 먹었던 짜장면과는 달라도 너무 달랐다. 어쩌면 내가 먹는 내내 아빠가 맞은편에 앉아 지긋이 바라보고 있어서였을지도……. 짜장면이 당긴다. 남편도 은주도 짜장면이 먹고 싶단다. 하지만 나는 단호히 거절한다. 암 환자에게 짜장면은 그닥 좋은 식단이 아니다.

"짜장면은 안 돼. 튀기거나 볶지 않은 거, 자극이 너무 세지 않은 걸로 먹어야 돼. 죽 먹을래?"

"아, 죽 싫어. 오늘은 정말로 먹고 싶은 거 먹자. 은주 엄마, 아니, 미아 씨."

갑자기 미아 씨라고 부르니 좀 닭살이다. 그래도 밀가루보다는 밥이 낫지 않을까. 휴대전화를 꺼내 근처 밥집을 검색한다. 근처에 유명한 삼계탕집이 있다.

"삼계탕 어때?"

"아니. 닭발은 없어? 당신이랑 나랑 처음 만나서 먹었던 닭발, 기억나?"

어이가 없다. 지금 무슨 닭발 타령이냐. 한 10분은 목청을 높여 닭발이 안 되는 이유를 설명해줄 수 있을 것 같다. 그런데 적어도 오늘만큼은 먹고 싶은 걸 먹게 해주자는 생각이 든다. 죽은 사람 소원도 들어주는데 살아있는 사람 소원을 못 들어주겠는가.

포장마차에 가서 매운 닭발과 콘치즈, 계란탕을 시켰다. 남편은 전혀 아픈 사람 같지 않았다. 닭발을 혼자서 거의 다 먹었다. 오돌뼈도 시켜서 먹고, 주먹밥으로 마무리를 했다. 은주도 아빠를 닮아서 그런지 닭발을 맛있게 먹었다. 그래, 아무 일도 없을 거야. 이렇게 잘 먹으니까 곧 회복할 수 있을 거야. 나도 긴장을 풀고 닭발을 집어 들었다. 매콤한 닭발에 뜨끈한 계란탕을 먹으니 몸이 후끈 달아오른다. 달콤하고, 맵고, 따뜻한 저녁이다. 그래, 닭발이든 짜장면이든 맛있게 먹으면 다 보약 아니겠는가.

그런데 갑자기 남편이 젓가락을 내려놓는다. 속이 거북한가? 남편의 입에서 예상치 못한 말이 나왔다.

"은주 엄마, 우리 서울 말고 화천 가서 살자."

뭐? 화천? 갑자기? 우린 그렇다 쳐도 은주는?

4

결국 우리는 강원도 화천행을 결심했다. 남편만 보낼 수도 있었다. 하지만 은주가 반대했다. 죽어도 같이 죽고, 살아도 같이 사는 게 가족이라고 했다.

"은주야, 너 정말 괜찮겠어? 여기랑 거기는 공부 환경이 완전히 달라."

"엄마, 나도 잘 알아. 코디 선생님이 다 알려줬어. 근데 걱정하

지 마. 나 거기서도 잘할 수 있어. 의대 갈 수 있어. 나 꼭 의사가
돼서 아빠 병 고쳐줄 거야."

그래, 은주야, 너도 다 생각이 있었구나. 사실 남편이 강원도
중에서도 화천을 꼭 집어 얘기한 건 은주의 교육에 오히려 도움
이 될지도 모른다고 생각했기 때문이었다. 강원도 화천군은 인구
가 줄고 학교가 없어지는 걸 방지하기 위해 최고의 교육 시설을
갖추고 있을 뿐만 아니라 최고의 선생님들을 모시고 온다고 했
다. 그래서 오히려 다른 지역에서 화천으로 이사를 오는 경우도
있다고 했다. 이렇게 늠름한 딸의 모습을 보면서 나도, 남편도 터
져 나오는 눈물을 참을 수가 없었다. 하지만 곧바로 눈물을 뚝 그
치게 만드는 이야기가 은주의 입에서 이어졌다.

"근데 엄마, 나 공부도 열심히 할 테니까 하고 싶은 취미생활
도 하게 해줘."

"뭐?"

"나 음악하고 싶어. 록 밴드 할 거야."

"뭐?!"

차마 입이 떨어지지 않는데 남편이 옆에서 조용히 고개를 끄
덕였다.

은주가 전학을 가는 것보다 더 힘든 게 내 직장을 그만두는 일
이었다. 어떻게 얻은 금묘인스티튜트 페어런트 컨설턴트 자리인
데……. 내 인생에 두 번 다시 이런 기회는 오지 않겠지. 아, 시골
에서 어렵게 서울로 와 자리를 잡았는데 다시 시골로 내려가다

니. 결국 나는 어쩔 수 없는 시골쥐 운명이었구나.

그런데 내 얘기를 들은 금묘인스티튜트 김 실장이 비명을 지른다.

"어머! 안쌤! 진짜예요? 혹시 어디서 우리 회의 엿들은 거 아니죠?"

"네? 무슨 말씀이세요?"

"실은 우리가 화천에 금묘인스티튜트 분점을 내기로 했거든요."

"네? 설마?"

"세상에 진짜 모르셨구나. 그렇잖아도 그쪽에 어떤 분을 모셔야 하나 고민하고 있었는데 정말 잘됐네요. 이번에 비수도권 지역인재전형이 실시되잖아요. 그래서 안쌤네 말고도 초등의대반 출신 두 명이 그쪽으로 가요."

그러면서 김 실장은 내부 홍보 문건을 몰래 보여주었다.

이제 지방에서도 서울대 갈 수 있다!

꼭 서울에, 금묘아파트에 살아야만 좋은 대학에 갈 수 있을까요? 아닙니다. 이제는 지역인재가 대접받는 시대입니다. 저희 금묘인스티튜트는 지역인재 발굴을 위해 지방 캠퍼스를 개설하려고 합니다. 이제 금묘인스티튜트와 함께 비수도권 지역인재전형을 준비해보세요. 지방에 위치한 한약수(한의대, 약대, 수의대)는 정원의 40% 이상을, 지방 간호대는 정원의 20% 이상을 캠퍼스가 위치한 권역의 중고등학교 졸업자로 선발합니다. 금묘인스티튜트의 지역인재 대발굴, 강원도 화천과 홍천에서 처음으로 만나보실 수 있습니다.

진짜 뛰는 놈 위에 나는 놈 있고, 나는 놈 위에 금묘가 있구나. 그래, 이거면 나도 은주도 금묘인스티튜트와 계속 연결될 수 있어! 김 실장은 다음 주에 화천 출장을 가는데 나도 같이 가자고 했다. 거절할 이유가 없었다. 아, 나한테는 의대의 운이 따라다니는구나. 그래 금묘는 나를 버리지 않았어. 어떻게든 금묘아파트에 오길 잘했어. 은주는 반드시 의사 가운을 입고 병원 복도를 바쁘게 오가게 될 거야. 그다음엔? 당연 병원장 아들과의 결혼을 준비해야지. 고작 강남에 빌딩 하나 가진 남편 만나서는 기를 펴고 살 수 없어.

집에 돌아오니 남편은 벌써부터 낚시대를 만지며 희희낙락 하는 중이다. 그래, 죽어도 같이 죽고, 살아도 같이 살자. 어차피 금묘의 운은 나에게 있으니까.

PART 13

금묘아파트 이야기

사람 진짜 안 바뀌네

1

"105동 주민들께 공짜로 드립니다. 오셔서 시원한 맥주도 드시고 맛있는 치킨도 드세요. - 403호 민서 아빠 올림"

105동 단톡방에 403호 민서 아빠가 보낸 초청장이 도착했다. 소문만 무성하던 하버드 아저씨네, 아니 하버드 박사님의 치킨집이 드디어, 진짜, 문을 연 것이다. 아니, 하버드까지 나와서 창피하지도 않나, 수군거리던 사람도 있었지만 대부분 치킨 맛을 본 뒤엔 생각이 바뀌었다. 이야, 하버드까지 나와서 그런가, 치킨 맛도 범상치 않구먼.

치킨집이 오픈한 뒤 403호 민서네 식구들은 180도 딴사람처럼 변했다. 평소 학교에서 우울한 표정을 짓고 있던 민서는 깔깔 웃는 밝은 아이가 됐고, 까칠하기로 유명했던 변호사 엄마도 생글 생글 잘 웃는 사람이 됐다. 늘 쫓기는 듯한 표정이었던 민서네 아빠는 자신감 뿜뿜 넘치는 댄디한 아저씨가 됐고, 민서네 할머니는 더 이상 며느리 눈치를 안 보게 됐다. 소문에 의하면 이게 다 금묘 수염 덕분이라고 한다. 민서네 할머니가 치킨집 카운터 아래에 몰래 18K 금묘 수염을 만들어 가져다 두었다는 것이다.

"민서 아빠. 대박 나세요."

가장 먼저 도착한 303호 수지 아빠의 손에는 세제가 들려 있다.

"어서오세요. 그런데 뭘 이런 걸 가지고 오세요. 그냥 오시면 되는데. 그나저나 영국 갈 준비는 잘 되고 있어요?"

"네. 다음 주에 출국이에요."

"어휴, 준비할 게 진짜 많으시겠어요."

민서 아빠와 수지 아빠가 두 손을 맞잡고 아쉬움을 달래는데 203호 은주 아빠가 휴지와 키친타올을 들고 치킨집으로 들어온다.

"어서 오세요. 수지 아빠. 건강은 좀 어때요?"

"말짱합니다, 하하. 아무리 아파도 하버드 박사님이 튀겨주는 치킨은 안 먹을 수 없죠."

"오실 줄 알고 제가 특별히 튀기지 않고 구운 치킨을 따로 준비했습니다. 몸에 좋은 올리브유도 발라서 구웠으니 안심하고 드세요."

치킨집은 장사가 한창이다. 오픈한 지 얼마 안 됐는데 가게에 와서 치맥하는 사람도 많고, 배달 주문도 끝없이 밀려든다. 치킨을 튀기고, 양념을 묻히고, 서빙을 하는 친구들은 모두 금묘인스티튜트 출신으로 의대에 들어간 대학생들이다. 금묘아파트에서 나고 자라 의대에 가고 아르바이트도 금묘상가 치킨집에서 하다니, 그야말로 금묘 교육의 완성을 보는 듯하다.

"죄송합니다. 오늘은 8시 이후에는 손님을 안 받습니다. 저희가 같은 동 사시는 분들을 모시고 감사 인사를 드리기로 했거든요."

곧 하버드치킨집은 105동 사람들이 북적였다. 한쪽 구석에 203호, 303호, 403호 아빠들이, 저 멀리에 다른 구석에 엄마들이 나란히 앉았다. 애들은 당연히 스카에 가고 없다. 그러고 보니 15년 넘게 바로 위아래 살면서도 이렇게 마주 앉아 이야기를 나누는 건 오늘이 처음이다. 심지어 애들은 금묘영유, 초등의대반도 같이 다녔다. 서먹하기 그지없다. 역시 이럴 땐 술이 최고다. 조용히 맥주잔을 부딪치다 보니 어느새 경계가 허물어진다.

얼굴이 벌겋게 달아오른 303호 수지 아빠가 먼저 속을 털어놓았다.

"저는 이해가 안 됩니다. 사람들은 왜 치매 걱정은 안 하죠? 암만큼이나 위험하고 발병률이 높은 게 치맨데……."

"치매 보험 준비하신다고 들었는데 잘 안 되셨나 봅니다. 말씀하신 대로 요즘엔 치매도 발병률이 높은데."

403호 민서 아빠가 수지 아빠의 잔에 맥주를 부으며 말했다.

"그게 제가 걸려보니 알겠습니다. 치매는 너무 먼 미래고, 암은 가까운 미래라서 그런 것 같아요."

"아……. 죄송합니다. 암 환자를 앞에 두고 제가 실언을 했네요."

203호 은주 아빠의 말에 303호 수지 아빠의 얼굴이 한층 더 붉게 달아올랐다.

"그나저나 강원도 한적한 곳으로 가신다고 얘기 들었습니다. 괜찮으세요? 병원 오가기 쉽지 않을 텐데."

"네, 강원도 화천으로 갑니다. 좋아하는 낚시나 펑펑 하려고요. 몸도 중요하지만 마음 편한 것도 중요한 것 같아요."

203호 은주 아빠가 맥주 대신 따스한 보리차를 마시며 말한다.

"그나저나 우리 중에는 민서 아빠가 최고예요. 치킨집도 대박 나고 민서 엄마도 돈 잘 벌고. 무슨 걱정이 있겠어요."

은주 아빠가 은근슬쩍 민서 아빠를 떠본다. 민서 아빠가 씨익 웃더니 목소리를 낮추고 엄마들 테이블의 눈치를 본다. 때마침 민서 엄마가 화장실에 가고 없다.

"저요? 흐흐. 저 스트레스 많아요. 그거 아세요? 고시 한 번에 붙은 여자랑 사는 고시 네 번 떨어진 남자의 스트레스요. 와이프 눈치 보고 사는 게 얼마나 힘든데요. 저 그리고 공황 있어요. 약 먹은 지 3년째예요."

의외의 고백을 들은 은주 아빠와 수지 아빠가 두 눈을 동그랗게 떴다. 세상에! 가장 걱정 없이 사는 줄 알았던 민서 아빠가 공황장애라니……. 머뭇거리던 수지 아빠가 입을 열었다.

"저도 사실 좀 가슴이 답답하고 그런 증상 있어요. 음, 뭐랄까 핸드폰 안 보일 때 받는 스트레스 있지요? 직장 잘렸을 때부터 그 랬어요. 검사해봤는데 노인성 정신질환이래요. 우리 아내는 아직 몰라요."

이번엔 민서 아빠와 은주 아빠의 두 눈이 동그래졌다.

"그래도 이제 영국도 가고 새로운 인생 시작하시는 거 아닙니까? 사모님이 대단하세요. 옥스퍼드 학생이라니. 수지도 공부 잘하니까 나중에 옥스퍼드 가겠네요."

"에휴, 아내가 옥스퍼드지 전 그저 서울대 나온 백수일 뿐입니다."

수지 아빠의 말에 은주 아빠가 답했다.

"그래도 저는 부럽습니다. 저는 평생 지방대 꼬리표 달고 사느라 서울대는 물론이거니와 옥스퍼드의 옥 자도 생각해본 적이 없는데요. 사실 저희 아내도 말이 유학파지……."

은주 아빠가 엄마들 앉아 있는 테이블 눈치를 살피더니 말을 흐렸다. 이에 민서 아빠가 말을 받았다.

"저는 다들 하버드 나왔다고, 교수라고 대단하다고 치켜세우고 그랬는데……. 저도 사시를 네 번이나 떨어지고, 교수 자리도 낙하산으로 가고 그러다 보니 자존감이 보통 낮은 게 아니었습니다. 이제야 하는 말이지만 아내에 대한 열등감이 저를 젤 힘들게 했던 것 같아요."

"에휴, 우리는 다들 빛 좋은 개살구였네요. 앞으로 하시는 일 모두 잘되고, 늘 건강하셨으면 좋겠습니다."

수지 아빠의 말에 민서 아빠와 은주 아빠도 잔을 높이 치켜들었다.

2

아빠들 자리만큼이나 엄마들 자리도 분위기가 무르익고 있었다.

"은주 엄마, 정말 괜찮겠어요? 사실상 지금이 은주 골든타임인데 강원도라뇨?"

분명 걱정해주는 말인데 말투는 그렇게 느껴지지 않는다. 눈을 감고 들으면 왠지 신난 사람들처럼 느껴지기도 한다.

"그러게요. 강원도 가서도 당연히 1등은 하겠지만, 거기 1등이 여기 1등이랑 같겠어요? 이제 반 등수는 따지지 말고 전국 단위로 따져야겠죠. 그나저나 수지 엄마는 괜찮아요? 제가 갔다와봐서 아는데 여기서 배운 영어랑 영국 영어는 완전히 달라요. 처음엔 선생님 말 알아듣기도 힘들 텐데……."

역시 걱정하는 말투는 아니다. 오히려 수지가 적응에 실패하길 바라는 것 같기도 하다.

"자기가 자신 있다고 했으니 알아서 하겠죠. 그래도 우리 수지가 금묘영유 다닐 때 반에서 영어 제일 잘하긴 했었잖아요. 어디가서 말도 잘 붙이고. 엄마 아빠 머리를 조금만 닮아도 뭐 걱정할 일은 없을 것 같아요. 그나저나 민서는 괜찮아요? 다른 데도 아니고 하필 머리를 부딪혀서 말이죠. 나중에 후유증 같은 건 없어야 할 텐데……."

"민서는 전보다 더 쌩쌩하게 머리도 잘 돌아가는 것 같아요. 선행 몇 바퀴 돌려놔서 진도도 잘 따라가고 있고요. 걱정해줘서 고마워요."

"아유, 뭘요. 애들이 친구 사이면 우리도 친구 사이나 마찬가지인데요."

친구 사이라는 말에 은주 엄마와 민서 엄마의 얼굴에 차가운 미소가 번졌다. 사실 민서와 수지, 은주는 같이 금묘영유 나오고 초등의대반도 다녔지만 전혀 친하지 않았다. 오히려 같은 아파트에 살면서도 서로를 본체만체했다. 친구라기보단 서로를 경쟁자라고 생각하는 경향이 강했다.

"우리 테이블 합치죠!"

때마침 옆자리에 있던 사람들이 자리에서 일어나자 가장 젊은 은주 아빠가 합석을 제안했다. 엄마들도 이렇게 불편하게 있는 것보단 그편이 낫다고 생각했는지 흔쾌히 잔을 들고 자리를 이동했다.

"그나저나 금묘 수염 소식은 뭐 들려오는 게 있나요?"

수지 아빠가 운을 뗐다.

"얼마 전에 디텍티브 칼이 사건 전날 그 근처를 서성거리던 사람들의 명단을 확보했다고 해요. 그런데 그 중에 은묘 사람이 있대요."

은주 엄마가 목소리를 높였다.

"아직 그건 확실한 게 아녜요. 지금 진짜 문제는 자기가 금묘 수염을 찾았다고 주장하는 사람들이에요."

비상대책위원회에 속해 있는 민서 엄마가 냉정한 목소리로 사실관계를 바로잡았다.

"맞아요. 당근에 들어가보면 지금 금묘 수염 판다는 사람도 꽤 있어요."

수지 아빠의 말에 옆에 있던 수지 엄마가 남편을 째려봤다. 중고거래하는 게 뭐 자랑이라고 굳이 당근 얘기를 하느냐는 뜻이었다. 하지만 분위기가 어색해질 틈도 없이 은주 엄마가 이야기를 이어나갔다.

"맞아요. 저도 봤어요. 금묘 수염 판다는 글이 열 개는 올라온 것 같더라고요. 사진을 올려놓은 것도 있는데 진짜 금묘 수염 같았어요."

"정말요? 저는 그런 거 안 해서 몰랐네요. 디텍티브 칼한테 얘기해야겠어요."

민서 엄마가 깜짝 놀라며 디텍티브 칼의 전화번호를 찾았다. 은주 엄마가 이야기를 이어나갔다.

"그런데 그 디텍티브 칼이라는 사람 좀 이상하지 않아요? 제정신이 아닌 사람 같아요. 영어 발음도 이상하고."

"그죠! 저번에 금묘반찬 사장님 말로는 하버드 나온 사람치곤 생각하는 게 좀 어리숙하다고 그러더라고요. 한국말 할 때 이상한 사투리를 쓰는 것 같기도 하고. 나중에 반찬도 몇 개 사갔는데 어리굴젓을 그렇게 좋아한대요."

디텍티브 칼에게 휴대전화 메시지를 보내던 민서 엄마가 취소 버튼을 누르고 휴대전화를 테이블에 탁 내려놓았다. 표정이 좋지 않았다. 아무래도 디텍티브 칼의 조사관 임명 과정에 하자가 없었는지 전면 재검토를 하려는 생각인 듯했다. 분위기가 빠르게 식었다. 옆에 있던 민서 아빠가 민서 엄마의 옆구리를 쿡쿡 찔렀다. 민서 엄마가 어색한 미소를 짓자 다시 분위기가 녹아내렸다.

"메뉴가 참 재미있어요. 알바생들도 전부 다 의대생들이라니 신선하고요. 마케팅을 참 잘하신 것 같아요."

은주 엄마가 분위기를 바꾸려고 칭찬을 늘어놓았다. 민서 아빠가 기쁜 표정으로 받아들였다.

"하하! 그런가요? 다 아내랑 딸 덕분이죠. 저는 닭만 튀겼어요. 인테리어랑 메뉴 같은 건 두 사람 작품입니다."

"대박 나실 거예요. 하버드치킨집이라니 먹기만 해도 성적이 올라갈 것 같은 치킨집 이름이에요."

수지 엄마도 거들었다. 그때 술에 취한 수지 아빠가 끼어들었다.

"맞아. 당신 학교 졸업하고 옛날에 첫 직장 브릴리언트 광고회사에서 치킨 광고 만들었잖아. 장사 잘되게 팁 좀 알려줘."

"오! 정말요? 수지 어머니, 좋은 회사 다니셨네요! 팁 좀 알려주세요."

수지 엄마가 남편을 또 째려봤다. 그러거나 말거나 수지 아빠는 허허실실 웃음을 짓고 있다.

"아이고, 저 그만둔 지가 얼만데요. 오히려 저희가 배워야지요."

그렇게 헛소리도 하고, 우스갯소리도 하며 자리는 무르익었다. 말로만 이웃 주민이었던 사람들이 진짜 이웃 주민이 되는 것 같았다. 이렇게 세 부부가 마주 앉아 술 한 잔 마실 수 있는 시간이 오늘이 처음이자 마지막이라는 게 아쉬울 정도였다. 이제 곧 은주네는 강원도로, 수지네는 멀리 영국으로 떠날 테니 말이다. 어쩌면 오늘 이후론 얼굴을 보기 힘들지도 모르는 사람들. 아쉬움에 다들 조금만 더, 조금만 더, 하는데 민서 엄마가 자리에서 일어선다.

"저 먼저 일어날게요. 내일 아침 일찍 출근을 해야 해서요."

모든 사람의 시선이 민서 엄마에게 집중된다. 그러고 보니 민서 엄마가 입고 온 추리닝은 에르메스 제품이다. 신발도 에르메스 제품이고, 집어 든 가방은 에르메스 버킨 30 토고 금장 누아다. 수지 엄마와 은주 엄마의 입이 떡 벌어진다. 저 가방 하나면 옥스퍼드에서 수지네 가족이 1년을 살 수 있다. 은주 엄마도 명품 가방이 많지만 저 비싼 가방을 치킨집에 들고 오는 건 상상도 못해봤다. 박민서 엄마는 확실히 울트라 슈퍼맘이다. 다른 엄마들은 괜히 주눅이 든다.

"인생 뭐 별거 있습니까? 이렇게 이웃끼리 행복하게 맥주하고 치킨 먹으면 그게 인생이지요."

에르메스가 뭔지도 모르는 수지 아빠가 술에 취해 헛소리를 늘어놓는다. 수지 엄마는 주머니에 손을 넣고 매직마스크를 만지작거린다. 돈도 없고 눈치도 없는 남편한테, 또 돈 많이 번다고 유세 부리는 민서 엄마한테 욕을 한 바가지 쏟아붓고 싶은 마음이다. 민서 사고 났다는 얘기 듣고 한동안 안됐다는 마음이었는데, 괜한 걱정을 했던 것 같다.

"저희도 이만 가야겠어요."

"네네, 저희도 같이 일어날게요."

수지 엄마가 수지 아빠의 팔을 잡고 일으켜 세우려고 안간힘을 쓰지만, 수지 아빠는 딱 한 잔만 더 하자며 꼼짝을 않는다. 으휴, 이 웬수야. 제발 정신 좀 차려라.

3

다음 날 새벽, 모두가 잠든 그 시간에 띵동 벨이 울렸다. 음, 이 새벽에 누구지? 수지 엄마가 눈을 비비며 자리에서 일어나 인터폰을 확인한다. 403호 민서 엄마다. 일단 문을 열었다.

"아니, 민서 엄마. 이 시간에 무슨 일이세요?"

"수지 엄마, 혹시 제 스카프 실수로 가져가지 않으셨나요?"

"네? 뭐요?"

"어제 제가 미리 가면서 스카프를 두고 온 것 같아서요."

"그럼 가게를 찾아보셔야죠."

"민서 아빠가 가게에 없대요. 혹시 실수로 가져갔다면 돌려주실 수 있으세요. 그거 한정판이라 더 구할 수도 없어서 그래요."

"……."

"진짜 없나 보네요. 알겠어요. 더 주무세요."

수지 엄마는 이게 꿈인가 생시인가 싶었다. 지금 내가 무슨 얘기를 듣고 있는 거지. 어디 보자. 현재 시각이 새벽 5시 반. 자기 스카프를 찾으러 왔다는 저 여자는 새벽 5시 반에 사람을 깨워놓고 미안하다는 말도 없이 돌아갔다. 저런 미친 ×××.

　"이 미친년이 죽으려고 환장을 했나! 아침부터 재수가 없으려니까. 이 새벽에 남의 초인종을 눌러놓고 도둑으로 의심하고 미안하다는 말도 없이 가? 야, 미친년아. 너 거기 안 서? 네가 돈 많은 변호사면 다야?"

　이 말을 했어야 하는데 이미 민서 엄마는 가고 없다. 그런데 밑에서 수지 엄마가 하려 했던 말이 쩌렁쩌렁 육성으로 들려온다. 203호 은주 엄마 목소리다.

　"당신이 변호사면 다야? 지금 우리를 도둑으로 보는 거야? 나도 에르메스 스카프쯤은 살 수 있어! 나도 에르메스 버킨백 있어! 어디서 건물도 없는 그지 같은 년이 설치고 다녀!"

　답답했던 속이 활명수 한 병을 들이켠 것처럼 뻥 뚫린다.

　'그래. 사람은 안 변해. 그럼 그렇지. 근본은 안 변해.'

　303호 수지 엄마는 속으로 생각했다.

PART 14

303호 봉선아 이야기

옥스퍼드 서울치맥 드셔보실래요

1

"여기는 탄식의 다리라고 합니다. 여기서 단체 사진 찍겠습니다. 카메라 봐주세요."

와서 보니 옥스퍼드는 배움이 아니라 관광으로 유명한 곳이었다. 일 년 내내 관광객이 미어터진다. 한국인 관광객도 많고, 〈해리포터〉 팬들도 많다. 우리도 언젠가는 저 사람들처럼 수지의 손을 잡고 옥스퍼드에 오는 꿈을 꾸었었다. 그런데 지금은 옥스퍼드에 아예 정착을 하고 공부를 하고 있다. 꿈만 같다. 내가 영화 속 주인공이 된 것 같다.

사실 나는 아직도 내가 옥스퍼드에 있다는 게 믿지 않는다. 시어머니를 모시고 여행 온 것도 아니고, 수지 뒷바라지를 하기 위해 온 것도 아니다. 오직 내 꿈을 이루기 위해 여기까지 왔다. 나는 더 이상 누군가의 꿈을 도와주는 조력자가 아니다. 옛날 우리 엄마가 그랬듯 가족을 위해 희생할 생각은 눈꼽만큼도 없다. 지난 15년을 그렇게 살아왔으면 충분하다. 이제 나는 봉선아로 살아갈 것이다.

내가 속한 칼리지에는 씸킨이라는 고양이가 있다. 수지는 씸킨을 매우 좋아한다. 하루는 수지가 경비 아저씨에게 물었다.

"강아지는 사람도 귀엽고 사람도 잘 따르는데, 왜 옥스퍼드에서는 강아지를 안 키우고 고양이를 키워요?"

"그건 고양이가 옥스퍼드 학생들처럼 똑똑하기 때문이지. 강아지는 밥을 안 주면 굶지만 고양이는 굶지 않잖니. 그거 아니? 고양이는 건물과 담벼락을 자유자재로 뛰어넘으면서 주인이 원하는 걸 언제든 조용히, 또 완벽하게 물어다주는 신기한 동물이란다."

맞는 말이다. 우리가 한국에서 늘 금묘를 바라봤던 것도 황금고양이가 우리에게 원하는 걸 가져다준다고 믿었기 때문이다. 그런데 이제와 생각해보니 금묘는 꼭 서울 강남 한복판에만 있는 게 아니었다. 우리 가족은 지금 여기에서 매일 원하는 일상을 살고 있다. 금묘는 바로 내 안에 있었다.

물론 난생처음 와보는 옥스퍼드에 정착하기란 쉽지 않았다. 집은 옥스퍼드 대학에서 안식년을 가지는 노교수가 1년 동안 내놓은 곳으로 간신히 구했다. 생각보다 비쌌지만 서울 강남만큼은 아니었다. 저렴한 마트가 어디인지, 교통은 어떻게 해결하는지 등은 한인 거주자 카페에 가입해 올라오는 게시글을 하나도 빼놓지 않고 읽으며 해결했다.

가장 큰 문제는 영어였다. 한국에서 배운 미국식 영어로는 소통이 쉽지 않았다. 미국 영어 배우는 것도 어려웠는데 영국식 영어를 다시 배워야 하다니……. 시어머니 스트레스가 사라진 자리를 영어 스트레스가 채우는 것 같았다. 나와 수지는 영국식 발음과 액센트를 익히기 위해 밤마다 BBC World service를 음악처럼 틀어놓고 잠들었다. 가장 먼저 들린 건 Absolutely였다. 이 4음절 단어는 영국식 발음을 익히기에 최적화된 단어였다.

Abso-lu-te-ly! Perfect!

수지는 다행히 친구들을 빨리 사귀었다. 수지가 한국에 왔다는 소식에 K팝을 좋아하는 친구들이 너도나도 수지와 친해지고 싶어 달려들었던 것이다. 실제로 수지네 학교에는 K팝 팬이 한가득이라고 한다.

2

가장 큰 변화는 남편에게 일어났다. 남편은 옥스퍼드에 와서 나 대신 풀타임 맘이 되었다. 내가 학교에 가 있는 동안 남편은 청소를 하고, 빨래를 하고, 요리도 했다.

"아빠가 엄마보다 요리에 더 솜씨가 좋은 것 같아. 아빠 된장찌개가 더 맛있어."

나는 남편이 이렇게 요리를 잘하는지 몰랐다. 그도 그럴 것이 남편은 한국에서 주방일에 손 하나 까딱한 적이 없었다. 세상 오래 살고 볼 일이다. 남편도 지금의 생활에 만족하는 눈치다. 무엇보다도 자기를 알아보는 사람이 아무도 없다는 게 좋단다. 자기보다 먼저 승진한 동료도 없고, 하버드 나온 윗집 아저씨도 없고, 가만 있어도 빌딩으로 돈 많이 버는 아랫집 아저씨고 없고, 동네 어슬렁거린다고 눈치 주는 아줌마들도 없어서 너무 좋단다. 실제로 여기에서는 옆집에 사는 사람이 재벌인지 백수인지 아무도 관심을 가지지 않는다. 그래서 타인의 시선을 딱히 의식할 필요가 없다.

나중에 안 사실이지만, 남편이 다른 사람의 시선을 많이 의식하는 데는 다 그만한 사정이 있었다. 나를 그렇게 못살게 굴었던 시어머니는 사실 시아버지의 본처가 아니었다. 시아버지는 첫 번째 부인에게서 딸만 내리 셋을 낳았는데, 집안의 성화에 못 이겨 어쩔 수 없이 지금의 시어머니에게 새장가를 들었던 것이다. 그렇게 태어난 아이가 우리 남편 이문수다. 남편은 시아버지의 첫 번째 부인이 낳은 누나 셋과 함께 자라며 늘 눈치를 보았고, 시어머니도 자신을 첩 취급하는 세상의 시선으로부터 자유로울 수 없었다. 그 와중에 시어머니의 시어머니는 또 얼마나 며느리를 못살게 굴었던지. 그래서 남편은 더욱 열심히 공부를 했다. 공부를 잘해서 서울대에 가면 엄마도 나도 행복할 수 있을 거라 생각했다. 물론 그 생각이 자신의 잘못된 착각이었다는 사실을 깨닫는

데는 오랜 시간이 걸리지 않았지만 말이다.

아무튼 남편은 요즘 웃음을 되찾았다. 뭔가에 억눌려 있던 이문수가 아니다. 며칠 전에는 진지하게 하고 싶은 일을 얘기하기도 했다.

"여보, 나 회사 잘리고 스카에서 어떤 공부한 줄 알아?"

"취업 공부한 거 아냐?"

"응. 아니야."

"그럼 뭔데?"

"치킨대학 입학 알아봤어."

갑자기 웃음이 나와서 먹던 감자칩이 콧구멍으로 나올 뻔했다.

"당신도 민서 아빠 따라가려고?"

"그래! 나는 뭐 치킨집 내면 안 되나?"

"아니, 웃기잖아."

하지만 나와 달리 남편은 진지하다. 사실 남편은 오랫동안 치킨집을 열려고 했단다. 서울대 출신 병원으로 꽉 찬 금묘상가에 서울대 치킨 하나 정도는 있어도 좋지 않을까 하는 생각이었다. 치매 보험으로 성과금 두둑이 받으면 당장 회사 그만두고 제 발로 걸어나올 생각도 있었다. 그런데 민서 아빠가 선수를 쳤다. 심지어 하버드로. 그때 겉으론 축하했지만 사실 속은 타들어가고 있었다. 게다가 민서 아빠는 치킨대학도 먼저 입학했다. 치킨집 오픈도 뺏기고 치킨대학 입학도 빼앗긴 남편은 정말이지 모든 걸 잃은 심정이었단다. 그리고 보니 처음 하버드치킨집 오픈 소식을 전했을 때 남편의 반응이 이상하긴 했다.

"웃기는 사람이네. 하버드까지 나와서 무슨 치킨집을 해. 자존심도 없나. 쯧쯧. 한심하다 한심해."

이제야 모든 게 이해되었다. 그런데 꼭 치킨집 해야 하나. 내가 닭 싫어하는 거 알면서. 다른 요리도 이렇게 잘하는데 차라리 다른 음식점을 하지. 나는 요즘 집에 돌아갈 때마다 오늘은 남편이 어떤 요리를 해놨을지 기대하는 낙으로 산다. 이제 남편은 집에서 김치도 담기 시작했다. 그것도 종류별로. 지난 주말에는 나박김치를 담가서 옆집에 새로 이사 온 벤 교수를 찾아가기도 했다. 벤 교수는 호주에서 온 수학과 전공자인데 생활하는 걸 보면 좀 별종이다. 벤 교수는 틈만 나면 옥상에 올라가 양봉을 하고, 아내인 앤 아주머니는 집 한편에서 닭을 키운다.

"엄마, 집에서 벌 키우는 사람 처음 봐. 보면 맨날 벌만 키우는데 수학과 교수님이 수학 문제는 언제 풀지?"

옆집에 살게 되었다는 이유만으로 벤 교수 부부는 우리 가족을 초대해주었다. 드디어 영국에도 이웃이 생기는 건가. 나는 신이 나서 동네 슈퍼마켓으로 가 근사한 와인 한 병을 사 왔다. 남편은 나박김치와 수육을, 수지는 한국에서 가져온 전통 인형을 선물로 준비했다. 벤 교수 부부는 우리를 반갑게 맞으며 손수 준비한 양고기 바비큐와 수제 맥주를 대접했다. 비록 엉성한 영국식 영어였지만 우리 가족은 그렇게 하하호호 웃으며 옥스퍼드 사회의 일원으로 자리잡았다.

초대를 받았으면 다시 초대를 하는 게 인지상정. 이번엔 우리가 벤과 앤을 집으로 초대했다. 그렇다. 우리는 벤 교수 부부를 이제 벤과 앤이라는 이름으로 부른다. 그만큼 친한 사이가 되었기 때문이다. 한국에서는 상상도 못 한 일이었다. 영국으로 떠나오는 그날까지도 203호네는 은주 엄마 아빠였고, 403호네는 민서 엄마 아빠였다. 그런데 여기에서 만난 이들과는 며칠 만에 이름을 부르는 사이가 되었다.

벤과 앤은 저번에 선물한 나박김치를 먹고 김치의 매력에 푹 빠졌다. 하지만 아직 김치맛을 제대로 알았다고 하기엔 이르다. 벤과 앤을 위해 남편은 겉절이와 나물, 잡채를 만들고, 나는 삼겹살을 준비했다. 삼겹살 소스는 짭조름한 소금장과 매콤한 고추장을 준비해서 해서 각자의 입맛에 맞게 고르도록 했다. 적지 않은 양의 요리였지만 남편과 수지랑 함께하니 쉽게 할 수 있었다. 한국에선 금묘반찬 언니의 도움이 없었으면 내놓지 못할 음식들이었다.

수지는 벤 부부의 딸 클레어와 친구가 되었다. 클레어는 수지보다 한 살 어리지만 생각은 깊은 아이다. 수지는 클레어와 어울리면서 환경 문제, 인권 문제에 큰 관심을 가지게 되었다. 세상은 경쟁하며 혼자 사는 곳이 아니라 함께 공존하는 곳이라는 걸 클레어를 통해 알게 되었다.

"엄마, 세상이 이렇게 넓고 다양한데 나는 왜 아침 7시부터 밤 10시까지 학교 학원을 돌며 수업만 들었던 걸까? 억울해."

게다가 여기에서 수지는 수학 천재로 통한다.

"엄마, 내가 초등학교 때 학원에서 배운 연립방정식과 이차방정식을 지금 학교에서 가르쳐. 다들 모르고 살았나 봐. 그런데 신기하게도 스트레스를 받는 애들이 하나도 없어."

수지는 한국에서 한 번도 자기가 수학을 잘한다고 생각해 본 적이 없었다. 학원에 수지보다 훨씬 앞서 진도를 나가는 친구들도 수두룩했기 때문이다. 그런 수지를 가르치느라 남편은 또 얼마나 고생을 했던가. 그랬던 수지가 여기에서는 수학 1등이라니……. 흥분한 수지를 진정시키며 남편이 말했다.

"수지야. 네가 왜 수지인 줄 아니? 응? 수학의 지니어스. 수학 천재라서 수지인 거야."

수지는 이제 여기에서 아예 살고 싶다고 입버릇처럼 얘기한다. 원래는 한두 해만 있다가 들어갈 예정이었는데 최근엔 수지 때문에 마음이 좀 흔들린다. 남편도 그랬으면 하는 눈치이기도 하고. 우리 진짜 여기서 살아버릴까?

3

남편은 옥스퍼드의 백종원이 되는 게 영국에 있는 동안의 목표라고 했다. 그래, 제발 백종원 셰프처럼 돈 좀 많이 벌어와라. 슬슬 통장 잔고가 떨어지고 있어 걱정이 되던 찰나였다. 한국에서는 개발한 매직마스크는 인기가 떨어지면서 판매량이 팍 줄었다. 그래서 매달 안정적으로 들어오던 판매 정산 금액도 팍 줄었다. 어떻게든 돈을 벌어야겠는데 뭐가 좋을까? 이럴 때 금묘반찬 언니랑 참치콜하면서 이런저런 얘기를 나누면 머리가 좀 돌아갈 것 같은데.

그래! 참치콜!

나는 손으로 이마를 탁 쳤다. 달달하면서도 매콤한 치킨 소스와 참크래커의 무던함, 그리고 콜라의 달달함으로 나는 하루 동안 쌓인 스트레스를 풀곤 했다. 영국에서 이 조합이 먹히지 않으리라는 법이 없다. 오히려 영국 사람들은 크래커를 즐겨 먹으니 접근이 쉬울지도 모른다. 맵기 조절만 잘하면 남녀노소 누구에게나 스트레스 해소용으로 사랑받는 참치콜을 만들 수 있지 않을까.

참치콜은 내가 영국에 온 목적에도 부합했다. 나는 옥스퍼드 입학 지원서에 욕할 때 나오는 행복 케미컬을 찾아 세계 곳곳의 스트레스 받는 엄마들을 행복하게 만들어주겠다 적었다. 사실 영국에서의 내 마스크 연구는 판매 실적만큼이나 지지부진한 상태였다. 영국 여자들은 한국 여자들과 달리 자신들의 주장과 감정을 표현하는 데 적극적이어서 할 말을 참느라 받는 스트레스가 크지 않았다. 게다가 영국인들은 마스크 쓰기를 매우 꺼렸다. 심지어 코로나가 온 세상을 휩쓸고 지나갈 때도 마스크를 쓰지 않은 사람들이었다. 그런 사람들이 매콤한 참치콜 먹으면서 스트레스 풀고 행복도 얻으면 얼마나 좋을까.

"여보! 참치콜! 참치콜!"

장 보러 갔던 남편이 돌아오자마자 나는 이 아이디어를 들려주었다. 때마침 남편의 장바구니 안에는 튀김으로 만들기에 적당한 생닭이 들어 있었다. 남편은 고개를 갸웃하면서도 정성껏 내 아이디어를 요리로 만들어주었다. 곧 부엌에는 고소한 치킨 냄새가 진동을 했다. 그렇게 잘 튀겨진 한국식 프라이드 위에 남편은 고춧가루, 고추장, 참기름, 물엿, 설탕, 그리고 한국에서 신줏단지 모시듯 깨지지 않게 들고 온 토종꿀로 소스를 만들었다. 나는 갓 튀긴 치킨을 소스에 찍고 크래커 위에 얹어 먹어보았다. 그래, 이 맛이야! 온몸에 전율이 이는 듯했다. 겉은 바삭하고 속은 촉촉한 닭살의 고소한 맛에 달달하면서도 뒷맛이 매콤한 소스, 담담한 크래커의 조화까지, 그야말로 모든 게 완벽했다. 첫 번째 시식자로 초대한 벤과 앤도 양손의 엄지를 치켜들었다.

Oh, Great!

"여보, 이게 우리의 참치콜이야. 참 맛있는 치킨과 콜라!"

남편은 엄청 빨랐다. 수요일부터 토요일까지 여는 로컬마켓에 자리를 알아보러 다녔다. 당장 다음 주부터는 참치콜을 판매할 계획이란다. 남편이 이렇게 추진력 있는 사람이었나. 그날 저녁 우리 가족은 테이블 위에 참치콜을 올려두고 머리를 맞댔다.

"그나저나 우리 가게 이름은 뭐라고 하지?"

"음… 서울치맥 어때?"

몇 년 전 세계적으로 유명한 『옥스퍼드 영어사전』에 chimaek이 당당하게 이름을 올렸다. 한국어 사전에도 없는 단어가 영어권 최고의 사전에 등록된 것이다. 참고로 이 사전에 한 번 등록된 단어는 영원히 빠지지 않는다고 했다.

"치맥? 음, 좋긴 한데… 치맥… 치매… 치매 보험…… 치매 보험 망한 것처럼 괜히 이름 비슷해서 망하는 건 아니겠지? 그래! 까짓것 해보자! 치맥! 우리 서울대 나왔으니까 서울대 치맥… 아니다! 부르기 편하게 서울치맥이 낫겠다!"

머뭇거리던 남편이 목소리를 높였다. 내가 덧붙였다.

"기왕이면 옥스퍼드 서울치맥 어때? 우리 수지는 공부 열심히 해서 옥스퍼드 갈 거니까 기왕이면 옥스퍼드 서울치맥으로 하자. 브랜드 밸류를 위해서도 나쁘지 않고."

"좋아!"

수지가 종이 위에 한글과 영어로 '옥스퍼드 서울치맥'이라고 썼다. 중간중간 알록달록 한국을 연상시키는 한복과 캐릭터들을 집어넣어 사람들의 눈길을 끌게 했다. 다음은 메뉴를 다양하게 개발할 차례였다. 시그니처 메뉴는 단연 크래커 위에 맛있는 치킨, 콜라를 제공하는 참치콜이었다. 하지만 참치콜만으로는 한국의 맛을 전달하기 어렵다는 판단에 밥과 맥주를 제공하는 메뉴도 추가했다.

매운 치킨도 맵기를 3단계로 나눠 고객이 선택할 수 있도록 했다. 3단계 매운맛의 명칭은 각자 정했다. 가장 매운맛은 매운 걸 좋아하는 내가 '입에서 불이 활활 나는 맛'으로, 중간 매운맛은 수지가 '먹으면서 먹지 말걸 후회하지만 또 먹게 되는 맛'으로, 맵기가 가장 약한 맛은 맵찔이 남편이 '고춧가루만 봐도 땀이 나는 사람을 위한 맛'으로 지었다.

옥스퍼드 서울치킨 메뉴

SIGNNATURE	참치콜(크래커+매운 치킨+콜라)	8파운드
POPULAR	순한 치밥콜(순한 치킨+밥+콜라)	8파운드
BEST	매운 치밥콜(매운 치킨+밥+콜라)	8파운드
SET1	순치맥 (순한 치킨+맥주)	7파운드
SET2	맵치맥 (매운 치킨+맥주)	7파운드
SET3	순치콜 (순한 치킨+콜라)	6파운드
SET4	맵치콜 (매운 치킨+콜라)	6파운드

★ 매운 치킨 선택 시 원하는 매운맛을 골라주세요~!

🔥🔥🔥 입에서 불이 활활 나는 맛
🔥🔥 먹으면서 먹지 말걸 후회하지만 또 먹게 되는 맛
🔥 고춧가루만 봐도 땀이 나는 사람을 위한 맛

이렇게 치킨집 오픈 준비를 하고 있으니 그 옛날 광고회사 다니던 시절이 떠오른다. 치킨 때문에 왕창 깨졌던 내가 이렇게 치킨 장사를 준비하고 있을 줄이야. 그래, 인생 길게 봐야 해. 그때 나를 닭대가리라 불렀던 본부장은 지금 어디서 뭐 하는지 궁금하다. 이 사람 역시 어디서 치킨집 하고 있는 건 아닌지.

4

치매보험은 망했지만 치맥은 대성공이었다. 가게는 수요일부터 토요일까지 열었다. 월요일, 화요일에는 재료 손질 및 메뉴 개발을 하고, 일요일엔 가족이 함께 안락한 시간을 보냈다. 수지도 학교가 끝나면 곧장 가게로 가서 아빠를 도왔다. 그렇다고 공부도 게을리하지 않는다. 한국에서 몰아붙일 땐 그렇게 하기 싫어하더니, 영국에서는 누구도 뭐라 하는 사람이 없는데도 오히려 심심하다며 책을 펼쳤다.

그러나 아직 만족할 단계는 아니다. 마켓에서 하는 치킨 장사로는 아직 먹고살기에 턱없이 부족하다. 옥스퍼드 서울치맥이 자리를 잡을 때까지는 추가적인 수입이 더 필요하다. 어디 도움을 요청할 사람이 없을까. 그때 머릿속에 203호 돼지맘 은주 엄마가 떠올랐다. 금묘아파트 살 땐 서로 살갑게 아는 척하는 사이가 아니었지만, 아니 오히려 은주가 1등을 하면서 조금은 미워하는 마음도 있었지만, 미운 정도 정이라고 가끔 생각이 나곤 했다. 게다가 우리에겐 막판에 공동의 적이 생기지 않았던가. 제 잘난 줄 알고 사람 무시하는 403호 민서 엄마. 그날 새벽엔 정말이지 얼마나 통쾌하던지.

나는 영국에 와서 처음으로 은주 엄마에게 카톡을 보냈다.

"은주 엄마, 잘 지내죠? 저 수지 엄마예요. 잘 지내는지 갑자기 생각이 나서 연락해봤어요. 은주 아빠 건강은 좀 어때요?"

답장이 바로 왔다.

"어머! 안녕하세요. 수지 엄마! 신기하네요. 그렇잖아도 방금 수지네는 영국에서 잘 살고 있나 생각하고 있었거든요."

"어머? 정말요?"

"네! 은주 아빠는 잘 지내고 있어요. 확실히 공기 좋은 곳에 사니까 건강도 좋아지네요. 수지는 적응 잘 했어요?"

그렇게 우리는 마치 매일 만나 이야기를 나누는 친구처럼 스스럼없이 서로의 소식을 나누었다. 기억이란 참 이상하다. 그때는 그렇게 싫었는데, 이렇게 멀리 떠나오고 나니 가끔 지지고 볶던 그 시절이 그리워지기도 하는 게. 아, 내가 미쳤지. 미쳤어.

은주 엄마는 화천에서도 금묘인스티튜트 페어런트 컨설턴트 일을 계속 이어간다고 했다. 지역인재전형에 맞춰 지역인재 발굴에 힘쓰고 있단다. 검색해보니 정말 금묘인스티튜트는 서울 금묘 아파트 본점 외에도 전국 11곳에 캠퍼스를 내고 사업을 확장하고 있었다. 이러다 우리나라 전체가 금묘인스티튜트 아래 놓이는 게 아닌가 몰라. 이런 생각을 하는데 은주 엄마가 솔직한 제안을 한다.

"수지 엄마, 혹시 그쪽에서 금묘인스티튜트 일해볼 생각 없어요? 학원에서 아이비리그에 있는 엄마들을 해외 대학 페어런트 컨설턴트로 고용하려고 한대요. 옥스퍼드가 아이비리그는 아니지만 그 이상으로 대단한 학교잖아요."

"아니, 제안해주신 건 고맙지만 이 먼 곳에서 무슨 일을 한다는 거예요?"

"쉬워요. 해외 대학 보내고 싶어 하는 엄마들에게 현지 분위기 알려주고 팁도 좀 알려주는 공방 열면 돼요."

"네? 공방이요? 공방은 공예품 만드는 데 아니에요?"

"아유, 우리 봉쌤 몰라도 너무 모른다. 공방은 먹방 같은 거예요. 근데 먹는 게 아니라 공부하는 방송. 라방은 알죠? 라이브 방송! SNS에 라방으로 옥스퍼드 교정 걸어다니면서 소개도 하고 이것저것 정보도 공유하고 그러면 공방되는 거예요."

은주 엄마한테 나는 이미 봉쌤이다. 어라? 나도 안쌤이라고 불러야 하나?

"하, 한번 해볼게요. 안쌤……."

사실 찬밥 더운밥 가릴 처지는 아니었다. 금묘인스티튜트 급여는 학원 업계에서도 높기로 유명했으니까. 그래, 까짓것 해보자. 유튜브도 했는데 이거라고 못할 것 있나.

"안녕하세요. 옥스퍼드맘 봉선아입니다. 육퇴하고 모이신 여러분들 환영합니다. 여기는 오늘도 날씨가 너무 꿀꿀하네요. 한국의 파란 하늘이 그립습니다. 오늘은 영국 왕립학회의 모토에 대해서 얘기해볼까 해요. Nullius in Verba. 이 말은 라틴어로 '누구의 말도 곧이곧대로 듣지 말라'는 뜻입니다. 미래의 우리 아이들은 문제를 푸는 능력만 갖출 게 아닙니다. 문제를 찾아내고 생각하는 능력을 갖춰야 합니다. 아이들이 자신의 의견을 충분히 말하고 표현하게 해주세요. 침묵은 금이 아닙니다. 침묵은 병입니다. 참, 여러분 이거 아세요? 〈타임스〉가 선정한 대학 평가에서 옥스퍼드 대학이 올해에도 1등했다는 사실을요."

안쌤 덕분에 나는 금묘인스티튜트 인터내셔널 페어런트 컨설턴트가 되어 공방을 일주일에 한 번씩 하게 되었다. 공방에는 생각보다 많은 육퇴맘이 몰렸다. 나도 한국에 있었다면 이 사람들 가운데 하나였겠지. 그러고 보니 아까 방송에서 보았던 특이한 아이디가 자꾸 생각난다. '에르메스로이어'였나. 혹시 내가 생각하는 그 사람은 아니겠지?

5

오늘은 남편 졸업식이다. 온라인 치킨대학 졸업식. 역시나 하면 하는 우리 남편. 수석 졸업이다. 한국에 있는 사람들과 달리 우리는 화상으로 졸업식을 진행했다. 나도 위에만 정장을 챙겨 입고 남편 옆에 한 시간 동안 앉아 있었다. 손을 꼭 잡고 말이다. 졸업식의 열기는 뜨거웠다. 줌으로 참석한 사람만 100명이 넘었다. 대부분 회사를 그만둔 아저씨들이었지만 눈빛은 10대 학생 못지않게 초롱초롱했다.

"좀 걱정되네. 혹시 이 중에 나 아는 사람 없겠지?"

수석을 하고도 걱정을 하다니. 치킨대학 다니고 치킨집 하는 게 뭐 부끄러운 일인가?

"아냐. 누가 있겠어. 걱정 마. 그리고 치킨대학 다니는 게 뭐 어때서!"

남편은 몇 달 동안 발품을 팔더니 드디어 마음에 드는 조그만 가게를 찾았다. 가게 문을 열기 전, 남편과 나는 맥주 한 잔을 따라 놓고 그동안의 과정을 돌아보았다.

"나 너무 떨려. 나… 서울대 나왔어도 뭐 그닥 내세울 만한 사람은 못 됐잖아. 인생 참 쉽지 않더라고. 그런데 옥스퍼드까지 와서 치킨집을 차리다니. 좀 감개무량하기도 하고, 이번에 망하면 진짜 어떻게 하나 무섭기도 하고 그래. 나 잘할 수 있을까?"

"이문수 씨. 우리 닭띠잖아. 닭은 우리를 배반하지 않아. 진짜로. 그리고 망하면 어때? 한국 돌아가서 다시 시작하면 되지."

걱정하는 남편에게 나는 단호히 답했다. 무슨 근거가 있어서 한 말은 아니다. 그렇지만 평생 벗어날 수 없는 닭과의 인연이라면 우리의 운명을 맡겨보는 것도 나쁘지 않을 것 같다. 그때 클레어네 집에서 놀다 온 수지가 깜짝 충격적인 이야기를 꺼낸다.

"엄마, 아빠! 나 여기서 옥스퍼드 의대 갈 거야! 클레어랑 같이 공부 열심히 해서 의사가 되기로 했어."

그래. 장하다, 내 딸. 서울대 의대보다 더 좋은 옥스퍼드 의대 꼭 가자. 근데 여보, 우리 돈 많이 벌어야 될 것 같아. 수지 옥스퍼드 가려면 지금부터 여기서 튜터 선생님 알아봐야 하지 않을까?

Epilogue

금묘아파트 이야기

1년 후

강원도 화천으로 간 203호네 은주 아빠 하지만은 건강이 많이 호전되었다. 정말 시골 공기가 좋아서인지, 아니면 좋아하는 낚시를 날마다 하면서 스트레스를 줄여서인지, 은주 엄마의 자연 치유식 덕분인지 모르겠지만 눈에 띄게 혈색이 좋아졌다. 의사는 약물 치료를 한 번만 더하고 당분간 쉬어도 좋을 것 같다고 했다.

은주는 학교에서 음악 동아리에 들어갔다. 요즘엔 책상에 앉아 있는 시간보다 밴드 연습에 투자하는 시간이 더 많다. 그래도 1등은 놓치지 않는다. 선행의 효과가 분명 있긴 있는 것 같다. 오늘도 은주는 베이스 기타를 등에 메고 집을 나선다. 그 발걸음이 경쾌하다.

은주 엄마 안미아의 삶에도 조금 변화가 생겼다. 남편을 위해 만들었던 자연 치유식 레시피를 블로그에 올렸더니 반응이 폭발적이다. 심지어 오늘 아침엔 레시피를 책으로 출간하자는 제안도 받았다. 기분이 좋다. 오늘은 은주 엄마가 특별식을 만들어주기로 했다.

"여보, 먹고 싶은 거 있으면 아무거나 다 말해. 내가 해줄게. 잉어찜? 민물새우죽?"

"아, 아니. 닭이 땡겨."

"삼계탕? 찜닭?"

"아니 닭발."

"으이구! 그놈의 닭발! 좋아 오늘만 봐준다! 대신 여기 위에 올려둔 냄비 좀 꺼내줘."

은주 아빠가 의자를 밟고 올라가 싱크대 찬장 꼭대기를 손으로 뒤진다. 냄비 옆에 신문지로 포장된 무엇인가가 손에 걸린다.

"어? 신문지에 쌓인 거 이거 뭐야?"

신문지를 벗기자 반짝 빛나는 긴 물체가 모습을 드러낸다.

"이거 금묘 수염 아냐?!"

은주 아빠의 표정에 놀란 기색이 가득하다. 반면 은주 엄마는 씨익 미소를 짓는다.

"뭘 그렇게 놀라. 그거 없었으면 당신 이렇게 건강하게 회복했을 것 같아?"

"그럼, 당신이야? 정말 당신이?"

"에구 아저씨. 잠 깨세요. 이거 인터넷에서 산 거야. 당근 가면

널리고 널린 게 금묘 수염이야. 이거 하나씩 없는 집이 없다고."

"진짜?"

"나 못 믿어? 내가 도둑처럼 보여?"

"아니. 그냥 깜짝 놀라서. 그럼! 그럴 리가 없지. 하하."

은주 아빠는 다시 물건을 제자리에 두고 냄비를 꺼내 은주 엄마에게 건넸다. 냄비를 건네받는 은주 엄마의 손이 미세하게 떨렸다.

민서 엄마 김진아는 미국 보스턴으로 전근 신청을 했다. 수지가 옥스퍼드 의대를 목표로 공부한다는 소식을 듣고 내린 결정이다. 덩달아 민서의 목표도 서울대 의대에서 하버드 의대로 바뀌었다.

105동 1503호 안현우는 결국 금묘아파트를 떠나 노벨아파트로 갔다. 은묘아파트가 리모델링되면서 노벨아파트로 바뀌었는데 지금까지 만들어진 대한민국 아파트 중에 최고급 럭셔리 브랜드 아파트라고 한다. 원래 리모델링 아파트명은 다이아캣아파트였는데, 막판에 한강 작가가 노벨상을 타면서 노벨아파트로 바뀌었다. 상징 조형물도 고양이가 아닌 알프레드 노벨로 변경되었고, 크기도 스웨덴 스톡홀름에 있는 것보다 훨씬 크게 만들었다.

"우리는 해냈습니다. 노벨 문학상을 탄 우리. 앞으로 노벨 물리학상과 화학상 그리고 생리의학상도 탈 수 있습니다. 노벨은

할 수 있습니다. 노벨아파트는 해낼 수 있습니다."

디텍티브 칼은 몇 년에 걸친 수사 끝에 결과를 발표했다.

"존경하는 금묘아파트 입주민 여러분. 오늘부로 금묘 수염 도난 사건을 종결하려고 합니다. 수사 진행 결과, 금묘 수염은 전날 기상 악화로 인해 훼손된 뒤 강력한 돌풍에 의해 날아간 것으로 추정됩니다. 더 이상 이 문제로 수사가 진행될 경우 금묘아파트의 명예가 훼손될 수 있기에 조속히 수사를 종료하는 점 양해 부탁드립니다. 그동안 수사에 협조해주신 입주민 여러분께 감사드립니다."

금묘비상대책위원회는 금묘 사건을 종결한 뒤 곧바로 금묘재개발추진위원회로 간판을 바꿔 달았다. 재개발이 끝난 뒤 새로 세워질 금묘는 특별히 국립 파리-벨빌 고등건축학교 출신 건축가 에밀 베르베르 씨의 회사에서 만들기로 했다. 익명의 내부 관계자에 의하면 새 금묘의 수염은 플래티늄으로 제작될 예정이라고 한다.

흉흉한 소문도 있었다. 금묘 사건이 마무리되고 이틀 뒤 동묘의 한 카페에서 비상대책위원회 위원장과 디텍티브 칼이 따로 만나 이상한 이야기를 나눴다는 것이다. 가십을 전문으로 다루는 유튜브 〈믿거나 말거나 내 맘대로〉에 나온 두 사람의 대화 녹취본은 다음과 같았다.

"현수야, 수고 많았어."

"뭘요. 잘 해결되어서 다행이에요."

"들킬까 봐 정말 조마조마했다."

"저도요. 고모. 그리고 사실 제가 미국에서 한 3년 유학은 했지만 보스턴은 영 몰라요. 403호 변호사 아줌마가 아는 체할 때는 얼마나 당황했는지 진짜 오금이 저리더라니까요."

"끝났으면 됐다. 눈치챘어도 이미 지난 일이야. 입금은 이따 오후에 할 거야. 당분간 해외에 좀 나가 있어."

〈믿거나 말거나 내 맘대로〉는 이 녹취본의 출처를 끝까지 밝히지 않았다.

마지막으로 드디어 오늘 영국 옥스퍼드 영어사전은 Gummyo를 사전에 공식적으로 수록했다고 발표했다.

Gummyo(noun):

Gummyo is a mythical "golden cat" originating from South Korea, popularized through social media and the hashtag #WheresTheWhisker. It is believed to bring good fortune, particularly in academic achievement or gaining admission to a prestigious university. Gummyo's whisker is regarded as especially powerful, giving rise to the expression: "If only I had Gummyo's whisker—everything would be fine." symbolizing the assurance of success through Gummyo's favor.

나의 엄마에게,
내가 엄마라는 소중한 이름을 갖게 해준 가족들에게,
그리고 세상의 모든 서울 엄마들에게 이 책을 바칩니다.

서울 엄마들

초판 1쇄 인쇄	2025년 3월 07일
초판 2쇄 발행	2025년 4월 14일
지 은 이	조지은
펴 낸 이	허대우
책임편집	이호빈
디 자 인	이승미
마 케 팅	최순일, 김철규
Special Support by	이종인
펴 낸 곳	주식회사 헬로우코리안
출판신고	2024년 6월 28일(제 395-2024-000141호)
주 소	경기도 고양시 덕양구 향동로 217, 10층 KA1014호
문 의	02-6048-3011
팩 스	02-6048-3012
홈페이지	www.hellokorean.co.kr
인 쇄	헬로우프린텍

ⓒ 조지은 2025
ISBN 979-11-988638-5-0 (03810)

이 책은 저작권법에 따라 보호받는 저작물이므로 무단전재와 무단복제를 금하며,
이 책 내용의 전부 또는 일부를 이용하려면 반드시 저작권자와 헬로우코리안의 서면 동의를 얻어야 합니다.

책값은 뒤표지에 표시되어 있으며, 잘못된 책은 구입하신 곳에서 바꿔드립니다.

※ **달고나**는 주식회사 헬로우코리안의 단행본 브랜드입니다.